U0478982

用文字照亮每个人的精神夜空

领读文化传媒
LINGDU Culture & Media

漫说文化丛书·续编

# 俗世俗民

陈平原　王　尧　编

CNS | 湖南人民出版社 ·长沙·

声音演绎文字之美·声音构筑文学世界·声音记录文化传承

## ● 如何收听《俗世俗民》全本有声书？

① 微信扫描左边的二维码关注“领读文化”公众号。
② 后台回复【俗世俗民】，即可获取兑换券。
③ 扫描兑换券二维码，免费兑换全本有声书。

## ● 去哪里查看已购买的有声书？

**方法 ①**
兑换成功后，收藏已购有声书专栏，
即可在微信收藏列表中找到已购有声书。

**方法 ②**
在“领读文化”公众号菜单栏点击“我的课程”，
即可找到已购有声书。

用 文 字 照 亮 每 个 人 的 精 神 夜 空

# 总序

陈平原

三十年前钱理群、黄子平和我合编的“漫说文化”丛书前五种由人民文学出版社推出；两年后，后五种刊行时，我撰写了《漫说“漫说文化”》，提及作为分专题编散文集的先行者，我们最初只是希望有一套文章好读、装帧好看的小书，可以送朋友，也可搁在书架上。没想到书出版后反应很好，真可谓“无心插柳柳成荫”。十三年后，复旦大学出版社（2005）予以重印。又过了十三年，北京时代华文书局（2018）重新制作发行。

一套小书，能一而再再而三地刊行，可见其生命力的旺盛。多年后回想，这生命力固然主要得益于那四百多篇精彩选文，也与吹响集结号的八十年代文化热、寻根文学思潮以及“二十世纪中国文学”的视野密切相关。时过境迁，这种小里有大、软中带硬、兼及思考与休闲的阅读趣味，依旧有某种特殊魅力。有感于此，出版社希望我续编“漫说文化”丛书。考虑到钱、黄二位的实际情况，我改变工作方式，带领十二位在京工作的老学生组成读书会，用两年半的时间，编选并导读改革开放以来四十多年的散文随笔。

当初发给合作者的编选原则很简单：第一，文化底蕴（不收纯抒情文字）；第二，阅读感受（文章好读最重要）；第三，篇幅短小（原则上不收六千字以上的长文）；第四，作者声誉（在文坛或学界）。依旧不是梁山泊英雄排座次的文学史，而是以文学为经、以文化为纬的专题散文集。也就是《漫说“漫说文化”》说的：“选择一批有文化意味而又妙趣横生的散文分专题汇编成册，一方面是让读者体会到‘文化’不仅凝聚在高文典册上，而且渗透在日常生活中，落实为你所熟悉的一种情感，一种心态，一种习俗，一种生活方式；另一方面则是希望借此改变世人对散文的偏见。让读者自己品味这些很少‘写景’也不怎么‘抒情’的‘闲话’，远比给出一个我们自认为准确的‘散文’定义更有价值。”

考虑到初编从1900年选起，一直选到20世纪80年代中期，续编从改革开放起，一直选到2020年，中间几年重叠略为规避即可。两个甲子的风起云涌，鸟语花香，借助千篇左右的短文得以呈现，说起来也是颇有气势与韵味的。参与其事的都是专业研究者，圈定范围后，选哪些作者，用什么本子，如何排列组合等，此类技术问题好解决，难处在入口处——哪些是你想要凸显的“文化”？根据以往的阅读经验，先大致确定话题、视野及方向，再根据选出来的文章，不断调整与琢磨，最终成了现在这个样子。

初编十册分别题为《男男女女》《父父子子》《读书读书》《闲情乐事》《世故人情》《乡风市声》《说东道西》《生生死死》《佛佛道道》《神神鬼鬼》，而续编十二册则是《城乡变奏》《国学浮沉》《域外杂记》《边地寻踪》《家庭内外》《学堂往事》《世间滋味》《俗世俗民》《爱书者说》《君子博物》《旧戏新文》《闻乐观风》，略为比勘不难发现二者的联系与差异。

既然是续编，自然必须与初编对话。明显看得出承继关系的，有《城乡变奏》之于《乡风市声》，《爱书者说》之于《读书读书》，不过前者第二辑“城市之美”从不同层面呈现了当代中国城市的多彩风姿，以及后者第三辑“书叶之美”谈封面、装帧、插图、毛边书、藏书票等，与初编的文风与趣味还是拉开了距离。《家庭内外》的第一、第三辑类似《父父子子》，而第二、第四辑则接近《男男女女》。《域外杂记》与《国学浮沉》隐约可见《说东道西》的影子，但又都属于说开去了。至于《世间滋味》仅从饮食入手，不再像《闲情乐事》那样衣食住行并举，也算别有幽怀。所有这些调整，不管是拓展还是收缩，都源于我们对四十年来中国文化思潮及文章趣味的体验与品味。不再延续《世故人情》《生生死死》《佛佛道道》《神神鬼鬼》的思路，并非缺乏此类好文章，而是觉得难以于法度之中出新意。

另起炉灶的六册包括《边地寻踪》《学堂往事》《俗世俗民》

《君子博物》《旧戏新文》《闻乐观风》，其实更能体现续编的立场与趣味。没有依傍初编，不必考虑增减，自我作古的好处是，操作起来更为自由，也更为酣畅。《边地寻踪》和《俗世俗民》两册，有些话题不太好把握与论述，最后腾挪趋避，处理得不错。最为别出心裁的，当数《旧戏新文》与《君子博物》——实际上，这两册的确定方向与编选过程最为曲折，编者下的功夫也最多。最终审稿时我居然有惊艳的感觉。

比较前后两编，最大的感叹是：前编多小品，后编多长文；前编多随意挥洒，后编多刻意经营；前编多单纯议论，后编多夹叙夹议；前编多社会人生，后编多学术文化；前编多悲愤忧伤，后编多平和恬淡——当然，所有这一切，与社会生活及文坛风气的变迁有直接关系。至于不选动辄万言的“大散文”，以及遗落异彩纷呈的台港澳文章，既是为了跟前编体例统一，也有版权等不得已的因素。

十二册小书，范围有宽有窄，题目有难有易，好在各位编者精诚合作，选文时互通有无，最后皆大欢喜——做不到出奇制胜的，也都能不负众望。作为一个集体项目，能走到这一步，已经很不容易了。

身为主编，除了丛书的整体设计，也参与了各册题目及选文的讨论。至于每册前面的“导读”文字，则全靠十二位合作者。选家大都喜欢标榜公平与公正，可只要认真阅读各册的“导读”，你就会明白，所有选本其实都带个人性情与偏见。十二篇随笔性质的“导读”，或醇厚，或幽深，或俏皮，或淡定，风格迥异，并非学位论文，不妨信马由缰，能引起阅读兴趣，就算完成任务——毕竟，珠玉在后。

2021年2月19日于京西圆明园花园

# 导读："我"与"他"的距离

王 尧

何谓"民"与"俗"，是学界持久探论的经典命题，如同"何为文学"，经久不衰，永无定谳。无论哪种阐释，都离不开观察者的自我定位。就本书选文而言，除学者的考证文章外，大抵可分两种：一是对异文化的观看，一是作为民俗享有者的感受。前者关于自我与他者，后者则专注于自我本身，其间并无高下，差别在于观察者与对象的心理距离。横看侧看、远近亲疏之间，散文家在思想、美感和伦理中寻求平衡。

## · "我"与"他"

谈及民俗，首先想到的往往是不易闻见的奇风异俗，那些神秘的事物，遥远或者古老。作者满怀好奇地进行人类学式的观察，体味异文化的陌生感带来的审美冲击，即便这些喂马、放牧、烹饪、歌唱对当地世居者只是寻常。

民俗是祖先总结的生活策略，它告诉我们何时该做何事、如何做，这些经验进而被接纳为集体性的行为模式，重复运转。日常生活原是庞大又琐细的复杂事务，如果没有民俗赋予其节奏和韵律，则不仅个人无法承担重负，群体关系亦无从协调。认可了这一点，便也可以推想，既然民俗是为了调和个体差异、朝向集体认同，那么它就只对这一群体内部的成员有意义，在群体以外则不再具有影响和约束力。然而一说到异域风俗，就难免跨文化比较，自然也会带来价值考量，甚至引发文化等级之争。“如果不能了解作为研究对象的人和这些人的想法，就有可能出现研究者和被研究者在立场上的分歧，使研究本身成为偏见。”（张承志《牧人笔记·古歌》）历史上，“东俗西渐，西俗东渐，其实很正常。”（黄天骥《“情人节”随想》）持同情而理解的态度，欣赏浸淫于不同习俗中的人，不以一个群体之俗为标尺去苛责相异者，也不将他类文化奉为移风易俗的模板。比如国人热衷于西方情人节，所以我们模仿打造中国节日，生怕落于人后。可其实，“在古人心目中，七夕故事，对于爱情和婚嫁而言，原本是凶多吉少的‘下下签’，是抽不得的……中国原本是有自己的情人节的，它和西方的圣瓦伦丁节一样，不在秋天，而在春天”（刘宗迪《遥看牵牛织女星》）。

再说“古老”。若民俗只是“落后的遗痕”，为什么不将它们全都废除呢？如何冷静、审慎、理性地对待不同的文明形态，探究其间的承续转折，民俗或许是一个具有天然优势的观察窗口，它由享用者自发选择，是任何外力都无从胁迫的。从民俗的窗口看去，许多想当然的新旧对立未必存在。“现代社会中还不断有新的礼俗、新的吉祥物和崇拜物被创造出来，如现代的五一节、三八节、开学典礼、就职典礼、熊猫吉祥物，等等，这是因为人类的主导性能动性的需要一直存在，人文主义的‘印记’的需要一直存在的缘故。”（舒芜《礼俗——人文的“印记”》）将油灯、粮票、雕花门请入遗产博物馆，转身打开电视（或手机），依然可以欣赏“百家讲坛”等当代新说书（流沙河《说书艺术写新篇》）。甚至在近三十年的流行乐坛，一些歌手、乐队向民歌寻源，用方言歌唱，渐渐汇聚成潮。历史不是断裂的，“革命”和“创新”常被奢谈。古今一脉，许多所谓的新，不过是旧的变体，在历史上循环往复，周期性出现罢了。不被乡土文明的根深蒂固遮蔽视野，也不恐惧排斥都市文明、外来文化，流动的民俗或许正是——诸多对立者的相契之处。

## · “我们”

审视异文化时，观察者尚且容易辨识对方的“民俗”，一旦谈到自己，反而先想到那些特异的形式，对已经内化为日常生活的部分则不易觉察。当观察者“我”与享用民俗的“他”两种身份重合，前述“我”向“你”转述“他”的异闻，就悄无声息地转化为“我”向“你”倾诉“我”的过去。这便成了“我们”之间寻求共鸣的私语。民俗是记忆中影影绰绰的一瞥，是使我之为“我”的那种微渺的因子，润入万物，大象无形。它塑造人与人的连接，每一位个体都不可能不受到“俗”之沾溉。回溯人生，那些俗世烟火往往是最深的念想。书写这样的民俗体验就是重温自己的生命史，情绪自然饱满深沉，文字一派天然本色。内化于民，作者未必不自知，只是通常并不刻意强调这一点，仅以俗民一员的平常心境去感受和追问，借此梳理当下和过去，自我与他者的关系，唤起“你”的追忆与共鸣。即便是理性平和的学者之文，亦时常淡化知识者身份，以“民”的状态体会个中况味。只不过，接受了系统的学术训练之后，再去参加早年亲历的民俗活动，却未必能重温记忆中的颜色。这是“家乡民俗学”的心态反差，伴着无以名状的怅惘。

以这种视角进入阅读，或许别开生面。张中行是河北香河人，他听说，远祖张某原居南京中华门外大红门，随明成祖迁都北来落户——这正是华北普遍流行的移民传说。金克木在嫂子临产前，对将要降生的婴儿性别进行占卜，还赢过哥哥（《占卜人》）。五六岁的牛汉在祖母叮嘱下，虔诚地从各处窗棂上扫出至净至柔的绵绵土，以迎接即将出世的四弟（《绵绵土》）。新凤霞的父亲汗流浃背地奔波于河畔和船上，借中元节盂兰盆会换取一点微薄的收入，却“挡了地藏王的眼”，白受累也没领到赏钱（《盂兰盆会》）。还有被劝酒而伤酒，昏然写下诉苦文字的谌容（《劝酒》）。老年的黄苗子在撰写遗嘱（《遗嘱》），只是人都无法书写自己的葬礼。作家用笔墨勾勒一张旧日风俗画，画面上的人在岁月中前移，在节日里稍息，间以游戏、歌声和信仰点缀生涯。

既然民俗遁于无形，文章又从何处生长呢？首先自然是亲人、童年、故乡。摊开子弟书的册页，回想自己从前听父亲咏唱悲慨沉郁的子弟书，唱着唱着，父亲就呜咽了，“我便也跟着沉默起来，或者推开家里的后门，望着萧凉的远山和苍茫的原野，久久地出神”（王充闾《“子弟书”下酒》）。即便是酬神祭祀，也落脚于人间趣味。你围观潮州大锣鼓巡游队伍中扛标旗的少女，少女也在墨镜背后打量你（陈平原《扛标旗的少女——我的春节记忆》）。上元夜的会，“看会，也看看会之人”（张中行《节令》）。只不过岁岁年年，一样的节日，在故乡与他乡、童年与老境，终究不同滋味，“千秋万岁名，不如少年乐”。怀想旧时童年的家，以寻觅可以安放心魂的家。故乡是回不去又永远向往之地，反顾来时路，作者完成了“我是谁、从何处来、往何处去”的自问自答。“我久久伏在塔克拉玛干大沙漠的又厚又软的沙上，百感交集，悠悠然梦到了我的家乡，梦到了母体一样温暖的、我诞生在上面的绵绵土。”（牛汉《绵绵土》）不可驯服的“土性”能洗掉血气，绵绵土来自比故乡还要遥远的梦中之地，是最柔软纯净的东西，它的所在也便是离乡者的精神归宿。

其次是命运，尤其是人力无法掌控的部分。明知相士是骗人的职业，在彷徨无主、近乎绝望时，也不得不向其寻求预言以寄托信念。很多习俗被认为可以“改命”。命既可以改，便不致泯灭希望。冰心曾想以“珠瑛”为笔名，这是因儿时体弱，姑母让她寄在吕洞宾名下，从神座前抽来的名字（《我的另一个名字》）。正如沈从文笔下的“我”幼年也曾患病，父亲便按算命人的指示，将他“拜给一个吃四方饭的人作干儿子”，以此“禳解命根上的灾星”（《滕回生堂今昔》）。人的命运便在种种习俗中被派定了。

俗世之民，无论是否走到人生边缘，都注定要思索：“向后看，我已经活了一辈子，人生一世，为的是什么呢？我要探索人生的价值。向前看呢，我再往前去，就什么都没有了吗？”（杨绛《〈走到人生边上——自问自答〉前言》）这是人类永恒的追问。若论对超自然物的敏感，杨绛可谓典型。在清华居住时，“凡是我感到害怕的地方，就是传说有鬼的地方”（《神和鬼的问题》）。早年的散文处女作《收脚印》透过民间传说，想象人死后的孤寂魂灵如何在阒静无人时，于衰草冷露间搜寻自己过去的印记。她一直留心记录梦境、感应及亲历的灵异事件（如《“遇仙”记》），有意储备素材，“这都是我想不明白的事，所以据实记下，供科学家做研究资料”（《记似梦非梦》）。晚年的《走到人生边上——自问自答》更是直接究问死、生、鬼、神，详细记录了大量耳闻目验的神奇传闻：鬼附人身、同学家的凶宅、亲人算命之验与未验等。谈玄说怪不为自娱，当然更非炫示，而是作为人生的终极命题，像做研究那样真诚而理性地为自己解惑：“我试图摆脱一切成见，按照合理的规律，合乎逻辑的推理，依靠实际生活经验，自己思考。我要从平时不在意的地方，发现问题，解答问题；能证实的予以肯定，不能证实的存疑。这样一步一步自问自答，看能探索多远。”

### · 边界

“我”与“他”时而重合，时而相对。问题是，出入其间，写作者或曰知识人何时甘愿将自己视为“民”之普通一员？对于节日、游戏、歌谣，作者往往能放松心情，甚至享受回忆、体味和书写的过程；对礼仪、信仰，则复杂得多。民俗题材的特殊性，或许在于作者的伦理考量。居于何种立场思考，需要沉下心来抉择。

散文未必要像时事评论那样对事件谨慎定性，而应尽可能地抓住人性里未知的灰色荫翳。民俗题材使人沉醉流连之处，不只是表面的鲜活耸动，还在于那些长年自发重复的行为中所蕴藏的精神秘密，它在暗中指引了一条通往人类共同心灵的幽径。只有敢于跨越立场的作者，才能够以纯粹个人化的心境面对异俗，获得确凿、真诚的体验。有风险，也可能有独到的发现。换言之，不是让读者感觉“真荒谬”，而是省悟自己“也如此”，将不同立场的人群予以联结，达到思考人类共同命运的深度，真正承担伦理重任。

仅以信仰而论，即便不谈鬼神、巫术，那些作家热衷书写的题材，五彩斑斓的节日、庙会和仪式，就能与信仰撇清干系吗？去掉信仰的内核，正是当代人埋怨的“没味儿”。“中秋之后，年节之前，还有个节，如果信人死后仍然要度日，意义却重大，是十月一日的寒衣节。天即将大冷，没有冬衣怎么成呢？所以要烧些纸衣纸钱。这用赛先生的眼看是说不通的，因为人离开躯体就没有觉知。不过人生是复杂的，知可贵，知之外还有情，如果情与知不能协调，我们怎么办？至少是我，到寒衣节这一天，想到十年泉下的某相知，就但愿这样的习俗不是说不通。于是之后，我就可以烧些纸衣纸钱，并设想真能够送达，享用，以求清夜想到昔日，心可以平静些吧。”（张中行《节令》）中秋拜月，过年祭灶，人、鬼、神调和无间。风俗的味道，在于相信这种行为有意义，相信无声的心语有人聆听。“一个时代是否属于太平盛世，看看庙会就知道了。”（于坚《昔日，昆明的节日大多数都是民间的……》）所谓“乱世无庙会，弱国无清明”，节日与庙会作为特殊的时空，其兴盛与否，关乎一个时代的精神活动是否自由，也折射着国道盛衰（施爱东《清明：拥抱自然的春天仪式》）。

况且，面对信仰——人类千百年来对种种精神困境反复探索后的解答，若要谈“如何做”，恐怕先得弄清楚“是什么”和

"为什么"。"光是斥责禁止，恐怕无济于事。"（金克木《占卜人》）对不能解释的"生平听到过的最古怪的事"可以求教于人，只记录而不评判（施蛰存《祝由科的巫术》）。学问是求真的，信仰世界的叙事大多无法证实也无法证伪，在民俗研究中往往被悬置。重要的是，信仰的主观真实，观念和行为如何建构，此种心态史的规则是可以琢磨的。完成这项工作后，下一步的判断才成为可能。

只可惜，这么诱人的问题得到如上笨拙的回答，未免乏味得令人沮丧，那满腹好奇又该去何处发抒呢？学者存而不论的，正可由散文家挥洒。民俗是许多个体心境的合集，故能持久风行。岁时节令、人生仪礼、游艺玩赏、四方风谣、命运神鬼，蔓延为辽阔深邃的生活结构。其中有大片未被触及的精神空间，静待勇于靠近的作家在这无数个人心绪的牵挂、冲突、羁绊中洞幽烛远。

# 目　录

## 辑二　礼俗志

## 辑三　游艺录

## 辑四　四方风



## 辑五　信则灵

# 辑一　岁时引

# 龙舟竞渡话端阳

陈白尘

我爱端午节。

端午亦称端五、端阳，又称蒲节，而我的家乡称为五月节，正如中秋被称为八月节，通俗的称谓也。

我爱端午节，可不是为了免于逃学的自由。因为这天私塾放假也不过一天半天，这个自由有限得很。我爱的是端午的风俗。

这风俗，不仅在于划龙船，此外还多得很呐！这天家家门上要悬挂蒲和艾；堂上要挂判官画像；中午要吃雄黄酒，全家要吃粽子；小孩儿要穿老虎鞋，女孩儿胸前要挂上一连串特制的饰物（即所谓的“端午索”）；男孩子额头上还要用雄黄写上个“王”字，以避五毒；艾叶还要点燃，艾香扑鼻，据说是辟邪的……可说名目繁多，而且大都集中于端午这天的正午时演出，够热闹的了。而全市商店一到正午时刻，家家上门板，打烊休息。这时候，即使是欠下商店债务的人，也敢于出头露面，债主再也无权逼债了。过了中午，人们吃过雄黄酒，酒醉饭饱之后，这才整其衣冠，到运河两岸看龙船去了。

我没研究过风俗学。据猜想，风俗也是反映一个民族的历史和文化的吧？例如端午节，我虽说不出它始于何时，但它似乎包含两个内容：一是纪念我国第一位大诗人屈原的，据说他在阴历五月五日投汨罗江自沉，龙舟竞渡便是为了凭吊他；粽子，也是为了投入江中祭奠他的。一是辟邪，可以称为辟邪节，或者可以径说是个卫生运动日。因为剔除了它外面的迷信色彩，它是颇有点科学性的。但是我们没人对这些风俗进行过研究，而一概以封建迷信目之，加以反对，这也算不得真正科学态度。日本人在这方面似乎比我们开明些，它虽然在明治维新时期大大欧化了，而日本固有的风俗比我们保存得多。比如茶道、花道、和服等等，至今未废。甚至在中国已经失传的《兰陵王入阵曲》的舞蹈和唐乐在日本还被保存下来，也是由于传统的风俗未遭破坏之故——这自然是题外话了。

再说我们的端阳节吧。门悬蒲剑，说可以辟邪，我不知有无道理，待考。但悬艾叶（应称“艾虎”，是药物），那确有道理。现今我国的针灸学已经跨进国际医学界了，其中之灸，至今还是用的艾绒。幼时我家在中午拜祭钟馗这位判官老爷时，要将艾叶焚化，艾香四溢，如果不叫作“辟邪”，而称之为驱除蚊蝇之类烟熏剂，岂不是卫生之道？至今农村中还以艾绒搓绳，燃之以驱蚊蝇，更是明证！至于雄黄也是药物，载之《本草》，它在医学上作为解毒、杀虫之用，外敷治疥癣恶疮和蛇虫咬伤。端午节内服雄黄酒，额上用雄黄写个“王”字，可说是外敷。它们都是为预防五毒咬伤之意，何尝是什么迷信？

至于悬挂判官钟馗像而拜之，自然是迷信之举了；但他可以捉鬼，在科学不发达的年代，总还给老百姓以精神安慰吧？当然，关于他的传说，我颇不以为然的。据说，他是唐玄宗患疟疾时梦见的一位大鬼，专捉小鬼而食，自称曾应举不第，遂触阶而死的鬼魂。经这一吓，倒把唐玄宗的疟疾吓好了，因而命吴道子画了钟馗像以赐群臣。这位钟老爷只因考试不取，便触阶而死，未免太认真，或者说是太迷信考试了。你有真才实学，何必要那“学位”？至于唐玄宗因此便命大画家画其像而供奉之，也叫少见多怪！比如在历史上，因各种考试不第而自杀者多矣，虽有千百吴道子，又安能一一而画之，并一一而供奉之呢？或云，钟馗实无其人，本是一种植物，叫作终葵，可以驱鬼，后人遂谐音而创造出一个钟馗来。如此，终葵大概是专驱疫鬼的，把他放到端午节来祭奉，其目的也似在驱除病疫了。这和雄黄、艾叶可算同一作用。不过神话一经成立，自有艺术生命力，我们至今还是宁愿有个钟馗这样好判官，而不去信什么终葵了。童年时代，每到端午，我家也挂出一幅钟馗像的，不知是何人手笔，——自然不是吴道子的真迹，后来却颇怀疑是我父亲所作，但也没问过。这幅钟判官也画得可爱，应该说，他并无一般的“神”气，却极富于人味。只可惜早不知它流落何方了。后来，看到各种戏曲中的钟馗，愈觉他可爱得很！直到现在，我们还可以在《钟馗嫁妹》或《李慧娘》中看到他貌似狰狞、其实妩媚的形象，他是不朽的了，但却和端午节脱离关系，未免可惜。否则，每逢端午，家家客堂里都悬上一幅我们田原同志画的《鬼敢来乎》，岂不也可美化生活？——不过中青年知识分子之家大多除外，因为他们的住房还有待落实，哪来的客堂？

拜过判官之后，便可午餐了。但我首先要去抢那被切开而涂上雄黄的咸鸭蛋来吃。这份鸭蛋，似乎是放在天井里被正午太阳晒过的，这不知所为何来。但蛋黄，自然也连带雄黄，还是好吃的。之后，坐上桌子进行家宴了。这天的菜自然较为丰富，在我们这种小康之家，有两样菜似乎必不可少：一是拌凉粉，二是炒鳝鱼。前者可能是表示暑天降临，后者呢，据我揣测，它可能是五毒之一蛇的代用品，表示征服了它吧？这种家常式的炒鳝鱼，是不及菜馆里“炒软兜”了，但加上少许韭菜，撒上胡椒粉，也还是别有风味的。这两样菜都是我喜爱之物，因此，另外还有什么大鱼大肉，都视若无睹，也就记不得了。而且，这顿饭吃得特别快，因为我急于要去看划龙船。

可是大人们并不着急。母亲和嫂子们要梳妆打扮，父亲和哥哥们也要着上新衣，而且要我也穿上长衫和马褂！这真够讨厌的了！长衫，基本是杭绸的，但上半截却是夏布，这叫作

“两截围”。我的第二位老师顾大先生夏天便穿这种长衫。理由呢，是绸衫遇汗粘身，其实是节俭之道。而且外面套上黑纱马褂，也看不出两截了。我，十岁左右的孩子，也长袍马褂穿起来，确实是一副清代遗少的形象，虽然此时已没有辫子，连“马桶盖”也早革除了。这种穿着，在当时我是无力也无法反对的。因为母亲曾经一再自夸过，在光复以前最穷困的年代，她对孩子总要打扮得干干净净的，即使打个补丁，也补得一眼看不出来，而何况现在？

全家男女终于出发了，出东门径奔轮船码头而去。在大闸塘稍下南岸，有好几家轮船公司，其中有招商、太古、戴生昌等等。我父亲是经常乘轮船到镇江转上海的，是老主顾，因此可以在戴生昌或招商的码头上占一席地。当然只有站着看了。要看得清而且舒服，那要雇条木船在河中看，这可是要官家或绅士财主才可以的，我们只好站稳老腿了。

龙舟竞赛，其实早就开始了。锣鼓震天，彩声四起。只见那一艘艘装有龙头龙尾的彩船上鼓手们挥舞鼓槌，大有梁红玉击鼓战金山的姿态，锣手们敲个不停，拼命让自己的船追上前者，好不热闹！而我的长衫马褂便在这时候一一脱去了。

但精彩的表演还在后头：那是凫水英雄们个人表演了。据我记忆，这种表演至少有三种：一是咬鸭蛋壳，二是追鸭子，三是水底捞月。这都是由看官们出彩头而由凫水者争夺的。

我不知鸭蛋与端午节有什么相干。中午既吃了咸鸭蛋，凫水者又要争咬鸭蛋壳，总该有个道理吧。这也有待风俗学家解答了。但争蛋壳的表演是精彩的。一只被掏空的鸭蛋壳，既轻且滑，有钱的看官们将之抛入河中，好些凫水能手便都向它凫去。但水动，蛋壳也随之漂去，因此凫水者总难追上它。即使有巧手追上，但张口一咬，它每每又溜走了。这一争夺战要持续好久，两岸上发出欢呼之后，每每又是同声叹息。当然，最后总有能人咬住蛋壳的，于是夹岸欢呼，凫水能手也得到赏赐。

追鸭子，据行家说，那是颇为残酷的。鸭子头顶用刀划破，创口上涂以水银，它疼痛难忍，放入河中便钻到水下；鸭顶见水愈加疼痛，只好再钻出水面。而凫水能手们四方追来，鸭子更拼命逃走，甚至向大闸塘上游凫去。水中健儿要溯流而上并与漩涡相搏斗，当然是精彩的表演，会获得万众喝彩的。最后，捉住逃鸭的英雄，高举他的俘虏钻出水面，自然又获得一笔赏金。

至于水底捞月，并不好看。它是由船上高官贵人们掏出一枚或几枚袁大头抛入河中，凫水英雄可以一个猛子栽到水底将它含出水面，这彩头便归他所有了。这种表演太简单，它不过让那些达官贵人显示其阔绰而已。我对此是很反感的。自然，即使是上两种表演，虽然精彩，也都沾上铜臭，如果像现在体育运动那样，由国家发给奖杯或金牌，岂不美哉？

今天，是我过第七十六个端午节了，但寂寞得很！长江大桥上下，如果有百十只龙舟在竞赛，将是如何壮观！体育项目里虽有快艇比赛，但龙舟竞渡这一群众性的水上运动不仅可以加强国民体质，也可以丰富群众文娱活动，何乐而不为呢？全中国好像只有广东以及几个少数民族还保留这一美好的风俗，以偌大一个中国来说，岂不也太寂寞了么？近年，由于农村富庶，许多民间文娱活动都恢复起来了，比如荡湖船、舞狮子、踩高跷以至舞龙灯都在电视屏幕上出现过。可是龙为水中物，只让它在陆上飞舞，岂不有蛟龙失水之叹？

今天，正是我国伟大诗人屈原逝世两千二百六十二年忌辰，但还没听说有什么全国性的纪念活动。而活着的人倒有人捧场纪念，这是可悲的事！不知中国的诗人们作何感想？记得抗战期间，诗人们曾一度以端午节为诗人节。可是全国解放后，反倒无人提起了。这是因为我们的诗人都已获得解放，再用不着请屈原老先生帮忙了呢？还是觉得他老先生怀沙自沉未免消极不足为法呢？……

我不是诗人，只有咬着粽子写下这段回忆来。这段回忆在我童年生活中倒不寂寞，可是放下笔来倒感到异常的寂寞了！

1984年6月4日，端午节于南京

后记：写完上文，放了两天，想改一改。而两天报纸上和电视屏幕上倒也出现了几次有关端午节和诗人节的新闻和录像。比如浙江杭州等处、四川重庆等处都有龙舟竞赛的镜头，令人振奋，安徽铜陵和广东佛山也有关于龙舟竞赛的消息。只是佛山市的“屈原杯”全国竞赛要到9月16日才举行，未免急煞人也！诗人屈原也一再被提起，比如近日来到湖南汨罗江畔屈子祠凭吊的中外游人接踵而至云云。又据上海消息，为了欢迎国际笔会的外国作家们，上海笔会中心举行座谈会，特别标明是为了“纪念我国伟大诗人屈原”的“诗人节”云云，但中国广大诗人似乎并未参加。另外，还有一二处报告会、演讲会，也都打着端午或屈原的旗号。凡此种种，都可说慰情聊胜于无了。特再补上一笔，以免读者补充、更正。但我的寂寞并未消除，而且增加了些感慨。这就不说了。但愿明年端午节，在全国、而不是在个别地方；在群众中、也在诗人们中掀起一番盛大的纪念活动，使我这“后记”连同正文都成为废话，则幸甚幸甚了！

端午节后二日补记

（原载1984年第9期《雨花》）

# 漫话中秋节

翁偶虹

“明月几时有，把酒问青天”，月亮给予人的美的享受，有着各种不同的意境。“月到中秋分外明”的中秋之月，以“分外明”标志出积极的愉快。无怪从“以农立国”的古代起，广大人民就把八月十五的中秋，视为仅次于春节的愉快节日。

北京的中秋节，俗称“八月节”。从八月初一满街上栉比摆设的果摊子和兔儿爷摊子起，就展开了节日的序幕。果摊子的摆设，无异北京果品的大展览。六十年前，北京的果品，只限于远郊区和河北、河南、山东等地的土产。碧绿未黄的鸭梨、半青半红的“虎拉车”（又名鲜果）、艳如少女面颊的沙果（又名花红）、紫而泛霜的槟子、牙黄扁圆的白梨、紫黄相间的李子，是节日果品的基本队伍。“伏桃”“五月鲜”“玛瑙红”的桃期已过，“蟠桃”“水蜜”的南产罕来，西山的“子儿苹果”又珍贮而藏，只有“大叶白”与成形未熟的青柿子，不登大雅的沙果梨与秋果，个别嗜痂的烂酸梨与杜儿梨，点缀其间。号称罗致无遗，实则相差甚远。这些果子，各成行列地摞摆整齐，下衬青蒿叶子，蒿香与果香齐发，飘散出诱人的节日气味。

果品以外，油盐店的菜床子上，还添卖丰硕鲜艳的鸡冠子花和修干杈丫满缀豆荚的毛豆枝子。干果店里，炫列出精心贮藏、售价甚昂的早花西瓜，都是为供奉“月亮码儿”准备的祭品。“月亮码儿”由香烛铺和南纸店出售，就是月神的神像。古代人民，由于对大自然的迷惘，想象月亮里有蟾兔桂殿，完全是从美的角度出发，却为后来的迷信风尚做了根据。所以中秋节祭祀的“月亮码儿”，就在长七八尺或短二三尺的纸屏上，用金碧辉煌的藻彩画出菩萨像般的太阴星君，下面还有月宫桂树和捣药的长耳定光仙。长耳定光仙就是玉兔。玉兔的形象是人立而执杵，竖着两只长耳朵，笑脸迎人。可能是玉兔温良的形态，驯服的性格，洁白的皮毛，惹人喜爱。手工艺人就专把玉兔塑为泥偶，取名“兔儿爷”，用较为庄重的称呼，表示对“长耳定光仙”之不敢亵渎。实则制作者的兴趣，完全是凭借这个应节祀神的依据，汪洋恣肆地寄托了他们的艺术构思，终于把“兔儿爷”塑造得形形色色，脱离了神话内容，发展为戏剧化、风俗化、人物化的艺术品。

最早的兔儿爷，只是仿照“月亮码儿”上的玉兔形象，白垩其身，人立环臂，臂有提线，牵线则双臂上下移动，形如捣药。据说，到了光绪年间，有两个看守太庙的旗籍差役，失名而存姓，一个叫“讷子”，一个叫“塔子”，借供职清闲之便，用太庙里的黏土，融制胶泥，仿照戏曲里的扎靠扮相，塑制成金甲红袍的兔儿爷，利市三倍。这种兔儿爷，大者三尺，小者尺余，最小者二三寸，用鸡蛋清罩在粉白的兔儿脸上，更显光泽。半蟒半靠，各有坐骑，或狮或虎，或象或鹿，或凤或鹤，或马或牛，或孔雀或麒麟，只有一种是端坐在莲花塘上，红莲碧叶，上映山石，石左一个粉孩，手甩金钱，匍匐向下，池内一只金眼碧蟾，迎钱而企，取“刘海儿戏金蟾”之意。大中小三种类型，形色如一，不爽毫分，所以二三寸的最为精致。大者还要在身后临时插上一面大纛旗，两只长耳朵也是临时插的。从戏装的兔儿爷，发展为脱离兔儿爷的戏出，别成为一种独立的工艺品了。什么《连环套》《战马超》《金钱豹》《盗魂铃》《八蜡庙》《长坂坡》《天水关》《花田错》《辛安驿》《丑荣归》《芦花荡》《蜈蚣岭》等文武剧目，撷取二人，组为一出，脸谱穿戴，身段神气，悉如红氍毹上。这些精致的艺品，假若能保存至今，岂止是艺术上的欣赏，更富有戏曲史料的价值。除“戏曲化”的兔儿爷以外，巧手艺人又将日常生活反映在兔儿爷身上。这种兔儿爷，虽是长耳兔首，实已人化，衣服穿着，俱作时装，体态神情，酷肖生活，什么卖油的、卖菜的、锔缸的、锔碗的、买破烂儿的、卖小油鸡的、剃头的、算命的、抓蚂蚱的……社会群相，应有尽有。还有模仿妇女的兔儿奶奶，也在兔首之上，塑起“平三套”“元宝头”“苏州撅”“两把头”等各种发型，穿戴更为趋时，随俗而异。什么抱小孩的、洗衣服的、挎篮买菜的、撑伞闲游的、织布的、纳鞋底子的……一切生活琐事，都能表现出来。另外，把集体的兔儿爷组制成风俗景色，形体较小，安装在具体的背景之中，什么听杂耍的、看过会的、烧香拜佛的、坐茶馆的、娶媳妇的、出殡的、办满月的……每组多至百十余众，各存神态。其余如兔儿爷山子、兔儿爷葡萄架、猪八戒化的兔儿爷、孙悟空化的兔儿爷，则出奇制胜，愈出愈奇，似乎制作者把他的艺术巧思，一点一滴地都倾注在兔儿爷身上了。

如此丰富多彩的兔儿爷，应节行情也超越了七月十五的莲花灯。每年中秋节以前的一个月，不仅北京九城的热闹去处遍摆兔儿爷摊子，就是东安市场的高级耍货店和东西庙会的耍货摊子，也都应节出售各种兔儿爷。当年购买的情景，今天还可以在影片《骆驼祥子》的镜头中和老舍名著《四世同堂》的描写下，看到些轮廓。然而当时的大人先生们，总是以儿童玩偶的卑视心理，低估了这些民间艺人的艺品。他们用一句“隔年的兔儿爷——老陈人儿”的歇后语，就注定了兔儿爷一年一弃的悲哀命运，以致这些绚丽多彩富有生活气息的手工艺品，落了个“一堆黄土衣冠葬，胜迹何尝遗世间”的下场。

兔儿爷并不供奉于“月亮码儿”之前。供“月亮码儿”的主要祭品，是色香并笑的果品与红白月饼。北京最早的月饼，只有自来白、自来红与团圆饼三种。后来才有“翻毛”“癞皮”

和广东月饼。自来白是猪油合面，内实山楂白糖、桂花白糖、青梅白糖、枣泥、澄沙等馅；自来红是香油合面，内实白糖、桂花、桃仁和冰糖碎块。团圆饼是大号的提浆月饼，饼面上有月宫蟾兔的图案，现在已改名为丰收饼了。一般家庭，还要自己做一个大号蒸饼，内实各种果料，祭月后，全家人分而食之，亦称团圆饼。团圆二字，似更亲切。虽然改烙为蒸，却还保留了原始家乡饼的遗意。至于现烙现吃的家乡饼，那时只有前门外致美斋饭馆独家经营，改名为热月饼，先节而市。

可能因为玉兔喜吃毛豆，祭月必用毛豆枝子。而并列的鸡冠子花与切成莲花瓣形的莲瓣西瓜，九节藕，则与月神无关。但从形色上看，鸡冠花之紫艳，独标于群花渐凋的中秋；白藕枝之九节，显示出淤泥不染的品质；西瓜之切成莲瓣，装点出瑰丽玲珑的姿态。可能是以洁美的愿望，酬答月里嫦娥给予人们的洁美的享受。因而北京有“男不拜月，女不祭灶”之风。似乎月神的洁美赐予，厚于女而薄于男，这就不怪在曹雪芹的笔下，把男子写成是土做的，把女儿写成是水做的了。

中秋凉爽，正是演戏、听戏的大好时刻。中秋节的月令戏，早已有之。明代的刘晖吉女戏演“唐明皇游月宫”，能在叶法善导游时：“场上一时黑魆地暗，手起剑落，霹雳一声，黑幔忽收，露出一月，其圆如规，四下以羊角染五色云气，中坐常仪，桂树、吴刚，白兔捣药。轻纱幔之内，燃赛月明数株，光焰青黎，色如初曙。撒布成梁，遂蹑月窟。境界神奇，忘其为戏也。”清代升平署月令承应戏《丹桂飘香》《霓裳献舞》，在宫廷里“福禄寿”的大型戏台上演出，更多玄彩。民间能看到的应节戏，最早当数王瑶卿创排的《天香庆节》，以捣霜仙子与金乌大仙的婚变，象征日月之争。王瑶卿自饰捣霜仙子，起打时，用长柄玉杵。钱金福、李寿山都饰演过阳精大圣金乌仙，张文斌饰演福陵丈人赤兔仙。此戏仅传于前中华戏曲学校，由宋德珠演捣霜仙子，赵德钰演金乌大仙，王德溥演赤兔大仙。1915年，梅兰芳创排古装戏，第一出就是中秋应节戏《嫦娥奔月》。梅自饰嫦娥，李寿山饰后羿，俞振庭饰吴刚，路三宝、朱桂芳、姚玉芙、王丽卿分饰四仙姑，李敬山饰兔儿爷，曹二庚饰兔儿奶奶，珠联璧合，一演而红。全国各地的旦角演员，接踵而演，风靡一时。嗣后又出现了《唐王游月宫》《桂影广寒宫》等应节新作。实则传统戏里提到“八月十五”的很多，如《武家坡》中的“八月十五月光明”,《打龙袍》里的“八月十五火烧冷宫廷”,《岳家庄》里“八月十五，吃月饼的那一天”……以及《阴阳河》之又名《中秋赏月》,《麟骨床》之又名《梦游月宫》。只是未现嫦娥之容，不见月神之影，远逊于神话色彩更具体的《嫦娥奔月》而已。

（录自《北京话旧》，百花文艺出版社，1985年版）

# 龙年谈龙

柯　灵

龙年谈龙，根据“× 年谈 ×”的旧例，可以算是历久常新的时髦话题，我不揣浅陋，也想来一次东施效颦。过去历次政治运动揭幕，总要郑重宣称：这个运动是“十分必要的，非常及时的”。龙年谈龙是否必要我不敢担保，但“非常及时”，总是无可置疑的了。

自古以来，谁也没有见过龙，却谁都知道龙，龙之所以为龙，就在于此。大概世间伟大而神秘的事物，多半赋有这种特性。

龙神通广大，影响深远，十二生肖中没有一种能和它相比的。尽管龙和人类面熟陌生，其他如牛、马、羊、鸡、猪、狗、兔、猴，倒和被谑称为“两脚兽”的人关系密切。虎要吃人，蛇要咬人，但人也剥虎皮，泡虎骨酒，乃至服食虎鞭（虽然目前假货充斥市场，连虎鞭也有假造的）；蛇羹是岭南名菜，蛇皮可以制钱包，蛇胆明目，功效卓著。只有鼠十分差劲，形容猥琐，行动鬼祟，不但贪污盗窃，与人争食，还能传布鼠疫，危害极大，因此我们报刊上的流行语中，有“老鼠过街，人人喊打”这一说。但谚云“咬人的狗不叫”，随口嚷嚷，喊打不等于真打。因为我们家大业大，无妨眼开眼闭，犯不着过分认真。所以在十二生肖中，鼠龙安然并坐，高踞一席，从未听说有什么人提出异议。也不知道这十二生肖是谁圈定的，如果改用选举，鼠肯定要落选。

龙代表至尊无上的帝王，君临天下。帝王之宅，龙盘虎踞，帝王凤目龙睛，穿龙袍，睡龙床，坐龙庭，“日色才临仙掌动，香烟欲傍衮龙浮”，是大诗人王维描摹天子早朝的名句。他一高兴，是龙心大悦；一发火，是龙颜大怒，都是非同小可的事。帝王有后有妃，“后宫佳丽三千人”，替他生产龙种。他一旦死去，就叫龙驭宾天。而继承王位的，自然非龙种莫属，龙子龙孙，绵延不绝，才能万世一系，系于不隳。终身制和世袭制是封建法统的精髓，但检点二千余年的王朝兴替史，终身制和世袭制都不免有些麻烦。秦二世而斩，开头就开得不吉利。有一首唐诗说：“竹帛烟销帝业虚，关河空锁祖龙居。坑灰未冷山东乱，刘项原来不读书。”把秦祚短促归咎于秦始皇焚书坑儒。这种书生之见，未便认为确论。刘邦心直口快，他的名言是“乃公马上得天下，安用诗书！”抗日战争胜利，由重庆复员的人物，以“老子抗战八年”为口头禅；解放以后，则有“江山是我们打的”，同义反复，一脉相沿，来源极古。

龙在中国，普及时空，广被万象。天子门下的文臣武将，文的才华出众，称为龙跃凤鸣；武的气概不凡，喻为龙骧虎步；年少有才，那就是龙驹凤雏了。老百姓婚娶，是终身大事，享有点龙凤花烛的特殊待遇，显示皇恩浩荡。舞龙灯，赛龙船，当然是盛世风光的点缀。宝剑中的名器，号为龙泉。马中良材，拥有龙马、龙文、龙媒、龙孙等美称。庭园中有龙柏、龙爪槐、龙舌兰，筵席上有龙虾，果品中有龙眼，香料中有珍贵的龙涎香。还有一种状如蟑螂的龙虱，是广东人酷嗜的美食。这里随手掇拾，已经美不胜收。但列举的只限于龙的“正面形象”，还另有些龙，例如小菜场上的长龙，令人谈龙色变的龙卷风，因为可能引起消极影响和不良反应，为了顾及社会效果，恕置不论。

文学艺术世界，自然也少不了龙的影子。鸿文巨制、锦心绣口的天才运作，是雕龙高手；等而下之，就属于雕虫小技，壮夫不为了。有关龙的掌故、传说、寓言、神话，瑰奇矞丽，摆起龙门阵来，绝不止一千零一夜。有的还很耐人寻味。“叶公好龙”的故事，现已为人所熟知。据说叶公爱龙，满屋子都是龙画、龙雕、龙饰，龙受宠若惊，引为知己，就从天而降，登门拜访。谁知龙头刚在窗口出现，叶公就骇得拔脚而逃。叶公是古人，远在天边，却又近在眼前。例如民主、自由这样的东西，供在玻璃橱窗里，当作政治摆设，或者挂在口边，作为茶余酒后的清谈，是很有趣的，很能装点文明风雅，但一遇到真价实货，就难免步叶公后尘，“失其魂魄，五色无主”了。

《封神榜》里对龙王的描写很不严肃。哪吒闹海，不但把东海龙王敖光（《西游记》称敖广）的水晶宫闹得家翻宅乱，打死龙王三太子，抽了龙筋，还把敖光叫作“老泥鳅”，揭了他的龙鳞，打得他大叫“饶命”。哪吒是七岁的孩子，当然不懂得“马克思主义的道理千条万绪，归根结底就是一句话：‘造反有理。’”这一条“革命”道理，而因为他不但是陈塘关总兵李靖的公子，地道的高干子弟；而且是乾元山金光洞太乙真人的弟子转世，很有来头的缘故。

《西游记》更有歪曲龙王英雄形象的嫌疑。原来唐朝长安西门街有个卖卦先生，神机妙算，曾给相识的渔夫卜课，看准在哪里下网能够得鱼。就为这点小事，东海龙王敖广认定有损水族利益，怀恨在心，乘玉皇大帝下旨降雨的机会，以权谋私，违法作弊，设就圈套，准备狠狠地整那卖卦先生，不想因此触犯天条，害人反害己，第二天午时三刻就要问斩，而监斩官却是唐太宗驾下的丞相魏徵。亏得卖卦先生宽厚，以德报怨，指点龙王赶快向人王求情，救他一命。唐太宗王王相护，慨允帮忙，把魏徵招来对弈，扣在御前，延误他的监斩时刻。谁知魏徵铁面无私，伏在棋桌上打了个瞌睡，灵魂出窍，还是上天把敖广的老龙头砍了。这个故事说得神乎其神，大大丑化了龙王，美化了魏徵，是很不足为训的。魏徵诚然是史书公认的一代名臣，提倡“兼听则明，偏信则暗”，不无道理，敢于“犯颜正谏”，骨头很硬。为了表示敬老尊贤、安国利民的意向，不妨予以口头表扬，但切不可不知高低轻重，妄想“步武前贤”，向魏徵学样。须知龙喉下有逆鳞，触犯了，龙要起杀心的。最好学点庄子说的“屠龙术”，云里雾里，光说不练。二十年前，有人轻举妄动，在报上鼓吹学习魏徵，又有人编演什么《海瑞上疏》《海瑞罢官》，结果引爆了那一场天摇地动、鬼哭神号的大事变。人命关天，总结经验，吸取教训，才是“十分必要”的。《红楼梦》写秦可卿闺中有一副对联，道是“世事洞明皆学问，人情练达即文章”，贾宝玉看了大不以为然，这样不通世故，不识时务，难怪贾政认为忤逆不孝，要痛加鞭挞了。

有些传奇志怪中所写的龙，却颇有些平民化的倾向。龙究竟是什么样子？《柳毅传》中有一段细腻的笔墨：“大声忽发，天拆地裂，宫殿摆簸，云烟沸涌，俄有赤龙长千余尺，电目血舌，朱鳞火鬣，项掣金锁，锁牵玉柱，千雷万霆，激绕其身，霰雪雨雹，一时皆下。”威灵显赫，很有盛气凌人的派势。其实这条龙只是性子暴烈，却讲究人情，疾恶如仇，很容易亲近的。《柳毅传》里的龙女，婉欸缱绻，美貌多情，被薄幸的丈夫抛弃，悲苦无告，落得牧羊道畔，经过许多曲折，终于下嫁一位曾代她向娘家送信的落第书生柳毅。她认为这段人龙混杂的婚姻是天意，口吻活像个普通听天由命的善良妇女，有失龙君千金风度。柳毅娶了龙女，白日飞升，享用豪华，胜于公卿，而且朱颜长驻，成了神仙。自来龙门难跳，狗洞易钻，夤缘进身，正是终南捷径。古往今来，多少狗苟蝇营的风云人物、火箭干部，就是这样上去的。不久以前，江西就出过一位赫赫有名的副省长。柳毅是正派人，以“义夫”自许，不幸考不上进士，却幸而遇见龙女，一念之善，无意中由攀龙而乘龙，为后世的登龙术多开了一道门路，很值得投机家焚香顶礼，表示感谢。

虎啸风生，龙腾云涌，在十三大的风云际会中，十亿人翘首长天，祝愿中华民族这条五千年的东方老龙乘时崛起，不要重演神龙见首不见尾的故态，那么草野蚁民，就要欢欣鼓舞，山呼万岁了。

1987年12月21日

（原载1988年第1期《文汇月刊》）

# 盂兰盆会

新凤霞

我从小最感兴趣的是过年过节，自己长一岁能看热闹，还有好多吃的。在二伯母家边学戏边干活，我干得利利索索。八月节要烙月饼，要先做月饼馅。我能够跟着大人熬夜，把芝麻炒熟，把花生仁切碎了，用香油炒面，放冰糖拌好馅，用油合面，放进一点咸盐，叫咸甜馅。我最喜欢吃咸甜的月饼了。包好了月饼，一个个圆圆的，还要用模子扣出花纹来。模子大小都有，扣的时候要先在模子里放点干面粉，向外磕的时候不粘模子。一个月饼做好，放在排板上，像摆饺子一样，一排一排的，整整齐齐。在平底锅上烙，先用大火，再慢慢地用小火烤。先一个个平放，然后再立起来烤边。八月节要做出好多月饼来，拜仙爷上供的各种月饼，发面的、油和面的。油和面烤出来的月饼油酥酥的；还有白皮月饼。各种月饼按馅取名，有五仁、豆沙、红白糖等等，花样就多了。

五月节包粽子，洗豆沙，用油炒，放冰糖、玫瑰，煮红枣、江米，包粽子的叶那时不是买的，不知从哪里弄来的，反正到时候就有很多芦苇叶子。我包粽子很快，两只手包得很利索，扎绳子时，用牙咬着绳子的一头，一手来回地缠绕，扎紧扣好绳头。二伯母家包粽子非要我去不可。可是粽子煮熟后，吃热粽子时，不叫我上桌，让我吃凉的，也正合我的心意，凉粽子不能多吃，有一次，我吃凉粽子闹肚子痛，受了一场大罪哟！可我仍不改吃凉粽子的习惯。

正月十五包元宵，我也会包。豆沙馅放猪油，买来油酥小芝麻饼，碾碎了，放猪油冰糖，包成圆圆的形状。包元宵的江米面需要用热水来和；江米面要和得很软，太硬了不好包。二伯母说："包得松着点，团得太硬，煮出来不松软，难吃。"

七月十五，据说这一天是地藏王生日，人们叫作盂兰盆会，是鬼的节日。这一天要放河子灯、莲花灯，烧纸上坟。莲花灯是莲花瓣内插蜡烛，一串串的，有钱人家要烧大船，纸糊的大船，满船各种各样的莲花，都有蜡烛；还有僧道念经超度，吹吹打打的好热闹哇！最后给地藏王烧纸。讲究的人家把莲花割去芯，加上粗铁丝点燃蜡烛，人们双手举起莲花灯；还有的在荷叶中间也点上蜡烛，成群结队地走到河边上船。放烟火后，把莲花荷叶顺着河流漂下去，可热闹好看了。我挤在人堆里，踮着脚还是被大人给遮住了，不得已只好从人缝里看。只见一片墨绿水上漂着各种莲花灯。大船上的人向河里投灯，更排场的人家，老爷、太太坐在大船内饮酒作乐、念经。有新丧人家，坐在船上哭，小姐、太太像演戏一样捂着嘴哭，前仰后合，这声音有高有低、有粗有细，还有拉长音带调子的，老妈子、丫头在旁边递毛巾伺候着。还有哭得太厉害了，老爷发脾气大声制止："行了，行了。"我看热闹比看戏还过瘾，什么模样的都有。哭止了，佣人们端着大盘子西瓜、果品等等，摆满桌子。太太、小姐们哭够了就吃呀、喝呀，闹腾个够。长大了我才知道这是搞迷信活动。这热闹却是闹通宵的，我可不能跟他们熬时间，看够了回家，第二天不能误了练功学戏。可是，回家躺在炕上，我头脑里还留着一个影子：一只大船上坐着小姐、太太们，身上穿素衣服，头上扎着黑纱带子，有声无泪！放的莲花灯很多，全是白色的。船头大玻璃罩的莲花灯也是白穗子。划船的把式腰扎白带子。船上人们哭喊得凶，吃喝也凶；惹人注意的是，桌子上放着一个话匣子，伸出大喇叭，哭声才止就放出了《靠山调》《妓女悲秋》。本来我要走的，可是这段"悲秋"唱片吸引住了我。听完这腔调，在我脑海里老是转悠悠的，更觉得没白来一趟。夜影朦胧，船上各种莲花灯照得通亮，船向远处划去，唱片声也渐渐地远了。这情景叫我很难忘记，回家躺在炕上，久久不能入睡。

七月十五这天，姑奶奶回娘家烧纸，是个规矩。姑奶奶还必须烧莲花灯，敬地藏王。我对剪花样，做过节吃饭的活，都感兴趣。临近盂兰盆会前两天，我可忙了，起早贪黑地做活，还不能犯一点错儿，要不然二伯母就要没收我的剪刀。

盂兰盆会这天，又是穷人挣钱的日子。因此，我们这个大杂院的大人、小孩都够忙的。我父亲更忙，他总说："老天爷发发善心，风调雨顺吧……"真不巧啊，七月十五这天下雨了。老爷、太太们更要显显气魄，前呼后拥，有人打着伞，领路上了船；有的人拿着盘子、瓶子各种器具、果品，桌上边一个大圆伞正好遮住了雨。盂兰盆会，主要是女人烧纸的日子，因此女人比男人多。

我跟父亲忙活着挣点钱。父亲手里拿着一把芭蕉叶扇子挡面孔，我戴一顶草帽。父亲往船上送莲花灯，我也扮作童女，提灯引路往船上送人。活干完了，太太、小姐们给一份赏钱。一次，父亲忙完了，带我到船上谢太太、小姐们的赏。那天我们实在太累了，父亲汗流浃背，用扇子不住地忽扇着。上船前，父亲整理一下衣服，我也学着父亲用手捋一下头发，拉平展衣裤，对着水影把小辫子梳好，扎上红绒头绳。这天我的小辫子梳得高了一点，我向太太、小姐深深鞠躬，小辫子翘得很高，还未等我开口，胖太太便捂着嘴笑了，说："啊，真行，还梳着一个高高的小辫哪！跟账房先生说，赏！"一个用人给了我赏钱。我谢了赏，退步转身走了。父亲还在河边等我哪。我得意地伸手给父亲看，想把钱交给他。父亲一见，摆手向我示意，我站在一边不动、不声响了。轮到父亲上船去领赏了，他不但没有领到，还惹恼了太太、小姐，发了一通脾气。原因是父亲上船前，把大芭蕉叶扇子掖在背后的裤腰带上，见了太太、小姐便说：“莲花灯都摆齐了。太太、小姐还有事吗？”一躬身，扇子露出来了。太太站起来拍桌子大骂：“盂兰盆会是灯火会，你有意带着扇子扇，挡住了地藏王的眼哪！”灯，被说成是地藏王的眼睛，我们事前都不知道啊，多冤呀，白受累也领不到赏钱。从这时我才知道了，七月十五不许扇风，扇扇子是扇了地藏王的眼睛。父亲说：“认倒霉吧，白忙活了一阵子，也没有领到赏钱。”可是，我就不信这个邪，天热了，这一天我照样扇扇子。

粉碎“四人帮”后，民间的各种有趣的传统活动，逐渐恢复起来了。有的传统活动有益，有的就不怎么好。七月十五放河子灯，也搞起来了，这是群众的传统风俗，假若把迷信色彩去掉，这一天不是一个很热闹的日子吗！

（录自《恩犬》，人民文学出版社，1989年版）

# 除夕

斯　妤

头一天照例是熬夜然后照例是睡懒觉睡到阳光灿灿，市声嘈杂。眼睛睁开后下意识地望了望窗外，复又下意识闭上。再次睁开眼时想到的是儿子。躺在身边的儿子却早已醒来，自己睁着眼睛望着天花板。不像在玩也不像发呆当然更不是在思索。他就是那么躺着静静地眼珠黑黑地看着天花板。

我朝他一笑。他也回报我嫣然一笑。我说今天怎么这么乖醒了也不叫妈妈不吵妈妈今天真是特别的乖。儿子应付似的笑笑然后说妈妈今天是星期天吧今天咱们不上幼儿园对不对？

我于是猛地想起今天是一个特别的日子。记忆中这个日子在老外婆手里是从凌晨三点开始的。凌晨三点外婆就赤着脚下床，然后开始佝偻着腰紧张而麻利地忙着。

今天是腊月廿九。是围炉的日子迎新送旧的日子。

在闽南老家，这一天是大忙特忙的日子。要擦桌擦床擦门洗地板，要蒸桌面那样大的白糖年糕、红糖年糕、咸味年糕，要炸成缸的“炸枣”，做整盆的五香肠，还要换上新浆洗的窗帘床单铺上雪白的台布。然后，要开始热气腾腾地忙围炉的年饭……

夜幕降临时，大家便团团围坐在圆桌前。外婆开始祷告，舅舅们开始祝酒，小孩子们开始整段整段地往嘴里塞五香肠。

妈妈和老外公开始悠悠扬扬地哼起乡剧来。

于是除夕噼里啪啦大笑着走来，又噼里啪啦大笑着离去。

憔悴瘦弱精疲力尽的老外婆这时才安静下来，她软软靠在太师椅上，似甜蜜又似苦涩地微笑着，看我和妹妹用两双筷子表演小提琴协奏。

这表演很逼真。表情的专注手臂的灵活都是空前的。唯一遗憾的是这只是一出哑剧，任我们孝心浓郁技巧娴熟，两双筷子拉不出优美的琴声来慰问忙碌了一生操劳了一生的老外婆。

接下来，接下来生育了十四个子女其中病死两个远游两个蹲监狱一个的憔悴的外婆衰老的外婆就要发出长长的喟叹了。这喟叹即使在童年中的我听来也是那样山一般沉重那样沉郁久远那样生满斑斑锈迹。

可是突然儿子尖尖的嗓音使劲往我耳朵里钻：

“妈妈你在想什么你在想什么呀妈妈妈妈！”

于是只好叹一口气从床上坐起来，只好将自己的童年暂时丢到一边去，照料起儿子的童年来。

也擦门也擦窗也洗窗帘床单被罩，也杀鸡也宰鱼也做五香肠也炸肉丸子，然而再没有镇东头那清凌凌的河水任我漂洗，再没有灶间里那哔哔剥剥的炉火整日燃烧映红我的面颊，再没有桌面大的笼屉里升腾起幽幽蒸汽引人遐思，再没有佝偻的外婆嘶哑的外婆解放脚的外婆在楼上楼下麻利而疲惫地忙着。外婆已作古，我也将近中年，闽南老家越来越遥远越来越遥远远到当我那年回去时，骤然发现我的那座名叫海沧的博大的小镇美丽的小镇温馨的小镇如今只是一只小小的巴掌。它矮小、丑陋、肮脏。它随随便便躺在海边，活像一个贫病老丑的妓女。

我惊心痛心地看着它，它也生气而骄傲地瞪着我。从它那因耻辱而愤怒的眼神里，我痛苦地知道它从此不再承认我是她的孩子了。

是的，不再有竹竿形的楼上楼下的家了。不再有博大美丽温馨的小镇了。

不再有橘红色的炉火，煤气灶里吐出来的是蓝蓝的火焰。清凌凌的河水也已成为历史，装有电脑的洗衣机正在发出隆隆的嗓音，嘶哑的外婆解放脚的外婆不再发出长长的喟叹了，她的舞台已经落幕，她的灵魂已经安息。

户主直到下午四点钟才走进家门。一进家门就急急地说快天花板还没掸吧煤气还没换吧配给的好米好面还没买吧快儿子一边玩去别缠着爸爸爸爸还有好多事要干。

于是儿子嘟囔着小嘴又到一边守着他的寂寞了。他已经被忽视了一天，虽然不高兴却也还算懂事。整整一天他与一堆玩腻玩厌了的玩具为伴。

于是关掉洗衣机掸天花板。于是骑上车出去买米买面。于是心急火燎地找煤气供应证。于是换煤气拖地板烧开水给儿子洗头洗澡换新衣。

于是热气腾腾地烧年饭。儿子已经玩得不耐烦而且肚子也饿了，他搬了个小板凳坐在厨房的门前开始哼哼叽叽地吵人。

想教训他又强忍住。想快些烧菜偏偏火就灭了。想喊户主帮忙可户主正在抢时间洗澡。

年饭总算备齐了。绛红色的葡萄酒斟满酒杯时，突然忆起外婆祷告时脸上的光辉。

宗教使苍老的外婆刹那间变得美丽。虽然这美丽只是短暂的瞬间。

户主喝着酒谈起外面的奇闻轶事。他说了不少我却只听进一桩。因为我的心里不知为什么突然潮湿起来百感交集起来。当他正侃侃而谈的时候我的思绪正在一个个遥远的梦一个个真实的日子里遨游。那梦那真实曾经使我沉醉使我苏醒。我还忆起一段遥远的爱情，那爱情当时铭心刻骨如今看来不免可笑。然而它使我头一回睁开眼睛看真实世界真实人生真实自我。

我当然也无法忘怀这日复一日的重复，日复一日的平凡，日复一日的身与心的疲惫。然而即使不重复不平凡不疲惫又怎样你又何能跳出属于你属于他属于每个人的永恒的局限与怪圈？

我听进去的唯一的那桩事是：一个写了一本有价值的论著

的大学讲师为使著作出版为使价值实现挂着大木牌到繁华的前门大街募捐……

那挂着木牌的形象我当然很熟悉。当年家族里有的是挂木牌的人。

户主离开桌子去取早就预备好的鞭炮了。新年的脚步声已临近。当掀天揭地的爆竹终于奏响起来，当记忆中憔悴瘦弱的老外婆靠在太师椅上，正要发出她那锈迹斑斑的著名喟叹时，我伸手轻轻捂住了耳朵。

（原载1990年第11期《青年文学》）

# 请饮一杯屠苏酒

王春瑜

“爆竹声中一岁除，春风送暖入屠苏。千门万户曈曈日，总把新桃换旧符。”——这是妇孺皆知的王安石的《元日》诗。“春风送暖入屠苏”，是说春风万里送暖归，屠苏酒喝得人们其乐也融融。

我国饮屠苏酒的历史很悠久。东汉崔寔的《四民月令》即有“元旦（春节）饮屠苏酒”的记载。饮法很有讲究：年少者先饮，年长者后饮，最老者最后饮。这与传统的尊老敬贤、长幼有序，颇不相符，可谓次序完全颠倒了。如何解释这种饮酒礼？宋人庄季裕说：“如岁盏屠苏酒，自小饮至大，老人最后，所余唯多，则亦有贪婪之意。”（《鸡肋编》卷中）这种解释，太煞风景，与实际风马牛不相及也。据《时镜新书》记载：“晋海西令向董勋曰：正旦饮酒先从小者，何也？勋曰：俗以少者得岁，先酒贺之，老者失岁，故后饮酒。”原来，是以得岁、失岁为序，这是多么合理，并洋溢着浓浓的人情味呵！这在许多诗人的大作中，均有描述。刘梦得、白乐天元日举酒赋诗，刘云：“与君同甲子，寿酒让先杯。”白云：“与君同甲子，岁酒合先谁？”白乐天还有《岁假内命酒篇》云：“岁酒先拈辞不得，被君推作少年人。”顾况感慨年华易逝，人生苦短，眼神里流露着无限羡慕，把屠苏酒让给拥有未来的少年：“不觉老将春共至，更悲携手几人全。还丹寂寞羞明镜，手把屠苏让少年。”成文干则带着无可奈何岁月去的神情，感叹道：“戴星先捧祝尧觞，镜里堪惊两鬓霜。好是灯前偷失笑，屠苏应不得先尝。”倒是苏东坡老先生想得开，他在《除夜野宿常州城外》中，高声吟哦：“但把穷愁博长健，不辞最后饮屠苏。”（《坚瓠戊集》卷二）如此通达，非生性磊落、胸怀博大者不能为也。

古人如此重视屠苏酒，此酒究为何物？这是个人言人殊的问题。有人认为，屠苏是名医孙思邈的庵名，故其辟疫之药，能“屠绝鬼气，苏醒人”。明朝学者郎瑛认为此说“误矣”，正确的解释应当是：“屠苏，本古庵名也。”还有人认为，“苏魒，鬼名，此药屠割鬼爽，故名。”（《本草纲目》卷二十五引）此说太玄乎，难以置信。尚有他说，不妨存而不论。

屠苏酒的配方是什么？这是酒史研究者的热门话题之一。前几年，有位学者曾断言，此方在中国文献中已失传，只能从日本的古籍中去查找。此言差矣！郎瑛载谓：“大黄、桔梗、白术、肉桂各一两八钱，乌头六钱，菝葜一两二钱。……剉为散，用袋盛，以十二月晦日日中悬沉井中，令至泥；正月朔旦，出药，置酒中，煎数沸，于东向户中饮之，先从少起，多少任意。”（《七修类稿·辩证类上》）显然，这个记载是够详尽的了。（《本草纲目》卷二十五引）陈延之《小品方》，也载有屠苏酒的配方，且与郎瑛所述大同小异。

屠苏酒的药物构成及制法，都比较简单易行，故古人才会那样风行。建议酒厂及有兴趣者，恢复生产屠苏酒，若然，在一年一度的万象更新的元旦，我们就能够像先辈们那样，团团而坐，由少及老，道声：请饮一杯屠苏酒，不亦快哉！

（原载1992年2月4日《光明日报》）

# 故乡的元宵

汪曾祺

故乡的元宵是并不热闹的。

没有狮子、龙灯，没有高跷，没有跑旱船，没有“大头和尚戏柳翠”，没有花担子、茶担子。这些都是在七月十五“迎会”——赛城隍时才有，元宵是没有的。很多地方兴“闹元宵”，我们那里的元宵却是静静的。

有几年，有送麒麟的。上午，三个乡下的汉子，一个举着麒麟，—— 一张长板凳，外面糊纸扎的麒麟，一个敲小锣，一个打镲，咚咚哨哨敲一气，齐声唱一些吉利的歌。每一段开头都是“格炸炸”：

格炸炸，格炸炸，
麒麟送子到你家……

我对这“格炸炸”印象很深。这是什么意思呢？这是状声词？状的什么声呢？送麒麟的没有表演，没有动作，曲调也很简单。送麒麟的来了，一点也不叫人兴奋，只听得一连串的“格炸炸”。“格炸炸”完了，祖母就给他们一点钱。

街上掷骰子“赶老羊”的赌钱的摊子上没有人。六颗骰子静静地在大碗底卧着。摆赌摊的坐在小板凳上抱着膝盖发呆。年快过完了，准备过年输的钱也输得差不多了，明天还有事，大家都没有赌兴。

草巷口有个吹糖人的。孙猴子舞大刀、老鼠偷油。

北市口有捏面人的。青蛇、白蛇、老渔翁。老渔翁的蓑衣是从药店里买来的夏枯草做的。

到天地坛看人拉“天嗡子”——即抖空竹，拉得很响，天嗡子蛮牛似的叫。

到泰山庙看老妈妈烧香。一个老妈妈鞋底有牛屎，干了。

一天快过去了。

不过元宵要等到晚上，上了灯，才算。元宵元宵嘛。我们那里一般不叫元宵，叫灯节。灯节要过几天，十三上灯，十七落灯。“正日子”是十五。

各屋里的灯都点起来了。大妈（大伯母）屋里四盏玻璃方灯。二妈屋里是画了红寿字的白明角琉璃灯，还有一盏珠子灯。我的继母屋里点的是红琉璃泡子。一屋子灯光，明亮而温柔，显得很吉祥。

上街上看走马灯。连万顺家的走马灯很大。“乡下人不识走马灯，——又来了”。走马灯不过是来回转动的车、马、人（兵）的影子，但也能看它转几圈。后来我自己也动手做了一个，点了蜡烛，看着里面的纸轮一样转了起来，外面的纸屏上一样映出了影子，很欣喜。乾隆和的走马灯并不“走”，只是一个长方的纸箱子，正面白纸上有一些彩色的小人，小人连着一根头发丝，烛火烘热了发丝，小人的手脚会上下动。它虽然不“走”，我们还是叫它走马灯。要不，叫它什么灯呢？这外面的小人是唐僧、孙悟空、猪八戒、沙和尚。整个画面表现的是《西游记》唐僧取经。

孩子有自己的灯。兔子灯、绣球灯、马灯……兔子灯大都是自己动手做的。下面安四个轱辘，可以拉着走。兔子灯其实不大像兔子，脸是圆的，眼睛是弯弯的，像人的眼睛，还有两道弯弯的眉毛！绣球灯、马灯都是买的。绣球灯是一个多面的纸扎的球，有一个篾制的架子，架子上有一根竹竿，架子下有两个轱辘，手执竹竿，向前推移，球即不停滚动。马灯是两段，一个马头，一个马屁股，用带子系在身上。西瓜灯、虾蟆灯、鱼灯，这些手提的灯，是小孩玩的。

有一个习俗可能是外地所没有的：看围屏。硬木长方框，约三尺高，尺半宽，镶绢，上画工笔演义小说人物故事，灯节前装好，一堂围屏约三十幅，屏后点蜡烛。这实际上是照得透亮的连环画。看围屏有两处，一处在炼阳观的偏殿，一处在附设在城隍庙里的火神庙。炼阳观画的是《封神榜》，火神庙画的是《三国》。围屏看了多少年，但还是年年看。好像不看围屏就不算过灯节似的。

街上有人放花。

有人放高升（起火），不多的几支，起火升到天上，嗤——灭了。

天上有一盏红灯笼。竹篾为骨，外糊红纸，一个长方的筒，里面点了蜡烛，放到天上，灯笼是很好放的，连脑线都不用，在一个角上系上线，就能飞上去。灯笼在天上微微飘动，不知道为什么，看了使人有一点薄薄的凄凉。

年过完了，明天十六，所有店铺就“大开门”了。我们那里，初一到初五，店铺都不开门。初六打开两扇排门，卖一点市民必需的东西，叫作“小开门”。十六把全部排门卸掉，放一挂鞭，几个炮仗，叫作“大开门”，开始正常营业。年，就这样过去了。

1993年2月12日

（原载1993年3月18日《武汉晚报》）

# 节令

张中行

许多老年人常说，当年盼过节，现在怕过节。怕，显然是不愿意老之将至，尤其老之已至。且说当年，盼，是因为爱热闹，爱百日之张以后的那个一日之弛，还有是可以开斋，吃点肚子会欢迎的。这当年包括相当长的一段，幼年在家乡那时候是早期，生活单调，又离老很远，所以就特别愿意过节。愿意是其中有乐，可惜是时乎时乎不再来，现在只能凭借可怜的点点记忆温习一下了。

最隆重的是年节，今曰春节。名者，实之宾也，那时候只有旧年而没有新年，年正统而不偏安，过，无论举动还是心情，就都与现在大不一样。总的说是花样多，人人都把它看作一件大事。大事要大办，其表现之一是时间长，差不多是由进腊月起，一直延续到正月过二十。腊月的第一个小节，或说小的活动，是初八的早晨吃腊八粥。粥用各种米、各种豆加枣煮成，虽然远没有北京旗下人那样丰盛、精致，由我们农村的孩子看，就是小改善了。农村有个流行的谚语，是“送信的腊八，要命的糖瓜”，本是形容欠债人的境遇的，进腊月将催促还债，越近年底催得越厉害，可是这前一句也无妨移用于一切人，尤其妇女。依惯例，衣食的做，要由妇女负责。过了年，男，衣履最好也能新；妇女和孩子，衣履必须新，还要外加美，如衣要镶边，鞋要绣花之类就是。其时还没有缝纫机，工作的繁重是可以想见的。还有食，也是依惯例，进正月，主食，如馒头、包子（豆馅）、年糕（或黏糕）、糜子面饽饽（也是豆馅）等，副食，主要是肉类，都要年前做出来，藏在院中的缸里（等于天然冰箱），所以就要先磨各种面，然后一锅一锅蒸。男人，除赶集购置之外，不像妇女那样忙。有少数例外，如冯庄有高跷会（正名为庆丰会），正月元宵节前要出会多次，扮演者就要在腊月苦练。这中间，腊月下旬二十三日还有个小节，祭灶。这一天下午，要用黍秸做成小车小马，晚上在堂屋灶台上设供品（木版印的灶王像都是贴在灶以上的墙上），记得有一碗清水，旁有一碟糖瓜（圆形的大麦糖），拈香祭后，灶王像，连同车马，拿到院内烧掉。据说这样一烧，灶王老爷就飞升，到玉皇大帝那里去汇报了。所报一定是家里的好事，因为吃了糖瓜，嘴必甜。也许是防备万一吧，灶王像旁还贴有联语，是“上天言好事，下界降吉祥”，横批是“好话多说”。真就说了好话吗？如果竟是这样，对于有权说好说坏的灶王老爷，虽然也接受子民的意思意思，我们就不能不说，究竟还是多有古风，只是三两个小小的糖瓜就有求必应，换为现在，一年祸福的大事，不是金瓜就必做不到吧？

转为说自己，腊月十五小学放假之后，年前的准备只是集日到镇上买年画和鞭炮。逢五逢十是集日，年画市在镇中心路南关帝庙（通称老爷庙）的两层殿里，卖鞭炮的集中在镇东南角的牲口市。腊月三十俗称穷汉子市，只是近午之前的匆匆一会儿，所以赶集买物，主要是二十和二十五两个上午。家里给钱不多，要算计，买如意的，量不大而全面。年画都是杨柳青产的，大多是连生贵子、喜庆有余之类，我不喜欢。我喜欢看风景画和故事画，因为可以引起并容纳遐思。这类画张幅较大，有的还四条一组，价钱比较高，所以每年至多买一两件。自己没有住屋，回来贴在父母的房子里，看看，很得意。卖鞭炮，市上有很多摊贩，要选择物美价公道的。种类多，记得只买小鞭、麻雷子、灯花、黄烟；不买二踢脚和起花，因为那是大人放的。

一切（包括扫房）准备停当，单等过年这一天，雅语所谓除夕，我们乡村说腊月三十（小尽称二十九为三十）。这一天又是集日，还要到镇上看看。转一圈赶紧回来，贴对子，包括各屋贴吉语条（如住屋贴抬头见喜，牲畜屋贴槽头兴旺等），大门上贴门神，灶上贴灶王像，门楣上贴多福钱等。中午饭是一年中最丰盛的，大锅炖肉（北京名红烧肉），稻米（乡村称为精米）

焖饭，任意吃。有酒，妇女和儿童还是不能喝。饭后还有些零碎事，如有家谱（单张一条幅），要找出来挂上，以便晚上祭祀；院里要撒上芝麻秸，以便踩碎（谐音岁）；准备好灯笼、蜡烛，入夜点，等等。

我们男孩子是急着盼黑天，以便提着灯笼，成群结队，沿街去放鞭炮。晚上还有饭，仍是细粮，有肉，我们不想吃，因为心早已飞到街上。好容易黑了天，我们村西部的男孩子，三三五五聚在一起，都是一只手提个纸糊灯笼，另一只手拿个一头点燃的粗长香，慢慢往村东部走，走几步，由怀里掏出个鞭炮，点着了，听爆破声，或看喷出的火花。街上隔不远拉一条横绳，也挂着几个灯笼，于是通常昏暗的街头就成为灯光闪闪的世界，再加上远近繁密的鞭炮声，像是在告诉人，真是过年了。小孩子不知道，也不问过年有什么意义，只是觉得兴奋，简直希望这样的热闹绵延下去。终于离午夜不很远了，妇女已经包完饺子，家谱前早已摆了供品，点了香，要开始行礼，即为长辈拜年。张姓三家，先自己，然后西院、南院。都是长幼有序，以南院为例，先是三祖母，接着是二叔父，然后二婶母，真磕头，一人一次。礼毕，煮饺子，吃，世风不古，总是吃完还不到中夜。如何才能算古呢？据说饺子是新年第一顿饭，那就应该安排在午夜以后，吃完，为近支长辈拜新年。可是那样一来，后半夜就难得休息，影响大，只好灵活，提前。总之，吃完饺子就要入睡，因为清晨还要早起，村里拜年。

不知由谁发明，同村人互拜，用了一劳永逸法。依古训，男女分而行之，男一窝蜂，初一早晨一顿饭工夫就完；女细水长流，初二上午半天也未必能完。先说初一，天还不很亮就听到敲锣声，这是催男的（年岁太小的除外）都起床，老的在家中等，其余都到村头集合。人差不多齐了，一二百，由一些好事者带头，比如由西端路南起，东行，到某一家，一拥而入，口喊“拜年来啦”，到院里跪下磕头；某家老字号的早已出屋，迎面跪下磕头。这样一家一家走，不一会儿就绕一周，以后同村人见面，就可不再说拜年的话。第二天，正月初二，女的村内拜年，情况就大不同了。出场的都是各家的儿妇（女儿不拜年），熟识的，感情好的，三五个结队，一家一家走。李逵变为王宝钏，麻烦就多了。早饭后要梳洗打扮，换上新衣服，鞋要瘦小而绣花的，因为，尤其新媳妇，一定有很多人相看。这样，通常是日上三竿，才见到一队一队，红红绿绿，在街头扭。到某一家，还要进屋小坐，寒暄几句，揖而不跪，再走向另一家。其时，我的眼睛也是传统的，所以看本村娶来的外村姑娘，就也是兼注意下部，那是金莲，与现在的高跟比，性质同而变态更甚。现在想，人类不过就是这么回事，进取者中原逐鹿，守成者院内栽花，碌碌一生，所为和所得，有多少不是为别人看的？事实是有更多的别人，其中还有自己难于忘怀的，又能奈何！

过年近于尾声了，可是事还不少。事有有定规的，是拜年，有无定规的，是看会。往亲戚家拜年，是男性的事。老少分工，老的在家里待人来拜，我们年轻的到应拜的各家去拜。现在还记得，排在上位的是母亲的娘家（外祖家），其次是几位姑母家，几位姨母家，祖母的娘家，总起来不少于十家。关系近，或兼路远，要过夜；为节省时间，也有当日往返的。都是背点心一包（乡村名蒲包），步行，入门，问好，饭前磕头，大吃，还可得一些压岁钱。再说看会，其时，镇，户口较多的村，差不多都有会。会有多种，如中幡，高跷、小车、跑驴、少林，等等。会有娱乐的性质，更多的是比赛的性质。办法是聚合兼交换，事前商定，某一天都到某一村去，排好次序，沿街走，在各家门前表演。户主要在门外置桌，上摆茶点招待。表演时，本家眷属在桌后看，其他赶热闹的人围在场外看。镇地位高，通常是占正月十五，即元宵节的正日子，街巷多，会多，总要由傍晚闹到近黎明，最后在镇中心广场放烟火。我们男孩子好热闹，也允许看热闹（女孩子不许），所以，比如镇里上元夜的会，我总是吃过晚饭就去，直到看完烟火才回家。随着各种会走，看会，也看看会之人，主要是大户人家门口灯下立着的女眷，平时看不见，觉得新奇。其时我还没念过“去年元夜时，花市灯如昼，月上柳梢头，人约黄昏后”，不知道人还可以约。有没有，哪怕是很轻微的，“相去复几许”的怅惘呢？往事如烟，已经记不清了。记得清的是烟火看完，年事已毕，纵使舍不得，也要“收其放心”，准备上镇立小学，继续念共和国教科书了。

与年节相比，其他都是零星的，一瞥而过。最先来的是清明。旧时代，重慎终追远，家家有坟地，到清明，要扫墓，即到坟上添土，摆供品，烧香，烧纸钱，祭祀。我们的坟地，由祖坟分出时间不很长，还要到祖坟那里参加祭祀，然后吃祭田饭。这一天，家里饭食也改善，还记得晚饭必吃馅饼。我们的小村是石姓聚居地，所以这一天还可以看石姓祭祖的热闹。他们村内有祠堂（在东西街近西端路北），村北有坟地。在坟地祭祀，放的挂鞭最长，总要响小半天，至今印象还清楚。

接着来的是四月二十八日药王圣诞的庙会（乡村简称为四八庙）。经常大举演野台戏四五天。台搭在药王庙（镇立小学所在地）前的空场上，坐北向南，看戏的场地之外搭席棚，卖各种商品。现在想，这样的庙会，作用有两种，娱乐和通商品有无。我的经验，这是仅次于年节的节日，时间长，而且有演戏（一般是河北梆子）的热闹。家里也要随着热闹，因为先要接亲戚（乡音是接 qiě，主要是嫁出去的姑娘和她生的孩子）来看戏，赶庙会。我们也乐得放几天假，看戏，转老虎棚（卖食品的矮席棚），买点吃的。现在还记得，曾买火烧夹猪头肉吃，觉得味道很美，也许就是饥者易为食吧？看戏，也觉得有意思，历史戏，才子佳人戏，都不是家常有的，使我隐隐约约地感到天地之大，人间的复杂。只是有一次，夜场，演三上吊，台上灯光变成暗绿，吊死鬼出现了，白高帽，红长舌，觉得真可怕。

其后还有中元节。附近没有住和尚的大寺，也就没有盂兰盆会、施食、烧法船等事。唯一的活动是放河灯。村南有南河，是一段旧河道变成的池塘，不小，可是不知为什么，每年放河灯，都是七月十五晚饭后，在薄庄西口外那个不很大却方方正正的池塘里。灯是打瓜（比西瓜小）皮半个中间插个短蜡烛，由年轻小伙子泅水送到水面各处。灯火许多，在水面飘动，因为平时没有，也觉得颇有意思。

这之后就来了另一个大节，中秋节。中秋赏月是文人雅事，农村人是实利主义者，没有，也不懂这样的闲情逸致，过节的办法只是吃的改善。过节是因由，吃是目的。没有因由而吃，农村人没有这个力量；不量力而行，其结果必是更加穷困。可是趋向反面，终年过苦行僧生活，也实在难忍。折中之道是节日吃，非节日不吃。节有大小，年节是最大号，中秋是中号。中号，是时间没有年节那样长，吃的品种却颇有几样。计有市上买和家中自做两类。市上买的三种，月饼、梨和沙果，买来分为若干份，一人一份。家中自做的，肉食、米饭等可以不算，还有一种蒸芝麻红糖饼。做法是大饼中夹一个小饼，饼中都有馅，很好吃。农村人也愿意入夜天晴，谚语云："八月十五云遮月，正月十五雪打灯。"可是不拜月，我不记得曾买兔儿爷，晚上摆供品，祭祀。

中秋之后，年节之前，还有个节，如果信人死后仍然要度日，意义却重大，是十月一日的寒衣节。天即将大冷，没有冬衣怎么成呢，所以要烧些纸衣纸钱。这用赛先生的眼看是说不通的，因为人离开躯体就没有觉知。不过人生是复杂的，知可贵，知之外还有情，如果情与知不能协调，我们怎么办？至少是我，到寒衣节这一天，想到十年泉下的某相知，就但愿这样的习俗不是说不通。于是之后，我就可以烧些纸衣纸钱，并设想真能够送达，享用，以求清夜想到昔日，心可以平静些吧。

（录自《流年碎影》，中国社会科学出版社，1997年版）

# 年糕

林斤澜

南方人到了北方，若走得进老百姓的生活，就会听到："好吃不过饺子。"

老百姓还说"吃馅儿"，包括包子、馅儿饼、懒龙、菜团子……都是"好饭"，是美食的意思，不过也以饼子为主。小伙子拿饭，常见一根筷子穿三个大馒头。要是夸一声好饭量，会回答："吃馅儿"的话，没个数儿。这个"馅儿"指的是饺子。

来了亲戚朋友住几天，头一顿吃面条，这叫作"长接短送"，是个礼数。包饺子全家动手，剁馅儿、合馅儿，揉面，擀皮，老少围着捏，短不了比手艺，说笑话，捏进去一个扣子什么的，把全家乐延长到吃的时候。

五十、六十年代干部下乡，说起城市生活：星期天包饺子吃。糠菜半年粮的农民愣着眼问：那过年吃什么？这是昨天的城乡差别，恍如隔世。

我在北方多年，早早认识到饺子的“深入人心”，特别是过年饺子。但也很后来，才有惊心动魄的觉悟。那是十年噩梦中间，一位戏曲老艺人从“牛棚”释放回家。他是戴过高帽子，画过猫儿脸，坐过喷气式，跪过搓板，早请示晚汇报自报家门辱骂祖宗三代……历尽七十二劫八十一难。

亲友慰问苦处，老人寻思片刻，琅琅答道：过年没吃上饺子。说罢一声冷笑，冷透骨髓。

从此才不疑问，哪怕把白菜帮剁呗剁呗，只能搁点盐，也要捏饺子。哪怕挑野菜，左捏右捏散沙杂合面，也非要捏出个饺子形儿来！只说做“感情”都远不够深沉了。

南方人定居北方几十年，连孩子也拉扯成人了，还有过年都不包饺子的。我家就是其中之一，可我家有一样，年夜饭头一道“摆当中”的，必是炒年糕。

年糕，年高，一年比一年高也。

我老家的年糕，可以说是持续的高潮，从做年糕开始，直到吃年糕，能持续十天半个月。不用说小孩子们，就是大人也挡不住经久的热闹，渐渐摆脱事务，浸泡到过年的氛围里了。

大约冬至前一二天，小康人家商量合计叫作“婆婆算”，按本年的年景——家庭收支和人口多少，做几斗米的糖糕，“秀”几斤红糖（“秀”者，掺和均匀也）水晶糕（水磨，白如水晶）。松糕（用特制的松糕甑蒸熟。甑或圆形或八角六角，偶有方形。松糕粉的“秀”，大有技术考究。粉中糯米饭米各占多少，有各自口味的区别，糖红糖白，多酿少酿白肉，糕面上红枣、花生、果仁、红绿丝作何图案，样样考验主妇的心灵手巧，连带着婆媳关系的微妙）。

“婆婆算”定，就要赶紧去定糖糕班。那由糕饼店雇临时工组成，各家都挤在冬至前一二天，这个班子只能日夜服务，突击完成。

冬至“还冬”，是答谢天地，祭祖，还愿的重要仪式，供品力求丰盛：鸡鸭鱼肉，干鲜果蔬直到调料茶叶。年糕年年高是中心当仁不让。

大户人家自有糖糕班寻上门去，小户人家自家做不起，买现成的凑数。赶紧去定的是中产阶层也叫作小康人家，往往时间排到黄昏半夜。小孩子反倒高兴，平添了熬夜的乐趣，那时还不懂形而上的神秘色彩。

灶洞里火苗外吐，平日烧的是柴草，这时架起了柴爿（木柴）。铁锅里蒸汽腾腾，灯泡换上“单百支”，也还朦朦胧胧。正当上下眼皮要粘不粘之时，忽听敲门如敲山，寒风中，三脚两步闯进来几个后生家，紧拢棉袄，没工夫扣扣子。其中必有一个大汉子，肩上搭着枕头般的石头捣槌。进屋没工夫坐坐，主人家招呼喝碗茶吃支烟，都没答话。个个甩掉棉袄，有一个从铁锅里端出个甑子，蒸汽哆哆地扑刹到身上，只可飞跑两步，朝捣臼里一扣。再一个大汉拎过来一桶冷水，塞在臼上。再一个大汉——此时此刻，小个子也成了大汉，这一位马步，两臂起栗子肉，把枕头般的石头捣槌，蘸蘸冷水，挪到热腾腾的捣臼里，轻揉细碾。再蘸水，再碾……忽然一声吼，高举捣槌，齐眉，过额，朝下抡，只听得糕粉噗的一声。大汉转转槌，又蘸水，又举，又抡，到了五下八下，主人家喝彩。再一个大汉过来替换，换了两三换，糖糕粉已粘成一团，两手蘸水一揭，捧起来，也还烫手，紧走几步，扔在床板般大的案板上。大汉们围着坐下，又都成了手艺“老司”（师傅）。各人捏一块在手里，问主人家元宝大小多少？全家有发言权的做最后一次小声商量，没有发言权的高声插进来，当家的只好回头先跟“老司”比画，最大的多大多高。头把手答应下来，二把手做小元宝。三把手拿出“糖糕印”（雕花模子），边抹菜油边招呼小主人：“学生，给你个鲤鱼跳龙门。”那个模子叫“年年有余（鱼）”。再有“招财进宝”，雕的是赵公元帅，也有寿星老儿，竟有梁山伯祝英台的……

做着糖糕，不时站起两位，去捣水晶糕。水晶糕一律做成扁长条，也叫作“袜船样儿”。这时候，慢吞吞静悄悄踱进来“松糕老司”。炊松糕需要专业人员，主人家打扫了灶台，洗刷了松糕甑。“老司”睡眼惺忪，摸了摸“秀”的松糕粉，看了看灶洞里的柴火，口底交待几句仿佛牙痛。可是一端上小簸箕，把粉一层层朝甑里撒时，不紧不慢，不轻不重，显出了两手的精神。

这时候，主妇已把新鲜年糕炒了一锅，说着尝新尝新，一碗碗端给大家。小孩子们尝了新，“糖糕老司”已经拢着棉袄赶到下一家去了，只剩下“松糕老司”，在雾腾腾的灶台那里，像个梦游的影子，孩子的上下眼皮也就撑不开了。

第二天，给水晶糕扎红头绳，给元宝贴红纸，宝心摆橘子。小小心心捧到“还冬”的供桌上，让年年高领导众供品。家长领导着全家鞠躬，老式点的磕头。

到了年夜饭上，那头道“摆当中”的，雪白水晶片片，撒着紫红的酱油肉，金钩虾米，碧绿的菜籽苔。这时节，北方地里连星星绿色都还没有，在我老家，油菜籽不但抽出苔来，还上花了。盘子上的碧绿顶尖，点点刚开的小黄花，带携这一盘的白、红、金、绿，仿佛都含着早春的露珠。当家人举箸，略一让，欢笑高声：

“年年高，年年高。”

老乡说，这“做年糕”的事，早在市场经济以前，“文革”破四旧，把民俗民情破得精光。因此在这一段上，多费笔墨。

1999年2月18日

（录自《舌尖上的故乡》，山东画报出版社，2010年版）

# 过去的年

莫　言

退回去几十年，在我们乡下，是不把阳历年当年的。那时，在我们的心目中，只有春节才是年。这一是与物质生活的贫困有关——因为多一个节日就多一次奢侈的机会，当然更重要的还是观念问题。

春节是一个与农业生产关系密切的节日，春节一过，意味着严冬即将结束，春天即将来临。而春天的来临，也就是新的一轮农业生产的开始。农业生产基本上是大人的事，对小孩子来说，春节就是一个可以吃好饭、穿新衣、痛痛快快玩几天的节日，当然还有许多的热闹和神秘。

我小的时候特别盼望过年，往往是一过了腊月门，就开始掰着指头数日子，好像春节是一个遥远的、很难到达的目的地。对于我们这种焦急的心态，大人们总是发出深沉的感叹，好像他们不但不喜欢过年，而且还惧怕过年。他们的态度令当时的我感到失望和困惑，现在我完全能够理解了。我想我的长辈们之所以对过年感慨良多，一是因为过年意味着一笔开支，而拮据的生活预算里往往没有这笔开支，二是飞速流逝的时间对他们构成的巨大压力。小孩子可以兴奋地说：过了年，我又长大了一岁；而老人们则叹息：嗨，又老了一岁。过年意味着小孩子正在向自己生命过程中的辉煌时期进步，而对于大人，则意味着正向衰朽的残年滑落。

熬到腊月初八日，是盼年的第一站。这天的早晨要熬一锅粥，粥里要有八样粮食——其实只需七样，不可缺少的大枣算一样。据说在解放前的腊月初八凌晨，庙里或是慈善的大户都会在街上支起大锅施粥，叫花子和穷人们都可以免费喝。我曾经十分地向往着这种施粥的盛典，想想那些巨大无比的锅，支设在露天里，成麻袋的米豆倒进去，黏稠的粥在锅里翻滚着，鼓起无数的气泡，浓浓的香气弥漫在凌晨清冷的空气里。一群手捧着大碗的孩子排着队焦急地等待着，他们的脸冻得通红，鼻尖上挂着清鼻涕。为了抵抗寒冷，他们不停地蹦跳着，喊叫着。我经常幻想着我就在等待着领粥的队伍里，虽然饥饿，虽然寒冷，但心中充满了欢乐。后来我在作品中，数次描写了我想象中的施粥场面，但写出来的远不如想象中的辉煌。

过了腊八再熬半月，就到了辞灶日。我们那里也把辞灶日叫作小年，过得比较认真。早饭和午饭还是平日糙食，晚饭就是一顿饺子。为了等待这顿饺子，我早午饭吃得很少。那时候我的饭量大得实在是惊人，能吃多少个饺子就不说出来吓人了。辞灶是有仪式的，那就是在饺子出锅时，先盛出两碗供在灶台上，然后烧半刀黄表纸，把那张灶马也一起焚烧。焚烧完毕，将饺子汤淋一点在纸灰上，然后磕一个头，就算祭灶完毕。这是最简单的。比较富庶的人家，则要买来些关东糖供在灶前，其意大概是让即将上天汇报工作的灶王爷尝点甜头，在上帝面前多说好话。也有人说是用关东糖黏住灶王爷的嘴。这种说法不近情理，你黏住了他的嘴，坏话固然是不能说了，但好话不也说不了了嘛！

祭完了灶，就把那张从灶马上裁下来的灶马头儿贴到炕头上。所谓灶马头，其实就是一张农历的年历表，一般都是拙劣的木版印刷，印在最廉价的白纸上。最上边印着一个小方脸、生着三绺胡须的人，他的两边是两个圆脸的女人，一猜就知道是他的两个太太。当年我就感到灶王爷这个神祇的很多矛盾之处，其一就是他整年累月地趴在锅灶里受着烟熏火燎，肯定是个黑脸的汉子——乡下人说某人脸黑：看你像个灶王爷似的——但灶马头上的灶王爷脸很白。灶马头上都印着来年几龙治水的字样。一龙治水的年头主涝，多龙治水的年头主旱，“人多乱，龙多旱”这句俗语就是从这里来的，其原因与“三个和尚没水吃”是一样的。

过了辞灶日，春节就迫在眉睫了。但在孩子的感觉里，这段时间还是很漫长。终于熬到了年除夕，这天下午，女人们带着女孩子在家包饺子，男人们带着男孩子去给祖先上坟。而这上坟，其实就是去邀请祖先回家过年。上坟回来，家里的堂屋墙上，已经挂起了家堂轴子，轴子上画着一些冠冕堂皇的古人，还有几个像我们在忆苦戏里见到过的那些财主家的戴着瓜皮小帽的小崽子模样的孩子，正在那里放鞭炮。轴子上还用墨线起好了许多的格子，里边填写着祖宗的名讳。轴子前摆着香炉和蜡烛，还有几样供品。无非是几颗糖果，几片饼干。讲究的人家还做几个碗，碗底是白菜，白菜上面摆着几片油炸的焦黄的豆腐之类。不可缺少的是要供上一把斧头，取其谐音“福”字。这时候如果有人来借斧头，那是要遭极大的反感的。院子里已经撒满了干草，大门口放一根棍子，据说是拦门棍，拦住祖宗的骡马不要跑出去。

那时候不但没有电视，连电都没有，吃过晚饭后还是先睡觉。睡到三更正香时被母亲悄悄地叫起来。起来穿上新衣，感觉到特别神秘，特别寒冷，牙齿嘚嘚地打着战。家堂轴子前的蜡烛已经点燃，火苗颤抖不止，照耀得轴子上的古人面孔闪闪发光，好像活了一样。院子里黑得伸手不见五指，仿佛有许多的高头大马在黑暗中咀嚼谷草——如此黑暗的夜再也见不到了，现在的夜不如过去黑了。这是真正地开始过年了。这时候绝对不许高声说话，即使是平日里脾气不好的家长，此时也是柔声细语。至于孩子，头天晚上母亲已经反复地叮嘱过了，过年时最好不说话，非得说时，也得斟酌词语，千万不能说出不吉利的话，因为过年的这一刻，关系到一家人来年的运道。

做年夜饭不能拉风箱——呱嗒呱嗒的风箱声会破坏神秘感——因此要烧最好的草，棉花柴或者豆秸。我母亲说，年夜里烧花柴，出刀才，烧豆秸，出秀才。秀才嘛，是知识分子，有学问的人，但刀才是什么，母亲也解说不清。大概也是个很好的职业，譬如武将什么的，反正不会是屠户或者是刽子手。因为草好，灶膛里火光熊熊，把半个院子都照亮了。锅里的蒸气从门里汹涌地扑出来。饺子下到锅里去了。白白胖胖的饺子下到锅里去了。每逢此时我就油然地想起那个并不贴切的谜语：从南来了一群鹅，扑棱扑棱下了河。饺子熟了，父亲端起盘子，盘子上盛了两碗饺子，往大门外走去。男孩子举着早就绑好了鞭炮的竿子紧紧地跟随着。父亲在大门外的空地上放下盘子，点燃了烧纸后，就跪下向四面八方磕头。男孩子把鞭炮点燃，高高地举起来，在震耳欲聋的鞭炮声中，父亲完成了他的祭祀天地神灵的工作。回到屋子里，母亲、祖母们已经欢声笑语了。

神秘的仪式已经结束，接下来就是活人们的庆典了。在吃饺子之前，晚辈们要给长辈磕头，而长辈们早已坐在炕上等待着了。我们在家堂轴子前一边磕头一边大声地报告着被磕者：给爷爷磕头，给奶奶磕头，给爹磕头，给娘磕头……长辈们在炕上响亮地说着：不用磕了，上炕吃饺子吧！晚辈们磕了头，长辈们照例要给一点磕头钱，一毛或是两毛，这已经让我们兴奋得想雀跃了。年夜里的饺子是包进了钱的，我家原来一直包清朝时的铜钱，但包了铜钱的饺子有一股浓烈的铜锈气，无法下咽，等于浪费了一个珍贵的饺子，后来就改用硬币了。现在想起来，那硬币也脏得厉害，但当时我们根本想不到这样奢侈的问题。我们盼望着能从饺子里吃出一个硬币，这是归自己所有的财产啊！至于吃到带钱饺子的吉利，孩子们并不在意。有一些孝顺儿媳白天包饺子时就在饺子皮上做了记号，夜里盛饺子时，就给公公婆婆的碗里盛上了带钱的，借以博得老人的欢喜。有一年我为了吃到带钱的饺子，一口气吃了三碗，钱没吃到，结果把胃撑坏了，差点要了小命。

过年时还有一件趣事不能不提，那就是装财神和接财神。往往是你一家人刚刚围桌吃饺子时，大门外就起了响亮的歌唱声：财神到，财神到，过新年，放鞭炮。快答复，快答复，你家年年盖瓦屋。快点拿，快点拿，金子银子往家爬……听到门外财神的歌唱声，母亲就盛上半碗饺子，让男孩送出去。扮财神的，都是叫花子。他们提着瓦罐，有的提着竹篮，站在寒风里，等待着人们的施舍。这是叫花子们的黄金时刻，无论多么吝啬的人家，这时候也不会舍不出那半碗饺子。那时候我很想扮一次财神，但家长不同意。我母亲说过一个叫花子扮财神的故事，说一个叫花子，大年夜里提着一个瓦罐去挨家讨要，讨了饺子就往瓦罐里放，感觉到已经要了很多，想回家将百家饺子热热自己也过个好年，待到回家一看，小瓦罐的底儿不知何时冻掉了，只有一个饺子冻在了瓦罐的边缘上。叫花子不由得长叹一声，感叹自己多舛命运实在是糟糕，连一瓦罐饺子都担不上。

现在，如果愿意，饺子可以天天吃，没有了吃的吸引，过年的兴趣就去了大半。人到中年，更感到时光的难留，每过一次年，就好像敲响了一次警钟。没有美食的诱惑，没有神秘的气氛，没有纯洁的童心，就没有过年的乐趣，但这年还是得过下去，为了孩子。我们所怀念的那种过年，现在的孩子不感兴趣，他们自有他们的欢乐的年。

时光实在是令人感到恐慌，日子像流水一样一天天滑了过去。

（录自《莫言散文》，浙江文艺出版社，2000年版）

# 昔日，昆明的节日大多数都是民间的……（节选）

于　坚

我少年时代关于节日的第一篇作文是描写五一国际劳动节的，受到了语文老师的表扬。那时候旧时代的节日大多数都在城市中消失了，一种大红大绿的喜庆文化在这个国家中流行起来。我少年时代的印象，那是一个天天都像是在张灯结彩过节的时代，大红大绿，大喊大叫，满城红旗飘飘，每天几乎都有游行者和高音喇叭在大街上呼啸而过。六十年代末，这种喜庆节日达到了高潮，昆明几乎被旗帜、标语和红色油漆、布匹完全弄成了红色的。人们崇拜亮的、热的东西，视朴素、暗淡的东西为落后，黑暗的色素被看成与反动有关。我从不知道火把节、小庄节，也不知道二月二十三的祭灶、二月十九的观音诞、四月八日的释迦诞生、端午、中元节、夏至节、重九的登高、盂兰盆会……这些都是昔日昆明的家喻户晓的节日。传统中国的节日只有春节还保持着，那是一个非常乏味的节日。我记得我们总是在这个日子得到一套新衣服和一些米花糖，然后就到院子里去站着烤太阳，和小伙伴们比比新衣服，等着吃饭，在这一天，我们会吃到一些平时吃不到的猪肉。而在昔日，春节乃是生活中的一件大事。过年时要准备香烛、元宝、黄钱、供花、供献、化香、皂角、铺在地上的松毛（吃年饭的时候是席地，坐在松毛毯上吃），到时候农民会从山上拉着松毛到城里来卖。还要准备年糕、饵块、桃符春联，还要打扫、陈设庭堂，洗礼更衣。除夕午后，煮鸡、烹肉、煎鱼，先供天地，后祭祖先。然后全家人围坐吃年饭，饭后换门神、贴对联。还要封门、守岁。天初明，鸡初叫，又要接财神，在屋内铺上松毛、支供桌、互相拜年、念佛、去长辈家拜年……春节要过十多天。“无一人敢轻忽或疏略”。

昔日，昆明的节日大多数都是民间的。节日是日常生活和大地的颂歌，节日的目的是让人们感激和享受生活，意识到人和宇宙、自然、季节和万事万物的关系，使人敬畏大地、传统和祖先，感受永恒。昆明的节日除了与中原相同的元旦、元宵、清明、端午、夏至、中元、中秋、九月九日登高、除夕等节日之外，还有许多受到少数民族文化影响的节日，这些节日起先都是少数民族的传统，但后来所有民族都接受了。这些节日表达的是人对自然和原始诸神的崇拜，如火把节、小庄节……昆明城里在四十年代还兴过火把节，我母亲现在回忆起那些火树银花的夜晚还很兴奋，那时她还是一个小姑娘。火把节是南诏国时代传下来最重要的节日之一。南诏灭亡，民俗犹存，日常生活是不会随着王朝的更迭而立即改变的。这原是一个在田野上举行的节日，表达的是人们对火的崇拜。每年农历六月二十五日，人们在村社的中心，扎起一个巨大的火把，以鸡、鱼、肉、酒、茶等祭品祭奠，然后，人人擎着一个松枝扎成的小火把，用松香明子点燃，在村巷之间互相传火，然后向田野进发，在田间小路上绕行，以示驱邪。小孩子则舂松脂为粉，朝火把上抛洒。以爆出火花为乐。昆明诗人文璋甫描绘了火把节的场面："云披红日恰衔山，列炬参差竞往还，万朵莲花开海市，一天星斗下人间……"（见《泰景图经》）因为昆明先前是南诏的东京，受到其风俗的影响，火把节成为重要的节日之一。小庄节则是这样的：在螺峰山东北麓，小东门外，有一个村子，叫小庄。每年二月二日，"游人杂踏，遨床（类似于吊床的一种床）遍设于碧芜绿树间，丝竹管弦，悠然盈耳，……独无湔裙之女。时有诸童子以瓦砾承筐而至，游者买之，摇掷于石窍，中之，则欣然而喜，谓宜子之兆云。竟日而罢。是为'小庄节'。"

这个节日表达的是对生殖的崇拜。"三月二十三日，白马庙有会，此便沿及于大观楼。然在白马庙附近一带之河流边，却有若干的村童裸体伫立于岸上，见船载游客近前，即群起而高呼曰：'丢！丢！丢！'丢者，是教游客以铜钱丢入水内，若辈则入河底而摸取之。果也，都将丢入水中之钱一一摸到手内，亦是一种趣事。"（罗养儒《云南掌故》）

除了那些古老的节日，昆明还有许多根据本地风俗、地理约定俗成，各种节日性质的庙会：

> 正月七日东狱庙、九日金殿、二月二日张仙会，正月十三、四五等日，海源寺、正觉寺、玉皇阁俱有会。三月三耍西山、二十三日黑龙潭、四月八日沸佛会、五月五日螺峰山，六月十九观音会、七月十五放河灯、八月十五泛舟滇池草海、二十六日古亭庵、九月十八日南天台，视如定例。（民国十年《昆明市志》）

寺庙不仅是烧香拜佛的场所，也是民间的物资交易、文化和市民尤其是妇女交流交往的场所。赶庙会是昆明人最重要的活动之一，直到今天，这种持续了千年的活动依然保持着。庙会的真正性质其实是昆明的狂欢节，它比正式的节日要轻松自由得多。昆明人最喜欢登山玩水，庙会既可登山玩水、亲近自然、交易物资，也是男女们相识、约会、野餐，交谊、打情骂俏的好机会。昆明鸣凤山金殿的庙会是一个著名的庙会。当是日，那山上人山人海，香烟缭绕，小吃摊从山脚排到山顶，佛龛里的佛像被烟子熏得眯起眼睛。远远看去，鸣凤山像是从群山中升起来的一只巨大的香炉。一个时代是否属于太平盛世，看看庙会就知道了。金殿之会开办三日，初八到初十，演奏洞经音乐，“锣鼓箫声，如响于云际”，从一天门到三天门，满山皆人，吃食摊数达至百。对歌的、约会的、野餐的、看花的、看树的、看人的、搔首弄姿的、含情脉脉的、低头不语的、谈恋爱的、烧香拜佛的……许多平日里不敢乱来的动作、话语、姿态现在都无所顾忌了。自由，放肆，人们的心是野的。唱调子对歌的这里一群，那边一伙；一男一女，扯开嗓子，旁边都是听众，那些歌词都是现编的，只要合着调子就行，真是自由大胆。

哎——一朵鲜花香又鲜，可惜生在河两边，有心扯来头上带，又怕小船不拢边。

哎——一棵香柏坚又挺，可惜关在庙门圈，有心搬家做梁柱，只怕庙姑又喊冤。

这还是比较含蓄的，但都听出了意思，满山笑成一片，笑得春天都弯下腰去。

（原载2000年第6期《大家》）

# 遥看牵牛织女星

刘宗迪

七月七，在一年三百六十五天的络绎时光中，原本是一个再平凡不过的日子，但是，因为有了牛郎织女的故事，这一天，对于中国人来说，就变成了一个多愁善感的日子。“明月皎皎照我床，星汉西流夜未央。牵牛织女遥相望，尔独何辜限河梁。”“七月七日长生殿，夜半无人私语时。在天愿作比翼鸟，在地愿为连理枝。”千古以来，诗人们吟哦不绝的七夕诗篇，更为这个日子增添了一层哀艳的诗意，这种诗意和伤感，就像一片朦胧而凄美的月光，自古迄今，绵绵不绝，一直笼罩在这个特殊的日子上，笼罩在每一个中国人的心头，挥之不去，化解不开，让每一个中国人，到了每年的这个日期，在仰望星空，遥想岁月之时，都会愁肠千结，满眼惆怅。

大概每一个中国人，都在自己懵懂初开的某一年七夕，听自己的长辈或伙伴，讲过牛郎织女的故事。故事听完了，你或许会在大人的指点下仰望夜空，在灿烂的银河边找出满天繁星中最明亮的那颗星，那就是织女，织女边上还有两颗较暗的星，和织女鼎足而处，正组成了一个纺车的形状，银河的东边，也有一大两小三颗星，中间那颗明亮的就是牛郎，牛郎两边那两颗暗的就是牛郎挑着的两个孩子。“天阶夜色凉如水，卧看牵牛织女星”，一代又一代的中国人，就这样从牛郎织女的故事中，初次领略了爱情的珍贵和人世间的愁滋味。

牛郎织女的故事是如此动人，这个故事的流传又是如此久远，而且，尤其引人注目的是，这个故事把人间的悲欢离合和天上的星象联系起来，透露出一股子其他民间故事所没有的神秘气息和传奇色彩，因此自古就引来学者的好奇，近世以来，更有中外学者为探究这个故事的来龙去脉做了不少大块小块的文章。看过几篇此类文章，有国内学界前辈的，也有海内外神话学、民俗学名家的，但总觉难惬人意，因此早就有心把这个故事的来历考上一考。

尤其在近年，因为受西方情人节的煽动，有一班忧国忧民的民俗学者和一些心思活络的商人，也开始打起中国情人节的主意，因为背后有牛郎织女悱恻动人的爱情故事为依托，因此七夕就被这些好人们一眼看中。文人的鼓噪加上商人的炒作，七夕这个本来久已被国人冷落的节日好像突然热闹起来了，而把其作为中国情人节的说法好像也越来越深入人心。君不见，前不久那个以民族风情和小资情调闻名于世的滇边小城丽江，还打出招牌说要跟雅典城联合，让欧罗巴的爱神维纳斯和东方的仙子织女结成姐妹，联袂出演，共同把丽江城打造成东方的情人天堂，把中国的七夕打造成中国的情人节。一年当中，多过几个情人节，自然不是坏事，这个世界上，多点柔情蜜意，多几个神仙眷属，总强过到处是势不两立的冤家对头和剑拔弩张的敌意。但是，把七夕当成情人节来过是一回事，本来的七夕究竟是不是情人节则是另一回事。游戏红尘的痴男怨女不妨将错就错、及时行乐，学术却是以求真为唯一的志业，在这种情势之下，七夕的来历，真还是一个迫切需要解决的学术问题。

牛郎织女的名字，《诗经》时代的诗人们就已经形诸歌吟。只是那时候的牛郎，还不叫牛郎，而叫牵牛，《诗经·小雅》中的《大东》，是一则征夫之歌，一个久离家园的西周男子，冀夜行脚，举目四顾，银汉横斜，繁星满天，在诗中一口气给我们报出了六个星星的名字：

> 维天有汉，监亦有光。跂彼织女，终日七襄。
> 虽则七襄，不成报章。睆彼牵牛，不以服箱。
> 东有启明，西有长庚。有捄天毕，载施之行。
> 维南有箕，不可以簸扬；维北有斗，不可以挹酒浆。

诗中的汉即银河，而织女、牵牛、启明、长庚、天毕、箕、斗都是星名，可见早在西周时期，那两颗行星就获得了织女和牵牛的名目了，而且，诗称织女“不成报章”，又谓牵牛“不以服箱”，暗示当时民间早就把织女星想象成了一个纺线织布的女子，把牵牛星想象成为一个牵牛拉车的牵牛郎，而且，织女和牵牛并举，也隐隐流露出两者之间脉脉相望的关系。可以想象，在这首诗歌被形诸笔墨之前，在民间，应该早就有关于与牵牛织女相关的口头传说流传民间了。

但从这首诗中，我们无法找到牵牛和织女和七月七关联的线索。七月七是一个时间概念，而古人对星象的关注，也主要是源自星象对于时令的标示作用，这就意味着，我们应该到先民的时令知识中去寻找七月七与牵牛织女星之间关联的因缘。《大戴礼记》中的《夏小正》就是一篇最古老的华夏时令知识文献，其中详细叙述了一年十二个月中的农事活动以及与不同时令对应的物候、气象和星象，其内容和作用，就相当于古希腊诗人赫西俄德的《工作与时日》。在《夏小正》的七月和十月记事中都提到织女星，十月与我们的话题无关，撇开不谈，且看七月怎么说：

> 七月，秀雚苇。狸子肇肆。湟潦生苹。爽死。荓秀，汉案户。寒蝉鸣。初昏，织女正东向。时有霖雨。灌荼。斗柄悬在下，则旦。

其中，“秀雚苇”“狸子肇肆”“湟潦生苹”“爽死”“荓秀”“寒蝉鸣”“时有霖雨”“灌荼”，所言皆为动、植物的物候，而“汉案户”“初昏，织女正东向”“斗柄悬在下，则旦”所言则皆为星象。

“汉案户”，汉谓银河，银河逶迤横斜，随星空而回旋，一年当中的不同时间，银河的走向各不相同，古人因此根据银河的走向判断时节，当看到银河从南到北横亘夜空，银河的下端正好对着门户的时候，古人就知道，七月已到，该是暑退凉起的初秋季节了。

“斗柄悬在下”，斗指北斗，上古时期，北斗七星靠近北极，璀燦的北斗星回旋于天，就像一个指针，向大地苍生昭示着岁月的流逝。故《史记·天官书》说：“斗为帝车，运于中央，临制四乡。分阴阳，建四时，均五行，移节度，定诸纪，皆系于斗。”一方面，由于地球的公转，一年当中，斗柄随季节的轮回而指向夜空的不同方向，因此，在夜晚的同一时刻仰观斗柄的指向，可以判断季节；另一方面，随着地球的自转，斗柄在一夜当中也随时辰的流逝而回旋，因此在一年的特定季节，观察斗柄的指向可以判定时辰。“斗柄悬在下，则旦”，意味着到了七月，只要看到北极的斗柄垂下来指向北方（下），就知道天快亮了。或者反过来说，如果在拂晓前看到北斗的斗柄垂向北方，就知道该是初秋的七月了。

大概是因为七月处在夏秋之交，正当时令转换的关口，因此，《夏小正》的作者对于七月的天象言之特详，除了银河的走向和北斗的指向之外，又刻意提到织女星象，而正是这条关于织女星的记载，再清晰不过地向我们透露出牛郎织女与七夕关系的消息。“初昏，织女正东向”，织女星由一大二小三颗星组成，其中织女一为零等星，为全天第五亮星，在北方中纬度夜空则是最亮的一颗星星，而且由于织女星纬度较高，一年中大多数的月份都看得见，因此，高悬天顶、璀燦夺目的织女星肯定早就引起古人的注目，并根据它的方位变化作为观象授时的依据之一。根据天文学者的推算，《夏小正》时代七月份的黄昏，织女星恰恰升到了一年当中的最高点，即到了夜空靠近天顶的地方，也就是说，这个时候，这颗皎洁的明星，正端端正正地高悬在人们的头顶上。织女三星呈三角形排列，“织女正东向”的意思是指由两颗较暗的星星形成的开口朝东敞开。“七月，……初昏，织女正东向”，当《夏小正》时代的农人们，在黄昏之后仰望头顶的夜空，看到明亮的织女星出现在深邃的天幕上，散发着柔和的星光，由两颗较暗淡的小星形成的织女星开口朝向正东，他知道，七月到了，秋天来了，该是准备收获的时候了。

织女星朝向东方，东方是什么呢？《夏小正》没说，但古时候的人们只要抬头看去，就会一目了然，黄昏的夜空，在织女的东方稍偏南的地方，在“河水清且涟猗”的银河东岸，不是别的，就是那颗让织女朝思暮想、只能在七夕一会的牵牛星。牵牛和织女分居银河两岸，到了初秋夜晚，由于银河正好转到正南北的方向，直贯头顶的夜空，因此，这个时候，分居河两岸的牵牛和织女正好一东一西，隔着银河，遥遥相望。说到这里，牛郎织女的故事不是呼之欲出了吗？七月黄昏，夜空中这种银河直贯南北、织女高悬天顶、牛女相映成辉的景观肯定给古人留下深深的印象，而“迢迢牵牛星，皎皎河汉女。……盈盈一水间，脉脉不得语”的意象自然就是从这种天象演绎而来。

但故事还没有到此为止。上面的这一番分析，说明了古人为什么会在七月关注牵牛和织女这两颗星，为什么会把牵牛织女的故事和七夕联系起来，但是，宇宙洪荒，星野浩瀚，天上自在运转的星星本自无名，这两颗星分别被命名为牵牛和织女，又有何来历呢？

命名源于意义，人们对事物的命名，基于这个事物对他的意义，而辉映夜空的星象，对于人间的意义，主要是在于其授时功能，即作为时间标示的作用。星空迷离而邈远，人类之所以仰望星空，首先是因为斡旋天幕的群星，昭示着时间的流逝和季节的轮回，也标志了节令的转换和农时的早晚，因此，星象对于古人的意义，主要在于其时间性，《易传》所谓“观乎天文，以察时变”，《尧典》所谓“历象日月星辰，敬授民时”，皆谓此意。名本乎义，星象因时取义，故由时得名。明乎此理，则应该从星象和时间的关系入手，探究牵牛和织女的来历。

如上所述，在《夏小正》中，“织女正东向”，和牵牛隔河相望，是七月到来的标志。七月处夏秋之交，一入此月，则暑气渐消，凉风乍起，天气开始变凉，这个时候，女人就要开始忙碌了，纺线织布，准备寒衣，迎接即将到来的肃秋和严冬。《诗经·豳风·七月》开篇就说：“七月流火，九月授衣。一之日觱发，二之日栗烈。无衣无褐，何以卒岁？”就道出了此意：“七月流火”，黄昏时候，大火星开始向西方地平线坠去，表明秋天开始了，“九月授衣”，九月已是万物肃杀的晚秋，该是穿寒衣的时候了。九月授衣，则必须八月裁制，那么，七月，就该是纺织娘们飞梭织布的时候了。《七月》通篇皆言时令，它其实就是周代豳地流传的农时歌谣，而此诗起首就以“七月流火，九月授衣”引出，并谆谆告诫，“无衣无褐，何以卒岁？”表明这首诗就是一首流传于纺织娘之口的歌谣，诗中又说“女执懿筐，遵彼微行，爰求柔桑。春日迟迟，采蘩祁祁。女心伤悲：殆及公子同归？”“七月鸣鵙，八月载绩，载玄载黄，我朱孔阳，为公子裳。”女子的唇吻声腔犹然在耳，可见此诗出自女性之口，讴歌的主要是女子一年到头的劳作和悲欢。诗的前三章，都是以“七月流火”起兴，表明这首歌很有可能就是古时候的织妇们在七月萤火明灭的夜晚，在灿烂的星光下，一边摇动纺车织布，一边反复吟唱的。天上，织女星光璀璨，地上，纺织娘浅唱低吟，人间天上，相映成辉，那颗照耀着人间纺织娘劳作的明星，因此就被赋予了织女的名称，成了人间织女的守护神。

伴随着七月的纺织娘唱歌，还有那些天生会弹琴的秋虫，《七月》中的纺织娘唱道：“五月斯螽动股，六月莎鸡振羽。七月在野，八月在宇，九月在户，十月蟋蟀，入我床下。”“斯螽”是一种蚱蜢，“莎鸡”，不是鸡，是纺织娘，“蟋蟀”就是促织。纺织娘和促织，一般人往往不加分别，这里我们也不需要严加辨别。这些卑微的生命，潜隐于草柯土块间，尤其是蟋蟀，整个夏天都无声无息，人们几乎忽视了它们的存在。但是，一入秋天，它们就开始了天籁般的鸣唱，而且随着天气渐冷，它们为了取暖，逐渐靠近人的居屋：“七月在野”，七月开始在野外远远地自在放歌；“八月在宇”，八月已经来到了屋檐下唱起夜曲；“九月在户”，九月就进了人家的门户殷勤弦歌了；“十月蟋蟀，入我床下”，十月严冬来临，蟋蟀已经登堂入室蛰伏过冬了。秋虫的歌声陪伴着纺织娘的劳作一起兴歇，一往情深地为纺织娘的夜歌伴奏，因此，它们也就获得了促织和纺织娘的雅号。纬书《春秋考异邮》称：“立秋趣织鸣，女功急趣之。”就一言道破促织得名的缘由，“促织鸣，懒妇惊”的谚语一直流传在民间。秋夜的虫唱，伴随着闺中的夜作、织女的星光，引起古代诗人无边的惆怅，“秋风袅袅入曲房，罗帐含月思心伤，蟋蟀夜鸣断人肠，长夜思君心飞扬。”（汤惠休《白纻舞歌诗》）

七夕节乞巧风俗，显然就是源于其与入秋夜绩、女红劳作之间的关联。晋人葛洪《西京杂记》说：“汉彩女常以七月七日穿七孔针于开襟楼，俱以习之。”梁人宗懔《荆楚岁时记》说：“七月七日为牵牛织女聚会之夜。……是夕，人家妇女结彩缕，穿七孔针，或以金银鍮石为针，陈瓜果于庭中以乞巧，有喜子网于瓜上，则以为符应。”七夕之后，妇女开始纺绩裁衣，因此在这一天陈设针线，祈求心灵手巧，既是一种郑重其事的仪式，也是一种劳作季节开始前的心理准备。正是凭借着这种年复一年的乞巧仪式，牛郎织女的故事才代代相传，流传人间。

《荆楚岁时记》说七夕乞巧时要“陈果瓜于庭中以乞巧”，此外，东汉崔寔《四民月令》晋代周处《风土记》、五代王仁裕《开元天宝遗事》、宋代孟元老的《东京梦华录》等皆记载有七夕乞巧陈设瓜果祭献牵牛织女的习俗。七夕何以必须陈设瓜果？有学者从瓜果联想到“碧玉破瓜时，相为情颠倒”的诗句，说这种活动象征女性崇拜或生殖崇拜，这未免太“即空见色”、想入非非。其实，这种习俗并无什么神秘意味或象征意味。七夕之所以刻意陈设瓜果，不过是因为七月之时，正是瓜果成熟的时候，《七月》云“七月食瓜，八月断壶”，“壶”通“瓠”，即葫芦，又云“八月剥枣”，《七月》之诗旨在叙农时，诗中特意提到食瓜、剥枣，可见我们的祖先自古就重视瓜、枣成熟的时令意义。七月之后，瓜果飘香，因此妇女们于七夕聚会之际，陈设瓜果，作为祭祀牛、女的应时之物。其实，这些瓜果名义上是供神，最后终究还是被聚会的人间儿女们自己享用了。正因为七夕与瓜果之间的时令关联，因此汉代纬书《春秋合诚图》说：“织女，天女也，主瓜果。”（《开元占经》引）在古人心目中，织女俨然成了瓜果的象征。中国传统星象图中，在织女的东边，牵牛星附近，有一组星的名字叫瓠瓜（即西方星图中的海豚座)，瓠瓜边上还有一组更暗的星叫败瓜，显然也是古人用为瓜果成熟时节的时间标志的。古人当黄昏之际看到这个星象出现在头顶时，就知道该是断瓠剥枣的时候了，而败瓜的意思大概是说，如果不及时采摘，瓜果就会颓败腐烂。

牵牛之名，未见于《夏小正》，却出现于华夏先民时间知识的另一个重要文献《月令》之中。《月令》载于《吕氏春秋》《礼记》和《淮南子》等先秦两汉文献之中，其内容和形式都与《夏小正》大同小异，也是按照一年十二个月的顺序叙述每个月的天象、物候、农功、仪式，等等。中国传统天文学体系中，把周天沿赤道附近的星带分为二十八宿，即二十八个星象。一年当中，随着时间的流逝，二十八宿周回于天际，因此根据每天黄昏或黎明出现于正南方的星象，就可以了解时序之推移，《月令》于每个月皆记载其昏、旦中星(即见于南方的星)，即此意。其中仲秋八月的黄昏中星就叫牵牛，“仲秋之月，日在角，昏牵牛中，日觜觿中”。然而，此牵牛却非彼牵牛，不是那个在银河东岸跟织女隔河相望的牵牛，而是指二十八宿中的牛宿。

原来，在古书中，银河边那个牵牛，还有另一个名字，叫河鼓，《史记·天官书》说：“牵牛为牺牲，其北河鼓。”其所谓牵牛，指二十八宿中的牵牛，其所谓河鼓，才是银河边的牵牛，故《史记索隐》引《尔雅》说：“河鼓谓之牵牛。”银河边的牵牛(即河鼓)才是先民们最早关注的牵牛。二十八宿中的牛宿亮度很低，放眼望去，在满天繁星中毫不起眼，根本不会引起农耕先民的关注。只是后来随着二十八宿系统的建立，由于原先的牵牛星位置比较靠北，远离赤道，而为便于观察，二十八宿必须位于赤道附近，因此，后来的天官就在牵牛的南边临近赤道的星空中，找到另一组星，取代了原先的牵牛，为了区别，原先的牵牛就被赋予了新的名字。

那么，银河边的这颗星何以被命名为牵牛呢？《史记·天官书》云“牵牛为牺牲”，意为牵牛象征牺牲，牺牲指诸如牛、羊之类在祭典上宰杀献神的牲畜。《史记·天官书》所谓“牵牛”所指（指称，reference）自是二十八宿之牛宿，但却也足以表明，牵牛一名的意义（sense）是源于牺牲，而这也就意味着，银河边的牵牛亦取义于牺牲。《月令》就提示出牵牛之得名与牺牲之间的时间因缘：春天，万物孳乳，牲畜繁育，故到了暮春三月，需要统计幼畜的数量，“牺牲驹犊，举书其数”；六月，夏秋之交，草木丰茂，刍秣收割，故“命四监大合百县之秩刍，以养牺牲”，令臣民贡献牧草以为养牲之饲料；八月，仲秋之月，正是动物膘肥毛丰的时候，于是天子“乃命宰祝，循行牺牲，视全具，案刍豢，瞻肥瘠，察物色。必比类，量小大，视长短，皆中度。五者备当，上帝其飨。”巡视牺牲，察其体量毛色，合规中度的牲畜才能用为牺牲，——各种祭祀所需牺牲的毛色、尺度和数量，礼有明文，“祭天地之牛角茧栗，宗庙之牛角握”（《礼记·郊特牲》）；九月，暮秋之月，牺牲已经长成，故“牺牲告备于天子”；到了腊月岁末，就该是宰牲祀神，举行一年一度的郊天大典的时候了，于是，天子“乃命太史，次诸侯之列，赋之牺牲，以共皇天、上帝、社稷之飨。”诸神降临，馨享牺牲，降福穰穰，给芸芸众神带来太平和吉祥。八月“循行牺牲”，表明八月被古人视为牺牲饲养周期中的一个重要的时间点，而此时昏见南方的中星，作为视牲之月的时间标志，被命名为牵牛，可谓顺理成章。也就是说，牵牛星之名牵牛，不过是因为古人以之作为牵牛视牲之月的时令标志。

这里，需要指出的是，按照上文的分析，织女为七月之星，被作为秋天到来和女功伊始的标志，而牵牛为八月之星，被作为牺牲和祭献的标志，两者时间不同，事义亦别，似乎毫不相干，岂不是与七夕故事和民俗中两者息息相关的关系相矛盾吗？其实，当七月，织女星升上天顶并垂顾人间织妇之时，牵牛星就已经进入了人们的视野，牵牛与织女之间，盈盈一水，原本相去不远。七月过后，当一度高悬天顶的织女离开天顶向西倾斜时，牵牛星就后来居上，升上了最高点，岁序也就是随之进入仲秋八月了。多情的牵牛就是这样在织女身后紧追不舍，然而天命难违，这对生死冤家之间永远间隔着那段咫尺天涯的时、空距离，“所谓伊人，在水一方，溯洄从之，道阻且长”。

综上所述，可见七夕故事和民俗的各个主要环节，都可以由其与岁时的关系得以解释：织女之名织女，因其为纺绩之月的标志；牵牛之名牵牛，则因其为视牲之月的标志；当此夏秋之交，织女星和牵牛星先后双双升上中天，隔河相望，牛女七夕会银河的故事即由此而来；七夕穿针乞巧，不过是为了迎接即将到来的纺织季；乞巧之时陈设瓜枣，则是因为此时正是瓜熟蒂落的季节。民间传说，牛郎织女良宵一度，依依惜别之际，织女都会伤心落泪，泪水化作雨水，因此，每到七月七，天上总会飘下一阵绵绵细雨。七夕的雨水自然不是来自织女的泪腺，七夕之所以多雨，不过是因为初秋七月，正是中国大地连绵秋雨开始的时候，《夏小正》说："七月，……时有霖雨。"《月令》七月说："完堤防，谨壅塞，以备水潦。"可见古人早就对夏秋之交多雨的气候特点了然于心。总之，七夕故事的每一个关目都能在古人的时间感中找到源头，天上的星星、地上的鸣虫、人间的织女、初秋的阴雨以及成熟的瓜果，都因其在时序中的同时呈现而被联系起来，被赋予相同的时序意义，被编织于同一个悲欢离合的故事。时间性对于人类知识和叙事的奠基作用由此可见一斑。时间，作为大自然恒久不变、周而复始的节律，不仅决定着人们的生计作息，也引导着人们的认识和叙事，在存在论的意义上，时间与其说是人类认知和度量的对象，不如说是人类理解和度量万物的可能性条件。时间川流不息，万物生生不已，世间万物都在时间的长河中沉浮隐现，并因此进入或者退出人类的生活和视野，因其在时间这一宏大节律中所出现的不同关口，而被赋予不同的意义，被归于不同的认识范畴，被纳入不同的故事情节。"四时行焉，百物生焉"（《论语》），时间，或者说大自然的节律，就是造物造化众生的脚本；

"天地盈虚，与时消息"(《易传》)，浩瀚的星空，苍茫的大地，就是这个脚本搬演的舞台；"天地细缊，万物化醇"(《易传》)，物类熙熙，众生纷纶，则是这个舞台上周而复始重复上演的戏剧。每年七夕，牛郎织女天河会，不过是这场戏剧中一个哀婉多情的片段而已。

七夕故事和风俗的时间性，表明它原本只是一个秋天的节日，七夕故事所蕴含的意义，也不过是时令转换、秋天开始的消息，尽管有缠绵悱恻、凄婉动人的爱情故事，但七夕却与爱情无关。七夕，作为秋天的第一个节日，拉开了秋天的序幕，而秋天的戏剧永远是令人伤感的悲剧，秋风起兮，繁华落尽，万物萧条，令人黯然神伤。因此，七夕与其说是情人的节日，不如说是一个伤情的日子，与其说是一个令天下有情人皆成眷属的日子，不如说是一个自古多情伤离别的日子。七夕非爱情的季节，因此在古人的观念中，七夕对于婚嫁，并非一个吉利的日子，牛郎织女的爱情，也并没有花好月圆的意味。湖北云梦睡虎地出土的秦代占卜简书《日书甲种》就有以牛郎织女为占的条目，一条说："丁丑、己丑取妻，不吉。戊申、己酉，牵牛以取织女，不果，三弃。"另一条说："戊申、己酉，牵牛以取织女而不果，不出三岁，弃若亡。"可见，在古人心目中，七夕故事，对于爱情和婚嫁而言，原本是凶多吉少的"下下签"，是抽不得的。

时下国人炒作七夕情人节概念，原因之一是为了和西方的情人节抗衡，用心可谓良苦，然而，把七夕当成情人节，可谓数典忘祖。本土意识为了回应外来冲击而“复兴”传统，却不得不参照外来文化而对传统进行重新阐释，因此反倒使“传统”成了外来文化的拙劣模仿。其实，中国原本是有自己的情人节的，它和西方的圣瓦伦丁节一样，不在秋天，而在春天。在古代，包括春分、花朝、春社、清明、上巳等等在内的春天节日，除了其特有的与农事、祭祀有关的仪式内容之外，无一不是风情摇曳的爱情节日，且不说自古以来那些在春天节日上吟唱的诗篇中流露出来的无边风月，翻翻宋明话本、元人戏文，那些多情的才子佳人们几乎无一不是在清明上巳、踏青游春的游戏场上一见钟情、私定终身的。说到底，万物盛开、摇荡性灵的春天才是滋生爱情的季节。

（录自《古典的草根》，生活·读书·新知三联书店，2010年版）

# 清明：拥抱自然的春天仪式

施爱东

古人将一年平均划分出二十四个时间节点，称为二十四节气。如果把立春排在第一，那么清明就是第五个时间节点。作为一个民俗节日，清明节不仅仅是一个时间提示，在这一天，人们还要举行一些与自然时间没有什么必然联系的民俗活动，比如扫墓、祭祖、踏青、戴柳之类。本来可以在三月，也可以在四月、五月的任意一天做的事，大家约定俗成地非要在清明节这天执行，这就是节日的游戏规则。

为什么这一天要叫“清明”而不是别的名字呢？明代彭大翼《山堂肆考》记录了一本已经失传的《岁时百问》上的一句话：“万物生长此时，皆清洁而明亮，故谓之清明。”《三统历》也说：“清明者，谓物生清净明洁。”可见，古人是把清明当作清洁、明亮的简称。这真是一个非常诗意的名字。

寒食、上巳和清明挨得太近了，入晋以来，诗人就常常把这些节日不加区分地混在一起。学者们一般认为，清明节俗是由清明吞并寒食、上巳两节的习俗而形成的。因为这两个节日都是古代关于春天的文化节日，而它们又很不幸地刚好处在清明节气附近，可变的文化节日不幸遇上了不可变的节气符号，结果秀才遇到兵，有理说不清，可变的文化节日让渡给了不可变的时间符号。

张岱《陶庵梦忆》生动地描绘了明代扬州的清明风光，大意是说：这天，四面八方的居民和乡客，以及南来北往的商贾，乃至曲中名妓，一切好事之徒，全都走向郊野。“长塘丰草，走马放鹰；高阜平冈，斗鸡蹴鞠；茂林清樾，劈阮弹筝”。少年浪子竞逐相扑，孩子们追着风筝，老和尚忙着为人说因果，瞎子艺人立地说书，人们或立或蹲，“立者林林，蹲者蛰蛰”。太阳落山的时候，彩霞生起，回城的车马纷沓而驰，那些平日紧闭闺门的宦门淑秀，这时也不避讳，把车上的幕帘掀开了，那些婢女媵妾也玩累了，纷纷倦归，“山花斜插，臻臻簇簇”，竞相回城。这分明是一幅江南清明的“春天嘉年华”。

古代上巳节是青年妇女袚除、沐浴、野营求子的春日佳节；寒食则是举家老少扫墓、踏青、聚餐的放风时刻。当这两个文化节日合并到“清明”的名下，就成为一个约会游春的好日子。所谓“梨花风起正清明，游子寻春半出城”，青年男女扫墓为名，求偶其实，坐对松槚，耳听鸟语，风送花香，手把美酒佳肴，触目姹紫嫣红，不谈一场恋爱真是愧对了这大好春光。

话说南宋绍兴年间，杭州城有一小哥名唤许仙，清明这天往保俶塔追荐祖宗归来，不期天降细雨，西子湖畔偶遇白素贞。那小娘子但把秋波一转，便教许仙春心拨动，当夜翻来覆去睡不着，有分教："几宿春山逐许郎，清明时节好烟光；归穿细荇船头滑，醉踏残花屐齿香。"这一场清明春雨，催动春心，为我们留下一出荡气回肠的爱情佳话。

明代的清明节仍是一个充满欢乐情调的春季大节。据《西湖游览志馀》的描绘，每适清明，"苏堤一带，桃柳荫浓，红翠间错，走索、骠骑、飞钱、抛钹、踢木、撒沙、吞刀、吐火、跃圈、斛斗、舞盘，及诸色禽虫之戏，纷然丛集。而外方优妓、歌吹、觅钱者，水陆有之，接踵承应。又有买卖赶趁，香茶细果，酒中所需。而采妆傀儡、莲船、战马、饧笙、鼗鼓、琐碎戏具，以诱悦童曹者，在在成市。"这一连串的游艺名目，许多已经退出历史舞台，我们只能望文生义，在文字中想象古人的欢乐。

至清代末世，各种游艺玩乐渐次退出清明舞台，"自前明以来，此风久革，不复有半仙之戏矣"。春天节日的繁荣丰盛逐渐式微，大好春光里，"但儿童戴柳，祭扫坟茔而已"。1935年，弱势的民国政府面对日本帝国主义的侵略，颇有些悲壮，但又无奈地将清明节定为"民族扫墓节"。凄清的文学家们，舍弃了那些充满欢乐情调的清明诗词，单单拣出一首忧伤悲愤的"清明时节雨纷纷"反复咀嚼，用"欲断魂"的催情效果来表达他们对于民族国家的清明思绪，托名杜牧的《清明》就这样被经典化了。所谓弱国无清明，不由得我们不感叹清明之和谐、昌盛与否，实乃折射着国道之盛衰。

散文家丰子恺有《清明》一文，把清明扫墓说成“借墓游春”，可谓一语中的。他说自己少年时期，终年住在那市井尘嚣中的低小狭窄的百年老屋里，一朝来到乡村田野，感觉异常新鲜，心情特别快适，好似遨游五湖四海，“因此我们把清明扫墓当作无上的乐事”。清明时节，天气回暖，阳气冉生，到处弥漫着勃勃生机，在春天的节日里做适合于春天的事，这才是清明时节各种户外活动最根本最原始的意义。欣逢盛世，我们更有理由张开双臂享受这春天的清明。

（原载2015年4月08期《人民政协报》）

# 扛标旗的少女

## ——我的春节记忆

陈平原

作为民俗的春节与作为个人记忆的春节是两回事。你兴奋不已的，他人未必感兴趣；反过来，别人津津乐道的，你也很可能插不上嘴。说全国人民享有“同一个春节”，在我看来近乎幻象。共享的，只有休假与美食；就连团圆与否、鞭炮有无，如今也都成了未知数。其他习俗，更是因时因地因人而异。

我记忆中最美好的春节，属于1986年。无关“国泰民安”大格局，纯属自家小问题。那年，我第一次携新婚不久的妻子回乡。三兄弟都娶了媳妇，阖家团圆，自然是其乐融融了。父母亲私下支招，为了逗不懂普通话的祖母开心，妻子临时抱佛脚，学了几句潮州话。这一招很管用，原本叮嘱不要找“不会说话”的媳妇的祖母，如今连连夸奖这孙媳妇好，会说话。日后的春节，或南北遥望，或人天相隔，如此温馨的场面，再也没有出现过。因此，在我记忆中，那年潮州的天特别蓝，笑脸特别多，潮州柑特别甜，潮州大锣鼓也特别响。

偶尔与皇城根下长大的妻子聊起来，她也对这个在南方小城度过的春节特有好感，而且还提及一个细节——大年初一西湖（潮州西湖）边观看潮州大锣鼓，那些扛标旗的少女很可爱。想想也是，走南闯北这么多年，观赏过诸多节庆场面，要说闹中取静、武中有文、俗中带雅，还数潮州大锣鼓队中扛着标旗“招摇过市”的靓女们。

作为粤东地区及东南亚流传极广的传统音乐，潮州大锣鼓兼及锣鼓乐与管弦乐，特别适合于行进中表演。关于潮州大锣鼓的历史溯源及演奏特点，自有专家论述，我只知道，相对于固定舞台或典礼表演，节庆时的巡游最见风采。配合着神像、花车、舞蹈、标旗，以及不时炸起的震耳欲聋的鞭炮，这个时候的潮州大锣鼓，虽仍有迎神赛会的意味，但其周游街巷，祈福远大于酬神，人间趣味占绝对优势。

所谓“百里不同风，千里不同俗”，即便都是春节巡游，各地的鼓乐与花车不尽相同，难分高低。比起踩着喜庆的锣鼓点上蹿下跳、威武刚猛的舞龙或舞狮来，潮州大锣鼓队中扛着标旗默默行进的少女，实在是过于娴静了——既不唱，也不跳，只靠身姿与面容，还有肩上的各色标旗，吸引着无数围观的群众。

大概是读书人的缘故，我们首先关注的是标旗上绣着的大字：“一帆风顺”“出入平安”“国泰民安”“吉祥如意”“恭喜发财”“改革开放”“斗私批修”“一心向党”“实现四个现代化”……再加上“旅泰华侨”“新加坡潮州商会”或香港某某公司捐赠的字样，真的看得你眼花缭乱。与各种口号或吉祥语之混杂相对应，这些色彩瑰丽，用金线、银线、绒线绣制而成的旗帜，同样新旧杂陈。为什么会这样呢？因潮绣从属于中国四大名绣之一的粤绣，制作考究，工艺繁复，绣一面精美的标旗，需花不少时间。因此，各村镇锣鼓队的标旗，都是逐渐积攒起来的，自然带着时代的印记。

这些精心制作的标旗，平时妥善收藏着，过年过节或重要庆典时，方才用竹竿穿起来，由妙龄少女横扛着，随同锣鼓队巡游乡里或城镇。前头挂一小袋潮州柑，寓意“大吉大利”，后面的竹梢随步伐上下颤动，更显少女之婀娜多姿。至于扛标旗的少女，穿华服，戴墨镜，步态轻盈，面容娇美，更是万众瞩目。

前些天在东京的东洋文库与日本学士院会员、东京大学名誉教授、现任东洋文库图书部主任的田仲一成教授聊天，说起他当年拍摄潮州祭祀戏剧相关照片，我问还记不记得那些扛标旗的标致少女。他连声说记得记得，只是没注意这些少女是否长得漂亮。

田仲先生1978至2012年间在中国大陆、香港、台湾及东南亚各国所拍摄的有关祭祀演剧的资料照片三万五千零四十四枚，现挂在日本东洋文库网页上，可查询并下载。我以“潮州”为主题词检索，得九百四十三枚，其中1980年阴历七月初十拍摄的香港筲箕湾巡游，有九张出现少女挑花灯或扛标旗。拍摄者研究祭祀与演剧，故注重场面及氛围，图片上的少女，或仅存背影，或只露半边脸，没有特写镜头。这明显不同于街边围观民众的观赏趣味。有人拜神像，有人听锣鼓，有人赏标旗，但更多的是指点这个或那个姿娘仔（潮州话，指未婚少女）“好看”“雅绝”“有架势”。这里所评说的，包括面容、扮相与步态，混合着舞台感与现实性。

这些扛标旗的少女，随锣鼓队走大半天路，很累人的。可这是个好活，大家抢着做。“文化大革命”中，我在潮汕某山村插队，有机会仔细观察农村里的春节活动。1974年冬天，大队宣传委员被抽调学习，我代管三个月。筹备春节联欢活动，那可是宣传委员一年中最吃重的活。作为“临时代办”，我注意到，为了这扛标旗的四个名额，各房头及大队干部争得死去活来。哪个房头都有好看的姿娘仔，凭什么让她们几个独享荣耀？要知道，有了这堂堂正正地在公众面前展示风采的大好机会，春节过后，自然而然就成了本村乃至四乡六里的名人，还愁嫁不到个好人家？以至介绍某某女孩时，你只要说她曾扛过标旗，大家就能想象她的相貌、人品、家世、步态等。

2004年春夏，我在巴黎某大学教书，刚到时，便听朋友绘声绘色讲述春节前香榭丽舍大街上的花车游行。那是为了纪念中法建交四十周年，官方主持、民间组织的大型文化活动。来巴黎之前看过相关报道，说潮州大锣鼓作为此次新年大巡游的压轴节目，如何引发了现场观众的阵阵喝彩，其中还特别提及那十五支用中法两种文字绣着新春祝语的标旗。出于好奇，我问这位朋友，注意到那些扛标旗的少女没有？很遗憾，对方一脸茫然。

开始有点丧气，后来我想明白了——如此华丽且宽广的大街，本就不是扛标旗少女的舞台。我相信，除了若干怀乡的潮汕人，现场其他观众，都被充满动感的舞龙或舞狮吸引，而很少关注那十几个体态婀娜、笑容可掬、安静地走在大街上的少女——即便习惯于T台表演的名模，走在香榭丽舍大街上，与喧天锣鼓及华丽花车竞争，也不见得能取胜。

这就说到，我们潮州那些扛标旗的少女，生活在乡村或小镇上，没有受过任何走T台或戏剧表演的专业训练，只是偶然被选中，便扛上标旗，近乎无师自通地“摇曳多姿”起来。这是巡游队伍中一道靓丽的风景，其特殊魅力在于与围观民众的良好互动——熟悉更好，不认识也没关系，都处在同一个生活圈。某种意义上，这是农业社会自娱自乐的“选美比赛”加“时装秀”，更适合于走在乡镇或小城的街道上，而不属于繁华的大都市。

在《朝花夕拾·五猖会》中，鲁迅曾感叹张岱《陶庵梦忆》描写的赛会“真是豪奢极了”，为了扮演梁山泊好汉三十六将，而“分头四出，寻黑矮汉，寻梢长大汉，寻头陀，寻胖大和尚，寻茁壮妇人，寻姣长妇人，寻青面，寻歪头，寻赤须，寻美髯，寻黑大汉，寻赤脸长须”，这样的雅兴与壮举，“早已和明社一同消灭了”。不仅仅是钱的问题，生活形态变了，游神赛会的形式与风格也必然随着改变。同样道理，随着电视普及、网络便利、出游频繁，眼界日渐开阔的年轻人，或许不再围观、欣羡那些扛标旗的少女了。

我注意到一个细节，这些很可能一生只有一次扛标旗机会的少女，随潮州大锣鼓巡游时，普遍戴着墨镜。这可不是为了遮阳，也不是为了扮酷，而是便于少女在行进或歇息时观察路边群众。这里用得着卞之琳的《断章》：“你站在桥上看风景，看风景的人在楼上看你。”我很好奇，不知这些曾戴着墨镜，扛标旗走过乡镇或小城的少女们，多年后，如何追忆此等风光时刻？

2016年2月1日于日本德岛大学客舍

（原载2016年2月22日《人民日报》）

# “情人节”随想

黄天骥

上月，情人节刚过。据说，每年的二月十四日，是情人节，这引发我好些想法。

我之所以用“据说”一语，是因为我那死脑筋，从来不知道有所谓“情人节”。若按俗语，情人之间的“过节”，等于说两人脾气不合，感情出现疙瘩，彼此撒撒娇，吵吵嘴。而情侣若发生矛盾，这不是好事。我的老伴，当初也是我的情人，也经常闹点别扭，那就是“过节”了。幸而吵过后并无大碍，终成眷属。

记得某年的某一天，当“月上柳梢头”之际，我和老伴忽有“聊发少年狂”之兴，想到许久未开过洋荤，便一起到附近的绿茵阁，吃顿西餐解馋。

谁知到了那儿，平时很安静优雅的池座，竟挤满了红男绿女。我和老伴好不容易才找到角落的位置坐下。举目四望，每桌都是一男一女的年轻人，姑娘们和帅哥们，大多油头粉脸，穿着入时。时而喁喁细语，时而搂搂抱抱。我又看到，许多桌面上，躺着一束束的鲜花，有玫瑰，有百合，万紫千红，幽香袅袅。柔和的烛光，忽明忽暗，晃动掩映，如梦如幻。旖旎温馨的氛围，让我老两口脸上的皱纹，也泡得松软了。

正在半是陶醉半是羡慕间，忽然附近“留座”的位置上，来了一双男女。甫坐下，那男的便把臂弯上的一大束红玫瑰，献到女的手上。我一算，那密密麻麻连枝带叶的玫瑰，怕有九十九朵之多，当然所费不菲。那女的，慢吞吞接过了花，羞答答地低下了头，嫣然嗅着，梨涡浅笑，幸福的脸庞，也像开成一朵花了。我再傻，也明白是怎么一回事。

正遐想间，忽然有位小姑娘，走到我身边，纤纤素手拿着一株浅黄色的花，小声地说：“先生，买一株吧！”我愕然，忙问：“为什么要花？”这一问，倒让小姑娘愕然了：“今天是二月十四呀！是情人节呀！”我恍然大悟，原来如此！不过，我和太太从来没经历过“情人节”的洗礼，今天算是像《水浒传》中的林冲那样，“误入白虎节堂”。

既来之，则安之，凑凑趣，也未尝不可。便问：“这花多少钱一朵？”回答是：“十五块。”哗嚏！十五块钱一株花，恰好是一盅罗宋汤的价格，到底买一株夜百合，还是添一盅罗宋汤？真是“鱼我所欲也，熊掌亦我所欲也”。我举棋不定，进退两难，一看那小姑娘期待的眼色，正准备咬咬牙掏腰包之际，只见太太给我打个眼色。我如梦初醒，灵机一动，连忙指指太太说："不了，不了，我们早上已买了一盆花了。"真的，我俩已是"紫薇朱槿花残"的年华，结发夫妻，儿孙绕膝，还买什么表示爱情之花？弄不好，还可能让人误会我向这老太太求爱，是黄昏恋？续弦？还是"老而不"、找小三？

那卖花姑娘也知趣，淡然一笑，说声"祝情人节快乐"，施施然又到别的桌子寻找顾客去了。

交易不成仁义在，这一回，感谢卖花姑娘告诉我，原来这天是二月十四，是所谓"情人节"！怪不得西餐馆的生意如此兴隆，怪不得花店忙得不可开交！其实，天下本无事，情人自扰之。若男女之间彼此是有情人，那么，天天都在过节，何必专挑二月十四？不过，突出这天作为"关节点"，以示郑重其事地相爱，也是好事。至于是否吃过西餐，接过了鲜花，会不会出现不吃白不吃，不接白不接的情况，后事如何？则且听下回分解。不过，留下生命过程中一条风景线的痕迹，也并无大碍。

我和老伴当然也当过情人，但在新中国成立后，直到"文革"前，当时表示相爱者，叫"确定关系"，彼此向别人介绍时，则称他或她为"我同志"；一旦领过结婚证，彼此则称为"爱人"，向别人介绍时，则称"我爱人"，从来没有"情人"的称谓。每年到了当年领结婚证的日子，一家子吃顿好饭，作为纪念，间或有之。至于呼朋引类，成群结队，示爱送花，而且还成为"节日"，那是绝对没有的事。这一回，偶然吃顿洋荤，晓得了洋节日，真让我们这类曾经沧海者，开了眼界，叹为观止。

仔细一想，虽然二月十四“情人节”，和我国传统无关，属“进口货”，但外来文化若没有损害或者毒化我们的利益，也可以为我所用。君不见，过“情人节”时，情人们不是要送鲜花吗？不是要上馆子吗？到这天，种花的，售花的，经营餐饮业的，生意兴隆了，荷包肿胀了，由此拉动内需了，促进消费了，经济发展了，又何乐而不为？我不相信过个把洋节，会使人变得洋化。像每年公历的一月一日，我们过元旦，机关学校都放假，人们也互相祝愿。而实际上，把一月一日视为节日，也是接受国际惯例而设。严格地说，它也属舶来品。但不见得我们跟着世人齐齐过洋节，黄皮肤黑眼睛的龙传人，便变成红须绿眼的番鬼佬了。

一查资料，西方情人节的起源，有种种洋传说，它们多是与爱情和繁殖有关，而且和基督教有关。最具有积极性的说法是：公元三世纪，罗马帝国腐败的贵族阶级，为维护其统治，疯狂镇压反抗民众和基督教徒。传说教徒瓦伦丁，被捕入狱。谁知他在狱中和狱长的女儿相爱。被执行死刑前，他给她写了遗书，表明自己无罪和对她的眷恋。这感动了许多人，人们便把他牺牲的日子亦即二月十四，称为“圣瓦伦丁节”，后改称“情人节”，作为纪念。后来，这节日起源的意义，逐渐被忘得一干二净。至于它传入神州，情侣们哪管什么丁？大家只在“情人节”这三个字上大做文章，充分利用它来表达爱意。

据说洋情侣每到了二月十四，都是要互赠礼物的。洋人喜欢送花给女孩子，而我们也有“维士与女，伊其相谑，赠之以勺药”的老传统（见《诗经·郑风》）。于是，花，成了情人节的必需品。除了花，当然还会送点其他大小礼物，起码还要一起到餐厅喝杯咖啡。而要送礼物，就要购物了，亦即有了买方和卖方，进入市场经济了。当涉及钱银交易，随着时代的发展，洋传说也随着市场需要发生变化。据说有些地方，把每个月的十四日，都定为情人节，我的上帝！那么，岂不是一年有十二个情人节了吗？例如说三月十四是“白色情人节”，情侣们要送白色巧克力；四月十四是“黑色情人节”，情侣们要吃黑色炸酱面。如此这般，说穿了，不过是商家们看到利之所在，飞禽大咬，想方设法掏空情侣的腰包而已。但每月都要过变着花样的“节”，也很烦人，《左传》云：“一之谓甚，其可再乎！”所以，自从这劳什子传入神州以来，城市里赶时髦的情侣们，也和大多数地方一样，只接受了每年“二月十四”，作为他们的节日。

有人说，所谓“情人节”，我国自古有之，无须选择二月十四。有些学者，认为每年的七月七日，就是中国传统的“情人节”。

到秋天的晚上，澄空一碧，在横亘天心的银河两边，各有一颗茕茕孑立的三等星，人们称它们一为牵牛星，一为织女星。男耕女织，这命名，恰好是农业社会形态的倒影。到了汉代，人们便传说，天上的织女星，原是玉皇大帝的第七个女儿，她竟降尊纡贵，嫁给了牵牛的牛郎。“生米煮成熟饭”，玉皇大怒，硬是把这对小夫妻分隔在两边，只命每年的七月七日，以乌鹊排队搭成为桥，才让他们渡过银河相见。你看，与其说这天是“情人节”，不如说它是“怨偶节”更准确一些。到了宋代，诗人秦观同情这对可怜虫，写下了有名的《鹊桥仙》一词：

> 纤云弄巧，飞星传恨，银汉迢迢暗度。金风玉露一相逢，便胜却人间无数。
>
> 柔情似水，佳期如梦，忍顾鹊桥归路。两情若是久长时，又岂在朝朝暮暮。

可见，秦观把牛郎织女视为有情有义，而又被迫分隔的夫妻。若把他们看作还未成家的情人，实在是不伦不类。

到近代，妇女们在七月七日拜七姐，祈求织女传给她们灵巧的手艺，于是七月七日又称“乞巧节”。到晚上，家家户户，妇女们在桌上摆满能够表现自己手艺的小玩意，争妍斗丽，任人参观。“七月七日”含义的嬗变，说穿了，是封建时代妇女把这天作为表达愿望和展示才能的日子。这一来，说它近似“妇女节”，也无不可，但与“情人”毫不相干。

如果硬说我国有类似“情人节”的传统，不如说农历的正月十五元宵节，更合适一些。

在古代，春节过后的月圆之夜，每家每户，大街小巷，都会挂上花灯，争妍斗丽；大邑通衢，扎上鳌山，辉煌灿烂。还会大放烟花，照亮夜空。辛弃疾的词写道“东风夜放花千树，更吹落、星如雨”，写的就是宋代元宵节的街景。

这一夜，从来被深锁闺中的女孩子，可以“放风”了。她们可以打扮得花枝招展，到处游逛；可以闲倚户牖，弄姿搔首；可以左顾右盼，寻找合眼的梦中情人。至于那些秀才书生，纨绔子弟，乃至行商坐贾，或乘机寻花问柳，或到处饱餐秀色，或乘机攀墙钻穴，或为双方目成后的密约偷期创造条件。所谓“众里寻他千百度，蓦然回首，那人却在，灯火阑珊处”，写的就是那么一回事。不过，人们过“元宵”，吃汤圆，放花灯，这民俗活动，主要还是为了迎接每年第一个月圆之夜。在一元复始，大地回春之际，城乡市镇，搞个流动式的烛光晚会，大家祈求多福。至于为红男绿女提供谈情说爱的机会，则只是副产物。所以，把元宵节说成是中国传统的情人节，也似还有些勉强。

不同的国家、地区，自然有不同的文化传统。在今天，中外交往频繁，利益冲突和合作的机会并存，特别是文化以及在意识形态方面，各种思潮，扰扰攘攘，或激烈冲突，或渗透融合。因此，对待外来文化，必须区分精华与糟粕。对外来的精神垃圾以及不符合我国的文化，应该坚决抵制。而对优秀的外来文化，则应该提倡借鉴吸收，把它融入我国的文化中，让我们的精神财富更丰满，这对提高民族文化自信心，也有积极的意义。至于有些外来文化，显示出世界文化的多姿多彩，它对我们未必有益，却又无害，也不妨让它存在。若经过改造或过滤，同样可以为我所用，这也未必需要顾及它是不是我国固有传统的问题。

依我看，我国除少数民族地区之外，过去广大的汉族人士并无“情人节”传统。试想想，封建时代婚姻要遵父母之命，媒妁之言，青年男女，大多数只能盲婚。能先当情人，一天到晚唧唧哝哝如张生、莺莺者，只属凤毛麟角。哪有可能让少男少女，集中一天过什么“情人节”？

改革开放以后，“情人节”这洋节日，传了进来，不少思想比较开放的青年便接受过来。至于“情人节”的起源，即使与基督徒有关，但我们的青年人，哪里管得这些？无非趁个节点，图个热闹，趁个机会搂一搂，送束花，表示对爱情的珍重。我从未见到男士们送花时，在胸口用手画个“十”字，也未听到女士们接花时喊声“感谢天主”。实际上，过“情人节”，在我们这里，只是儿童“过家家”的升级版。

至于有些洋节日，我认为传过来，颇有益。例如“母亲节”，据知起源于古希腊。现代意义上法定“母亲节”的日期，为每年五月第二个星期天，则始于美国。我国人民重视孝道，“百行孝为先”，但没有约定俗成，确定在某一天，儿女们会齐齐向母亲表示感恩的节点。改革开放以来，这洋节日传进了，我们接受了。到这天，儿女们给母亲送上一束康乃馨，给母亲做顿好饭菜，一家团聚，其乐融融，大家衷心感谢母亲养育之恩，让母亲们感到幸福和自豪。这节日，把我国固有的“孝”的传统，和外来优良文化结合起来，不是很好吗？在广州，到母亲节那天，酒家食肆，真有人满之患。当我看到儿女们搀扶着妈妈共进晚餐，心头也阵阵温暖。作为父亲，虽然在那天只能充当配角，但也沾光了，那酒那菜，少不了有我一份。尽管儿子先敬给妈妈一只鸡腿子，才夹给我一块鸡脖子，我也心甘情愿，没有半点醋意。

我国有许多传统的节日，像春节、元宵节、清明节、端午节、中秋节、重阳节，等等，这些节日，色彩斑斓，群众喜闻乐见。弘扬我国的文化传统，让广大群众进一步增强家国情怀，让旅居海内外的游子，乡愁有所寄，江山如有待。因此，正确引导和做好传统节日的各色各样的安排，其重要性自不待言。

如何对待外来文化，包括如何对待洋节日，实质上是如何正确理解“洋为中用”的问题。近世以来，随着国门逐步打开，各国文化交流也频繁，互相影响也越来越多，这真不是以人的意志为转移。以语言为例，我们一些词汇，便来自外来语。像“经济”一词，在古汉语是“政治”的意思。传到日本，日语则理解为金融财经。近百年，“经济”一词又从日本传回我国，我们便按日语对它的解释，原来把它解为“政治”的传统意义，反被湮没。显然，东俗西渐，西俗东渐，其实很正常。

当然，洋节日，往往来自洋风俗与洋传说。凡是出自古代的风俗、传说，总会和宗教或迷信沾上此边，这是由古代的生产力低下和生产关系决定了的。像西方“情人节”的起源，在歌颂爱情的同时，不就和基督徒扯上边吗？问题是，随着时代的发展，节日的宗教的色彩愈来愈淡薄，乃至被改变，被遗忘，剩下的只具形式外壳。当“情人节”传进香港，再传进内地，内地青年只欣赏这节日具有浓厚的浪漫情调，它可以把系在彼此心中的彩带，绑得更紧密一些；商家则趁机发其洋财，如此而已！所以，当年我这老头在“情人节”时，大惊小怪，出了洋相，只好承认自己属井底之蛙。

其实，我国许多传统节日，也大多数与封建迷信沾上边。就以春节来说，我们不是把它称之为“过年”吗？何谓“年”？原来，老祖宗们认为“年”是一种狰狞可怕的鬼怪，它在春节时，就要跑出来作祟，侵犯人畜。它会发出“嚏！嚏！”的怪声。当时人们敲锣打鼓，放鞭炮，大声吆喝，把这鬼怪赶跑了，就叫作“过年”。以我看，我国远古有“驱傩”的风俗，“傩”就是鬼怪，“傩”与“嚏”“年”，都是一音之转。总之，传统的过年，是带有迷信色彩的。随着时代的发展，“过年”的迷信的色彩越来越淡薄。许多人根本不知道，也不必知道这“年”的来历。如果有人因为“过年”的来源，涉及迷信，不让过年，那么，不知会有什么后果。在“四人帮”管治的时代，也真曾把“过年”说成是“四旧”，说要破除。到底也还是破不成，那几年，广州的花市照开，只是花市多挂几条歌颂性的“革命标语”而已。

至于有人说是要按我国的传统，把“情人节”定在每年的七月七日，表示歌颂牛郎织女的爱情。果真如此，则更麻烦了，因为这传说与道教有关，牛郎织女，玉皇大帝，也全是道教的人物。这和西方“情人节”的起源，实质如出一辙。

接受外来文化，需要正确的引导。其实，由于不同的民族，各有不同的特性和传统，有些方面，甚至抵触。像西方有所谓“万圣节”。那天晚上，人们把自己打扮成厉鬼，戴上双目流血的髅骷面具，满街上群魔乱舞。这种洋节，不合我们的国情民情，即使在香港，每年也有些人和洋人一起凑趣，在兰桂坊里装神弄鬼，但它不可能为内地群众所接受。至于流行于西班牙的“西红柿节”，人们把西红柿扔来扔去，大打街仗，那烂糜糜的番茄酱，把道路广场，弄成红通通的“红海洋”，这种暴殄天物的做法，神州老百姓肯定不会效法。

想不到从上月年轻人刚过去的情人节，忽想起当年我自己在认识什么是情人节时，那种不尴不尬的情状，于是胡扯一气竟还涉及“洋为中用”的话题。话说多了，这里暂且打住吧。

（原载2019年第2期《随笔》）

# 辑二　礼俗志

# 遗嘱

黄苗子

一、我已经同几位来往较多的“生前友好”有过协议，趁我们现在还活着之日起，约好一天，会作挽联的带副挽联（画一幅漫画也好），不会作挽联的带个花圈，写句纪念的话，趁我们都能亲眼看到的时候，大家拿出来互相欣赏一番。这比人死了才开追悼会，哗啦哗啦掉眼泪，更具有现实意义。因此，我坚决反对在我死后开什么追悼会、座谈会，更不许宣读经过上级逐层批审和家属逐字争执仍然言过其实或言不及其实的叫作什么“悼词”。否则，引用郑板桥的话：“必为厉鬼以击其脑。”

二、我死之后，如果平日反对我的人“忽发慈悲”，在公共场合或宣传文字中，大大地恭维我一番，接着就说我生前与他如何，“情投意合”，如何对他“推崇备至”，他将誓死“继承遗志”等等，换句话说，即凭借我这个已经无从抗议的魂灵去伪装这个活人头上的光环。那么仍然引用郑板桥的那句话："必为厉鬼以击其脑！"

此外，我绝不是英雄，不需要任何人愚蠢地为一个普普通通的人白流眼泪。至于对着一个普普通通的、毫无知觉的尸体去号啕大哭或潸然流涕，则是更愚蠢的行为。奉劝诸公不要为我这样做（对着别人的尸体痛哭，我管不着，不在本遗嘱之限）。如果有达观的人，碰到别人时轻松地说："哈哈！苗子这家伙死了。"用这种口气宣布我已自动退出历史舞台，这是恰当的，我明白这绝不是幸灾乐祸。

三、我和所有的人一样，是光着身子进入人世的，我应当合理地光着身子离开（从文明礼貌考虑，也顶多给我尸体的局部盖上一小块废布就够了）。不能在我死时买一套新衣服穿上，或把我生前最豪华的出国服装打扮起来，再送进火葬场，我不容许这种身后的矫饰和浪费。顺便声明一下：我生前并不主张裸体主义。

流行的"遗体告别"仪式，是下决心叫人对死者最后留下最丑印象的一种仪式。我的朋友张正宇，由于"告别"时来不及给他戴上假牙，化妆师用棉花塞在他嘴上当牙齿，这一恐怖形象深刻留在我的脑子里，至今一闭目就想起来。因此，绝对不许举行对我的遗体告别，即使只让我爱人单独参加的遗体告别。

四、虽然我绝不反对别人这样做，但是我不提倡死后都把尸体献给医学院，以免存货过多，解剖不及，有碍卫生。但如果医学院主动“订货”的话，我将预先答应割爱。

五、由于活着时曾被住房问题困扰过，所以我曾专门去了解关于死后“住房”——即骨灰盒的问题，才知道骨灰盒分三十元、六十元、七十五元……按你生前的等级办事，你当了副部长，才能购买一百元一个的骨灰盒为你的骨灰安家落户。为此，我吩咐家属：预备一个放过酵母片或别的东西的空玻璃瓶，作为我临时的“寝宫”。这并不是舍不得出钱，只是因为作为一个普通的脑力劳动者，我应当把自己列于“等外”较好。

关于骨灰的处理问题，曾经和朋友们讨论过，有人主张约几位亲友，由一位长者主持，肃立在抽水马桶旁边，默哀毕，就把骨灰倒进马桶，长者扳动水箱把手，礼毕而散。有人主张和在面粉里包饺子，约亲友共同进餐，餐毕才宣布饺子里有我的骨灰。饱餐之后“你当中有我，我当中有你”，倍形亲切，本是好事。但有人认为骨灰是优质肥料，马桶里冲掉了太可惜，后者好是好，但世俗人会觉得“恶心”，怕有人吃完要吐。为此，我吩咐我的儿子，把我那小瓶子骨灰拿到他插过队的农村里，拌到猪食里喂猪，猪吃肥壮了喂人，往复循环，使它仍然为人民做点有益的贡献。此嘱。

庄周说过一个故事：子桑户、孟子反、子琴张三个人志趣相投，都能“相与于无相与、相为于无相为”，于是“相视而笑，莫逆于心”地做了朋友。但不久，子桑户就死了，孔子急忙派最懂得礼节的子贡去他家帮着筹组治丧委员会。谁知孟子反、子琴张这两位生前友好，早已无拘无束地坐在死者旁边，一边编帘子，一边得意地唱歌弹琴：

哎呀老桑头呀老桑头，
你倒好，你已经先返回本真，
而我们却仍然留下来做人。

子贡一见吓了一跳，治丧委员会也吹了。急忙回去找孔头汇报。姜到底是老的辣，孔子听了，不慌不忙用右手食指蘸点唾沫，在案上方方正正地画了个框框，然后指着子贡说：“懂吗？我们是干这个的——是专门给需要这一套的人搞框框的。他们这两个可了不得，一眼就识破了仁义和礼教的虚伪性，所以他们对于我们这些框框套套都不屑一顾。不过你放心，人类最大的弱点是懒，世世代代安于在我们的框套里面睡大觉。而这些肯用脑子去想，去打破框框套套的人，却被人目为离经叛道，指为不走正路的二流子、无事生非的傻瓜。他们的道理在很长时期仍将为正统派所排摈的。子贡，放心吧，我们手里捧的是铁饭碗，明儿个鲁国的权贵阳货、季桓子、孟献子他们死了，还得派你去组织治丧委员会。因为再也没有像我们孔家的人那样熟悉礼制的了。”（大意采自《庄子・大宗师》）

以上的故事讲完，想到自己虽然身子骨还硬朗，但人过了七十，也就是应当留下几句话的时候了，“是所至嘱”！

（录自《敬惜字纸》，宁夏人民出版社，1986年版）

# 老北京的“打鼓儿的”（节选）

刘叶秋

## ·一

旧时北京，没有像现在这样的信托商店，能以合理的价格收买旧货，或代客寄售物品。要用东西换钱，除去上“当铺”之外，就得找走街串巷收买旧货的人了。干这一行的，都以左手夹着一个像银圆大小的皮鼓，右手拿一根比筷子长些上端包着皮头儿的细藤条或竹棍来敲打，声音不大，而清脆可听，足以达远。老北京称之为“打鼓儿的”。

打鼓儿的行当，有高下粗细之分。以收买旧衣服、木器、日用杂物等的较为普遍，一般都用扁担挑着两个筐，一边打着小鼓，一边吆喝着“旧衣服、木器我买，报纸、洋瓶子我买”等等。收购的衣服杂物，放在筐内挑走；买了家具，就另拉车来搬运。这算是中等的打鼓贩。其下者专收破烂，买不起像样的东西。我这里着重谈的是专门收买金银首饰、珠宝玉器、古玩字画、细毛皮货、绸缎布匹等等的人，即老北京称之为“打硬鼓儿的”。打硬鼓儿的，资本较厚，有一定的眼力，以出身于古玩铺和当铺学徒的为多。老友江阴夏仁叔兄（纬寿）曾和我谈过一件事：民国初年，有一个打硬鼓儿的，开了个小古玩铺，自当掌柜。一次花了五百多块现洋，从某王府买来二百多个旧鼻烟壶。别人认为其中并没有什么出奇的货色，不值这么多钱。一位老行家，挨个儿看了这批烟壶，也说买贵了，问这位掌柜的：“你究竟看中了什么，出这么大价？”掌柜的笑了笑。回答：“这二百多壶，我要的就这一个，其余都是配搭。”说完话，就从中拿出一个壶，指了指壶盖儿。老行家看了看这盖儿，不过是一块普通的宝石，颜色甚为黯淡，并不起眼，不觉摇了摇头。掌柜的见老行家这神气，又笑笑说：“等我把它拿进去洗洗，再给您看。”（所谓“洗”，是打磨见光的意思）不久，从里面出来，手里托着一块圆形蓝宝石，晶莹透澈，光彩四射，这就是那个原来颜色黯淡的壶盖。把它放在一个盛满凉水的大碗内，连水都给照蓝了，真是件宝贝。老行家不禁为之咋舌，见者亦无不惊叹，大家都十分佩服这位掌柜的眼力。后来掌柜的以此卖了一万多块，发了财。可见在打鼓儿的当中，也颇有精于鉴定的人才。

打硬鼓儿的，平日只手持小鼓，肋夹布包，不挑筐担。因为仅收细软，用不着抬筐。细软之物，穷人没有，其着眼对象，自然是富厚之家，即老北京呼之为“大宅门”的。这些富户，有的家道中落，常常要卖些东西，以补费用的不足；有的一时困乏，急需用款；有的要把自己不喜欢的东西处理掉，而又顾面子，不愿拿东西出门当卖。于是打鼓儿的上门买货，就最适合他们的需要了。

## · 二

常到“大宅门”买货的打鼓儿的，得有一套应世哲学，善于根据卖主的身份性格，捉摸他们的心理，不惜以下人自居，称对方为“几爷，几奶奶”；有的见面还“打千儿”（指屈左膝，垂右手行礼）请安问好，然后问：“您又找出什么来了，赏给我看看。”这样，卖主自觉不失身份，已经高兴；再加上打鼓儿的看完货的一套恭维之辞，讨价还价，自然是容易多了。初打交道的时候，打鼓儿的往往略出高价，以取得对方的信任，这用他们的行话说，叫作“喂”。一般卖主，有比较值钱的东西想卖，总要多找几个人来看一看，考究一下价钱，然后出手。其实干打鼓儿这一行的，大都互相通气；哪个宅门出了什么货，谁给了什么价儿，彼此全知道。有机灵点的，看准某一家树大根深，是个财源，愿意少赚些钱，趁机打开门路，就按卖主的要价上下差不离地把东西买走，即使真赔几块也干。比如说一件老羊皮袄，别人只给七八块钱，他出十块，卖主自然愿意出手。经过这么几回比较，卖主觉得他厚道实在，再卖东西，专等他来，不找别人看。这样，他就稳稳当当地“垄断”了这个宅门，可以细水长流地“吃”上了。

打硬鼓儿的，谁常串哪几个胡同，走哪几条街，大致也分个地段。三十年代有个大刘（名叫刘德什么，我已记不清），专在前门外虎坊桥大街以及往西的骡马市、往南的南横街一带，走街串巷找买卖。许多家道中落的大宅门，他都经常出入。大刘高高的个头，瘦瘦的长脸，春秋天，总穿一件灰布大褂，外罩黑马褂，步履安稳，仿佛斯文一脉；而且爽朗健谈，颇有风趣。他敲打小鼓儿，似乎自有节奏，“珠宝玉石我买，皮袄我买”的吆喝声，也悠扬高亮，嗓音很好，一听就知道是大刘。想卖东西，即到门口找他进来。一般熟主顾家，大刘往往不等人找，隔几天就来串串门，除去寒暄问好之外，他能见景生情地和你聊天儿，找买卖。因为大刘什么都懂，珠宝玉器、古玩字画、细毛皮货等等，谈起来头头是道，样样在行。即使不卖东西，和他聊聊天，解解闷，也挺有意思，所以大刘到哪里都能投其所好地应对不穷，不讨人厌。不过，他究竟是为找买卖来的，并不只顾闲谈，忘了生意。比方他看见您手上带着个翠扳指儿，就说：“现在翠行市不错，像您手上戴的这个，也能卖二十块钱。您有那么多好戒指，干嘛带这个次的，您把它卖给我吧，也让我赚您几块。”这样三说两说，对方活了心，就把本来无意卖的也卖给他了。

不过，大刘也挺有心眼儿，他知道这样买东西，卖主常常反悔，尤其是熟人，更难免往回要东西。所以货物到手，他总要搁些时再卖，以防卖主有变，招出麻烦，影响今后做买卖。像这二十块钱买的扳指，他可能随时揣在身上，过几天又来串门，那位卖主假如有惋惜的表示，他会立即掏出扳指奉还：“我估摸您也许又舍不得了，还没敢出手哪！”这样，东西到他手，能打来回，卖主对他自然是信心大增，更乐于和他打交道了。我的亲戚某老太太，有四条赵之谦的楷书大屏，堪称精品，在七七事变后，以伪币四十元卖给大刘，后来又嫌钱少，向大刘索还，大刘也很痛快地物还原主。可是老太太再找别人来看，只给二十五元，最后还是按四十元卖给大刘了。

大刘买东西，也有“打眼”的时候。我一个朋友有些旧字画要卖，叫大刘去看。其中吴昌硕、陈宝琛等近代名家的对联，卖主明说是假的，他还当真的买下，结果赔了钱。遇到这种情况，如果是熟人的话，卖主一般都在事后以廉价再卖些东西给他，表示补报。但卖东西，亦须略晓行情，不能无休止地要高价。打鼓儿的给价，有时已到了头，你还再争，他就不想买，却故意给你添钱，一添再添，行话叫作“搡价”。等你同意卖时，他会找种种借口如“今天钱不够”，或“还要到别处去看货”等等，而一去不返。经过“搡价”之物，其他打鼓贩，都能知道，即无人来问矣。

· 三

打硬鼓儿的，虽说资本稍厚，但买来的东西，也都是转卖给当地的古玩铺、珠宝店或外来的客人，自己不能久存。和“大宅门”交往日久，彼此了解的，可以把货物先拿走，过几天再来送钱，一般都讲信誉，很少坑骗卖主。因为他们全能权衡轻重，不肯自断财路。但因意外而无下文的，也偶然有之。像大刘即曾从我的一个亲戚家，拿走两匹绸缎，说次日交款，而一直未再露面，从此算“断了道儿”，他也就穷困而终了。

到“大宅门儿”买货，大都要经过“门房”，不给看门的以一定的好处，即难以出入。所以在看货给价的时候，就得先打埋伏，算好给门房抽多少头儿。这叫作“底子钱”，大约是按一定的比例来提成的。“羊毛出在羊身上”，损失自然还在卖主。一般的打鼓贩，除去走街串巷买住户的东西外，还常到宣武门和天桥的“晓市”去搜寻物品，称为“抓货”。这里卖什么的都有，偷来的“小道”货，亦常在此销赃，价钱便宜。但打硬鼓儿的，却很少光顾此地。

此外还有一些穷人家的老妪，背一个大口袋，带着火柴、皂角，以换取破烂衣物、布头等等，吆喝着：“换洋取灯儿，换大肥子。”火柴，京中旧称“洋火”或“洋取灯儿”；皂角，可以砸烂浸水，代替肥皂来洗衣服、洗头发，故称“大肥子”。“换洋取灯儿”为另一行当儿，与打鼓贩是没关系的。

1986年1月写于北京

（录自1986年第2期《燕都》）

# 劝酒

谌　容

劝酒之风，古已有之。不知算不算得中国文化深层结构中之一层。反正每逢喝酒，必有人劝，也就必有人被劝。劝人者都有量，被劝者则未必。甭管您有量没量，都得经受这严峻的考验。不然，您别来！

佳肴齐备，主人或主持人举杯：

“薄酒一杯，不成敬意，干！”

薄酒不薄，起码介于45度至65度之间。席间量大的如饮甘露，慨然从命，得其所哉；量小的如喝敌敌畏，心惊胆战，苦不堪言。然而主人精诚之极，盛情之极，不干，您来干吗？能不能喝是酒量问题，干不干则是态度问题，您自个儿瞧着办。别思想斗争了，干！

酒过三巡，必有仁者恭谦地起立：

“借花献佛，敬诸位一杯，干！”

主人故意借花，先干理所当然。在座熟与不熟的好意思不干吗？人家跟你头回见面，称你为佛，献你以花，别不识抬举，干吧！

“不行，不行，我实在不行！”

告饶之声不绝于耳。

“先干为敬！”献花者更有绝招，先你来了个底儿朝天，就看您赏脸不赏脸啦！

讨价还价没用，别磨蹭，干了！

真人不露相，待众人微醺，人家才出台：

“三杯为敬！”

一溜三个酒杯斟满，规矩是一气连干，方为敬意。局势在发展，非人力所能控制。酒场如战场，没有豁出去视死如归的精神您最好别往里掺和。

于是乎，酒盖脸，举座昏昏然。谁也分不清那是红烧鱼块，还是石头子儿；谁也认不得那是生人，还是自己的小舅子。酒倒是把一桌人团结在一起，只是天旋地转，没人分得清谁是我们的朋友，谁是我们的敌人了。

“五杯为满！”强中自有强中手，藏龙卧虎，席间不乏能人。

一串儿五个酒杯酌满，干下去才是好汉。打擂台了。

一桌人的音量都提高了八度，几十岁的人都成了顽童，美酒成为玩具或魔术、杂技、武打……有往手绢里吐的，有往鼻子里灌的，有往人身上泼的。一时间，醉眼相对，大哭大笑，残兵败将，真情毕露，倒也醉态可掬，只是何苦来？

这才尽性。

花间一壶酒，独酌无相亲。

举杯邀明月，对影成三人。

每读这诗句，总替李白的孤凄难受。然每逢盛宴，被劝酒劝到无处躲藏时，则非常渴望来点李白式的独酌，哪怕不在月下，只要能安安静静地饮上一杯。

饮酒若能宽松些，别那么死乞白赖地劝，该是多么自由！

1988年元月被劝酒而伤酒昏然中写下

（录自《解忧集》，中外文化出版公司，1988年版）

# 绵绵土

牛　汉

那是个不见落日和霞光的灰色的黄昏。天地灰得纯净，再没有别的颜色。

踏上塔克拉玛干大沙漠，我恍惚回到了失落了多年的一个梦境。几十年来，我从来不会忘记，我是诞生在沙土上的。人们准不信，可这是千真万确的。我的第一首诗也是献给没有见过的沙漠的。

年轻时，有几年，我在深深的陇山山沟里做着遥远而甜蜜的沙漠梦，由于我的家族的历史与故乡人们走西口的说不完的故事，我的心灵从小就像有着血缘关系似的向往沙漠，我觉得沙漠是世界上最悲壮最不可驯服的野地方。它空旷得没有边沿，而我喜欢这种陌生的境界。

此刻，我真的踏上了沙漠，无边无沿的沙漠，仿佛天也是沙的，全身心激荡着近乎重逢的狂喜。没有模仿谁，我情不自禁地五体投地，伏在热的沙漠上。我汗湿的前额和手心，沾了一层细细的闪光的沙。

半个世纪以前，地处滹沱河上游苦寒的故乡，孩子都诞生在铺着厚厚的绵绵土的炕上。我们那里把极细柔的沙土叫作绵绵土。“绵绵”是我一生中觉得最温柔的一个词，辞典里查不到，即使查到也不是我说的意思。孩子必须诞生在绵绵土上的习俗是怎么形成的，祖祖辈辈的先人从没有解释过。它是圣洁的领域，谁也不敢亵渎。它是一个无法解释的活的神话。我的祖先们一定在想：人，不生在土里沙里，还能生在哪里？就像谷子是从土地里长出来一样的不可怀疑。

因此，我从母体落到人间的那一瞬间，首先接触到的是沙土，沙土在热炕上焙得暖乎乎的。我的润湿的小小的身躯因沾满金黄的沙土而闪着晶亮的光芒，就像成熟的谷穗似的。接生我的仙园老姑姑那双大而灵巧的手用绵绵土把我抚摸得干干净净，还凑到鼻子边闻了又闻。“只有土能洗掉血气。”她常常说这句话。

我们那里的老人们都说，人间是冷的，出世的婴儿当然要哭闹，但一经触到了与母体里相似的温暖的绵绵土，生命就像又回到了母体里安生地睡去。我相信，老人们这些诗一样美好的话，并没有什么神秘。

我长到五六岁光景，成天在土里沙里厮混。有一天，祖母把我喊到身边，小声说：“限你两天扫一罐子绵绵土回来！”“做甚用？”我真的不明白。

“这事不该你问。”祖母的眼神和声音异常庄严，就像除夕夜里迎神时那种虔诚的神情。“可不能扫粗的脏的。”她叮咛我一定要扫聚在窗棂上的绵绵土。“那是从天上降下来的净土，别处的不要。”

我当然晓得。连麻雀都知道用窗棂上的绵绵土朴楞楞地清理它们的羽毛。

两三天之后我母亲生下了我的四弟。我看到他赤裸的身躯，红润润的，是绵绵土擦洗成那么红的。他的奶名就叫“红汉”。

绵绵土是天上降下来的净土。它是从远远的地方飘呀飞呀地落到我的故乡的。现在我终于找到了绵绵土的发祥地。

我久久伏在塔克拉玛干大沙漠的又厚又软的沙上，百感交集，悠悠然梦到了我的家乡，梦到了母体一样温暖的、我诞生在上面的绵绵土。

故乡现在也许没有绵绵土了，孩子们当然不会再降生在绵绵土上。我祝福他们。我写的是半个世纪前的事，它是一个远古的梦。但是我这个有土性的人，忘不了对故乡绵绵土的恋情。原谅我这个痴愚的游子吧。

（原载1988年10月30日《人民日报》）

# 礼俗

## ——人文的“印记”

舒 芜

逢年过节，婚丧庆吊，现在大城市里面，日趋简化，但是仍然有许多礼俗，相沿未改，至于农村和中小城市，自然保存得更多。“文化大革命”中的所谓“破四旧”，包括了要破除这些旧礼俗的意思，当时的确把全民族的生活弄成监狱一样的刻板枯燥，可是效果不长久，“文革”后期已经松动得多。到了彻底否定“文革”的新时期，我们的生活日益丰富多彩，正常的年节庆吊活动恢复了，甚至先富起来的人大操大办，过于铺张浪费了，都可以看出这些礼俗在民族生活中根基深厚，实在不是轻易能动摇的。

大家忙忙碌碌地过年过节，贺喜吊丧，究竟有什么意思呢？这些礼俗，追本溯源，都可以追溯到某种迷信的、落后的、原始的、野蛮的起源上去，那么又为什么不能也不该把它们都废除掉呢？我有时这么想过，可是想不出所以然，也就不深究，姑且搁过一边，思想深处还是把这些礼俗当作不得已的落后的遗痕看待。

直到最近，我才觉悟到这种看法的不对，这是读书之益，是因为我偶然读了几本讲民俗学的书。这些书是：《中国岁时礼俗》《中国人生礼俗大全》《中国吉祥物》《中国崇拜物》。这四部书，同出一位作者之手：乔继堂，都是天津人民出版社的"中国民俗丛书"里面的。书中有丰富的材料，读起来生动有趣。而我觉得最得益的，乃是每书开篇的理论部分，使我能从哲学的高度来理解平时习焉不察的许多礼俗现象。

首先，我知道了"岁时礼俗"和"人生礼俗"的分类。每一年的元旦（今天叫春节）元宵、清明端午、中元中秋等等，是属于"岁时礼俗"之类。每个人从初生到满月，从成人到成家，每年的生日，逢十的整寿，死亡时的哀悼，死后的祭礼，等等，是属于"人生礼俗"之类。常言所谓"逢年过节，婚丧庆吊"，正是分别说到两类的礼俗活动。

其次，我知道了两类礼俗的最突出的不同特点，就是"人生礼俗"建筑在时间不可逆性概念上，"岁时礼俗"则建筑在时间可逆性概念上。一个人一生中的每一项人生礼节，例如洗三、满月、成年都只能过一次，永远不可重复，不可回头；即使年年要过生日，你今年过了十八岁的生日之后，明年便只能过十九岁的生日了；逢十的整寿的不可重复性更是清楚，过去诗人的集子里总有《四十自寿》《五十自寿》之类的诗题，过一次有一番“年华不再”的感慨：这就叫作时间的不可逆性。“岁时礼俗”则相反。每一年的元旦元宵、清明端午、中元中秋之类，年年如此，周而复始，每一个节日都像上一年同样度过，不着重与上一年之异，只着重与上年之同；尤其是各个民族每年都欢呼庆祝“春回来了”，这个春天就是上一年的春天的复归，这一点最透露出岁时礼俗的时间可逆性的特点。

再次，我知道了两种礼俗的用意：“人生礼俗”的用意在于“通过”，“岁时礼俗”的用意则在于“强化”。人的一生，有如竹子，有一个一个“节口”。一个人要成长壮大，要走完人生途程，要在既定的群体中生存，就必须一一通过这些“节口”。而帮助你一一顺利“通过”的“手续”，就是五花八门的人生礼仪。所以，人生礼仪可以称为“通过礼仪”。至于每年的“岁时礼仪”，每一项都在连续反复的同一时点上进行，每年重复的节日表面上是一个叠加、层积，实际上是生命的再生，能量的积聚，给人一种沉重的历史感，也给人一种永恒的绵延感，让人以越聚越充分的能量前行，让人在越积越厚越高的历史上前瞻，这就叫作“强化”。所以，岁时礼仪可以称为“强化礼仪”。

又次，我知道了两种礼俗的作用。“岁时礼俗”有调节劳动和休息的作用，这是它对人们生活、生产的调控，同时是对社会关系、人神关系、人与自然关系的调控，通过岁节的问遗馈赠来调适亲友邻里关系，通过祭祖来调适人与祖先与家族的关系，通过敬神来调适人与神的关系，等等。“人生礼仪”则有人的“文化化”（或称“社会化”）的作用。人是社会的动物、文化的动物，他从生到死，都处在连续不断的文化化过程中，其间又可以相对地分成多少阶段，人生礼仪就是考察这些阶段文化化状况的手续。人们通过这些礼仪，一步一步学习怎样进入自己的“社会角色”。例如，各种各样的入会式、成人式和婚礼，使每一个由青春走向成熟的人，进行准备，接受训练，树立起比较确定的人生观、价值观、伦理观，从而被家族、社会集团接纳为正式成员。

尤其重要的是，我明白了两种礼俗的认识论基础。

先说“岁时礼俗”，这是人对时间的把握。时间本是无影无踪的，但是，人根据星斗转移、日月升落、动物出没、植物荣枯，等等，制订了历法，于是有了一个标尺，来量度那无影无形的时光，这是人对时间的把握，是人的主导性和能动性的表现。历法所反映的是“客观时间”。在此基础上，人们又进一步创造了“人世时间”，这就是一整套“岁时礼俗”所安排的生产和休闲、劳作和娱乐、敬神和事鬼、人际关系的联络等等，这是人对自然时间的把握和利用，是人的主导性和能动性的进一步的表现。人无法操纵时间改变时间，只能够认识时间利用时间，人类创制历法，创制岁时礼俗，便是把时间置于自己的掌握之下，把人的印记打在时间之上。

再说“人生礼俗”，这是人对自身的把握。人体本身不断在变化，有新陈代谢、生老病死、性的成熟、死亡的迫近，等等。这些差异和变化又经常作用于个体和群体的心理和生活等方面，人们才对此加以注意，并且逐渐总结出一整套规律。古人只能运用前逻辑思维、万物有灵论等来解释这些差异和变化，来解决这些差异变化所引起的个人问题和社会问题，于是便有了人生礼仪。

总而言之，“岁时礼俗”和“人生礼俗”都是人的主导性能动性的表现，都是人对外界对自身所打下的人文主义的“印记”：我达到这个认识之后，便能从哲学上根本上懂得过年过节、婚丧庆吊的存在根据和重大意义。

同样的道理，“吉祥物”和“崇拜物”的意义也是如此。第一，关于“吉祥物”：人们向往和追求吉祥，于是将某些自然事物和文化事物视作吉祥的象征，相信利用这些事物可以规避灾祸邪祟，获致吉庆祥瑞，这些事物就是“吉祥物”。人们从物质上利用和改造自然，是生产活动；人们也从观念上利用和改造自然，这就是吉祥观念。“吉祥物”的出现，可以称为人对外在世界的“观念的胜利”。第二，关于“崇拜物”：人们要生存，要发展，仅靠自身的力量远远不够，于是想要利用外在力量，这种外在力量及其载体就成为人们的“崇拜物”。它的本质，其实就是人自己的现实能力在观念中的延长。所以，“吉祥物”和“崇拜物”，同样可以说是人的主导性能动性的表现，是人文主义的“印记”。

所有礼俗，所有的吉祥物和崇拜物，其起源都在初民社会，因此都包含了反映了初民的野蛮思想，他们当时只可能有这样的思想。但是这些礼俗之类，文明社会中仍然存在，甚至现代社会中还不断有新的礼俗、新的吉祥物和崇拜物被创造出来，例如现代的五一节、三八节、开学典礼、就职典礼、熊猫吉祥物，等等，这是因为人类的主导性能动性的需要一直存在，人文主义的"印记"的需要一直存在的缘故。现代的礼俗当中，初民的野蛮思想大量地被改造了，被新的思想感情所替代了，也有一部分则沉积在人们的集体意识和集体无意识的深处。所以，如果只是把现代社会中的礼俗之类，看作不得已的旧的遗痕，那是过于简单的看法。

以上就是我读了乔继堂先生的四本书之后，觉得思想认识上最得益之处，我还没有记述得很详细，只记了一个大概。年轻时我读过一些民俗学的论著，也许因为那时中国民俗学还在初建时期，我的印象是，这些论著以材料的搜集为主，而理论性不足。几十年过去了，我没有再接触民俗性论著，现在读了乔先生的四本书，才知道中国民俗学在理论方面已经有了这样大的进步。我不是说这些理论都是中国民俗学家自己创造的，书中明明交代清楚，这些理论是从外国民俗学家如热纳、特纳、查普尔、库恩等人那里来的，特别是法国民俗学家阿诺德·凡·热纳（旧译范冈内普，1873—1957），最为作者所称道。但是，能把外国民俗学者的先进的理论，应用于中国民俗材料的研究，这本身就是中国民俗学的理论上的进步。何况，书中也有些问题的探究，例如关于中国岁时礼俗的历史发展有“六个时期两个飞跃”的理论。六个时期是：先秦为萌芽期；汉代为定型期；魏晋南北朝为第一次整合期；唐宋为第二次整合期；辽金元为局部整合期；明清为中国岁时礼俗大放光彩时期。两次飞跃是：汉代定型为第一次飞跃，岁时礼俗从不自觉转为自觉，标志是原始崇拜及信仰因素的消灭；唐宋整合为第二次飞跃，标志是娱乐成分在礼俗中取得主要或主导地位，审美因素也渗透其中。这些理论成果，更非来自外国，而是中国民俗学者自己的。

我不了解中国民俗学的整个情况，并不是认定乔先生这四本书，就足以代表中国民俗学的最新最高成就，也许是这样，也许不是这样，我都不知道。我只是如实记下了我读这四本书的心得。

我这只是一篇读书笔记，并不是书评，我没有也不打算在这里全面评价这四本书的优点和缺点。

1992年7月14日

（原载1993年第2期《读书》）

# 闲话闲说：中国世俗与中国小说·三十二

阿　城

中国读书人对世俗的迷恋把玩，是有传统的，而且不断地将所谓“雅”带向俗世，将所谓“俗”弄成“雅”，俗到极时便是雅，雅至极处亦为俗，颇有点“前‘后现代’”的意思。不过现在有不少雅士的玩儿俗，一派“雅”腔，倒是所谓的媚俗了。

你们若有兴趣，不妨读明末清初的张岱，此公是个典型的迷恋世俗的读书人，荤素不避，他的《陶庵梦忆》有一篇“方物”，以各地吃食名目成为一篇散文，也只有好性情的人才写得来。

当代的文学家汪曾祺常常将俗物写得很精彩，比如咸菜、萝卜、马铃薯。古家具专家王世襄亦是将鹰、狗、鸽子、蛐蛐儿写得好。肯写这些，写好这些，靠的是好性情。

中国前十年文化热里有个民俗热，从其中一派惊叹声中，我们倒可以知道雅士们与世俗隔绝太久了。

有意思的是，不少雅士去关怀俗世匠人，说你这是艺术呀，弄得匠人们手艺大乱。

野麦子没人管，长得风风火火，养成家麦子，问题来了，锄草、施肥、灭虫、防灾，还常常颗粒无收。对野麦子说你是伟大的家麦子，又无能力当家麦子来养它，却只在客厅里摆一束野麦子示雅，个人玩儿玩儿还不打紧，“兼济天下”，恐怕也有“时日何丧”的问题。

我希望的态度是只观察或欣赏，不影响。

（录自《闲话闲说：中国世俗与中国小说》，作家出版社，1997年版）

# 木塔里甫的割礼

刘亮程

木塔里甫是我在库车认识的第一个维吾尔族朋友，在县电视台工作，汉语讲得很好。一起混熟了，有时喝点儿酒不免谈到男人女人，谈生活的快乐与满足，也谈到死亡，只是随口说几句。我和木塔里甫都年轻，有一大堆无聊时光需要那些无聊却轻松的话题去打发。男女是这种场合永谈不厌的主题，而且谈着谈着，总会落到具体的某个地方。

一次我问木塔里甫，割过礼的男人跟没割礼的男人是不是真的不一样，以前我听说男人割礼后那东西会长得长而壮实。我在乌鲁木齐大澡堂洗澡时，经常遇到割过礼的维吾尔族和回族男子，有意偷看几眼，那地方，除了毛多一些，也看不出有多长多壮实。木塔里甫却认为绝对不一样，没割礼前，木塔里甫说，那地方静悄悄的，好像一直在睡觉。割过礼后没几天，就有动静了。活了，像只小兔子一样往前窜了。我被木塔里甫的讲述吸引了，执意让他说说自己割礼时的情景。

是个秋天，木塔里甫说，门口的大桑树已经落掉一半叶子，早晨一醒来我就感觉到家里要有大事情了。院子里有洒水的声音，接着是父亲的说话声和他用那把大芨芨扫帚扫地的声音。昨晚上也许刮风了，桑叶葡萄叶又落了金黄的一地。母亲推门进来，穿着一身过节才穿的漂亮衣服，给我也换了一身新衣服，帮我洗净脸，戴上小花帽，然后拍着我的脸蛋说，孩子，你已经七岁了，该给你割礼了。

这之前我也知道一点儿关于割礼的事，老师讲没讲过记不清了。在班上经常有男同学请假，说是“割礼”了。我们似懂非懂的。因为割礼一般在五至八岁期间，有的同学早割了，有的会晚一些。待割礼的同学回来，我们总要想办法让他掏出来看看，到底割成咋样了。问他疼不疼，怎么割的。从那时我就知道自己迟早也会有这一天。

家里逐渐来了许多人，连几十里外的乡下亲戚也来了。父亲宰了一只羊，正忙着煮肉做抓饭，母亲进进出出招呼客人。还请了三个唱木卡姆的艺人，在葡萄架下的大炕上放声弹唱。他们的歌声把葡萄叶子都震落了。架上垂挂着几大串葡萄分外引人注目。后来我才知道，那是母亲为给我过割礼，特意留的几串又大又红的葡萄。一般在这个季节葡萄早摘完该下秧了。

过了一会儿，母亲把我领到里屋，炕上坐着几个老年人，都笑眯眯地望着我。有一个长胡子阿訇，端坐在中间，母亲把我带到他面前，行过礼。阿訇摸摸我的头，很轻松地说笑两句，让我脱掉裤子。我有点害羞，忸怩几下，还是脱了。阿訇一手托起我的小东西，捋了几下，浇水清洗了一番，嘴里念着我听不懂的经文，其他人都静悄悄的。阿訇从口袋里掏出一枚磨得发亮的小铜钱。把捋得细长的包皮从铜钱中间的方孔穿过去。又捏住捻和捋，那地方木木的，都快没感觉了。这时有人从外面提进一只坎土曼，上面是烧得发烫的干净细沙。父亲蹲在旁边剥一只煮熟的鸡蛋皮。母亲不知到哪儿去了，我转过头找母亲，只见房子里只剩下男人。我紧张地盯着阿訇的手，腿也有点儿颤。就听阿訇说，小东西还没长熟，今天不割了。我心里一轻松。阿訇又说，快看，天上飞过只老鹰。我一仰头，只觉下身一阵生疼、低头看时，铜钱已落在地上，我的小东西上全是血，我哇的一声，嘴刚张大，还没哭出声，父亲的熟鸡蛋已塞到我嘴里。阿訇往我的伤口处敷棉花灰，然后洒上烧烫的细沙，血渐渐就不流了，我嘴里的熟鸡蛋也嚼咽下去了一半。这时外面的弹唱突然高亢起来，他们已在院子里跳起麦西来甫（民间舞蹈）。

我看着阿訇把割下来的一圈包皮套在一根木棍儿头上，让我父亲拿出去插在墙上。阿訇让我到远远的地方去撒尿，我不知道啥意思，还是去了，一直走到库车河边，对着河水撒了一泡尿，回来时抓饭和煮羊肉都已端上桌子。木卡姆弹唱还在继续，我知道吃喝过后，人们还会跳更加疯狂的麦西来甫。这都是因为我，我割掉一小块包皮，给人们带来这么多快乐。

以后一段时间，我天天看着插在墙上的那根木棍。套在上面的一小圈包皮渐渐变了颜色，终于有一天，那一小圈包皮不见了，或许让鸟吃了，或许被风吹走了。只有木棍插在那里，很长一段时间，我经过时还会抬头看眼那根插在墙上的木棍。

后来我才知道，那时消炎措施落后，割礼后最怕龟头发炎。所以割下来的包皮不能扔到肮脏处，连撒尿也要到远远的没有人的地方去。这是讲究。还有，割礼时母亲不能看见，不然以后儿媳妇会经常跟婆婆吵架。木塔里甫说。

那个秋天的早晨之后，木塔里甫跟我就不一样了。他被割了一下，就像板在僵土中的一棵幼芽，被人松了一下土。按他的说法，那长势就跟“兔子一样往前窜”了，但我仍旧不清楚不一样到什么程度。他以后的生活，又是怎样一种我无法体验的快乐与幸福。真想和木塔里甫比一比，却又说不出口。要是小时候就认识，肯定会掏出来比一比的。我小的时候——木塔里甫割礼的那个秋天我在干什么呢？我一样长大了。没被“松土”，也一样长长长壮实了。可是，我和木塔里甫的区别究竟在哪儿呢？

木塔里甫与我同龄，四十岁的样子，正是享受人生快乐的大好时期。我也是。我们的快乐与幸福应该是一样的吧，我想，不会因为我少“割”了一下就会少一些快乐吧。等到六十岁或七十岁时，我再跟木塔里甫好好地谈谈人生、男人、女人，当然，最重要的是谈谈死亡，那时我们俩都离死亡不远了。死后我入坟墓，他进麻札，必定埋不到一块地方，但必定埋在同一片大地上。我们的子孙还会在埋葬我们的土地上面对我们曾经面对的一切。无论他们怎样生活，我和木塔里甫的区别，会在最后时刻显得绝对而彻底。事实就这样简单，那个遥远秋天的早晨一过，我们的生和死，都完全的不一样了。

（录自《在新疆》，春风文艺出版社，2016年版）

# 谈“助哭”

钟叔河

马大帅为了挣钱，到办丧事人家“干哭活”，跪在停灵的打谷场上呼天抢地，丧主人则坐在屋里打麻将，只吩咐给“活干得好”的人加钱。来自农村的保姆说，她们乡下死了老人，也会请来帮着哭的，只是哭得不如电视中精彩。可见这乃是一种社会风俗，至今犹存。

清朝咸丰丙辰年间（1856年），汉军旗人福格写了部笔记《听雨丛谈》（后称《丛谈》——编者注），卷七有一则“助哭”，说的也是这件事。“至尊亲临大臣之丧，或望衡（门）即哭，或见灵而哭，各视其臣之眷也（因大臣生前享受的待遇不同而有所区别）。哭毕，祭酒三盏，既灌（以酒洒地）复哭。”皇帝会这样一哭再哭吗？其实，“每哭必有中官（宦官）助声，虽列圣大事，亦有助哭之宦寺等辈；一人出于哀切，众人出于扬声，闻之自有别也”。助哭的宦寺等辈，其哭只是为了扬声，并非由于内心悲痛，这便和马大帅无甚区别了。

《丛谈》记旗人丧礼："属纩（换衣）、成殓（入棺）、举殡（送葬），则男妇（子媳）擗踊（捶胸顿足）咸哭；朝晡夕（早中晚）三祭，亦男女咸哭。男客至，客哭，则孝子亦哭，不哭则否；女客至，妇人如之。"广东汉人丧礼，则"客一登堂，丧家男女同声举哀，且以妪婢助哭于内，其声不绝，客则弗哭也"。看来旗人的男女界限更分明，做吊客更不容易；汉人则"妪婢助哭，其声不绝"，守古风更为认真。

《丛谈》引证《周礼·丧大记》，说古时"君、大夫、士皆有代哭者"，这本是确实的。在《礼记》和《仪礼》中，对主人主妇何时哭，如何哭，是抚尸而哭还是跳起脚哭，都有十分详细的规定，若要严格执行，是相当费力的，超过了一般人能够承受的限度，故不能不令人助哭也就是代哭。《仪礼·士丧礼》"代哭"下原注："代，更也。孝子始有亲丧，悲哀憔悴，'礼'防其以死伤生，使之更哭，不绝声而已。"可见令人助哭是为了使哭声不绝，而又不致使孝子久哭伤生；这时的哭，已经成为一种礼仪行为，而不是自然的感情宣泄了。

专制宗法社会不承认个人的主体地位，总是想用礼法来规范和控制个人的行为，这在本质上是反人道、反自然的。生活在这种社会氛围中的人，慢慢养成了压抑和克制的心理习惯。对于礼教必信必从、克己复礼的结果，连哭都"一切行动听指挥"了。历史上也曾有人对此提出过质疑，《丛谈》引《南史·王秀之传》，秀之遗令曰："世人以仆妾直灵助哭，当由丧主不能淳至，欲以多声相乱，魂而有灵，吾当笑之。"又引《王阳明年谱》云："父卒，久哭暂止，有吊客至，侍者曰宜哭，先生曰，客至始哭，则客退不哭，饰情行诈也。"但他们的观点一直不能成为社会的共识。

《丛谈》作者的态度，也是赞成助哭，并且主张吊客也要哭的，所以一再提到《礼经》，谓"此礼行之已久"，不同意王秀之和王阳明。还说："今京师吊丧者，直以哭为吊礼，并不计涕之有无，人多笑之。然《说文》云，哭，哀声也，有其声而已矣。哭为哀礼之文，哀者固哭，不哀者亦当袭其文也。"准此，则在助哭和吊丧的人群中，哀者固有，不哀者更多，哀声不能不作，涕泪却未必会流，当然就只能"光打雷不下雨"，作金圣叹所嘲笑的"干号"了。

讲到这里，不禁想起了另一则故事：某大官的母亲死了，下属前往吊唁，大官披麻戴孝，放声大哭，下属则陪哭如仪，个个都是"干号"，只有某人真的泪下如雨。事后有同事悄悄问某人："何得此一副急泪？"某答道："见到老夫人的丧事如此风光，想起了我那不久前凄凉死去的小妾，泪水自然就流下来了。"这故事可能是哪位促狭鬼编出来的，但也只有在人身依附盛行、主从关系为重的社会里才编得出这样的故事来罢。

（原载2006年第3期《社会学家茶座》）

# 最大的宁静

李　娟

农历大年三十那天，吃过午饭，我很早就结束了当天的家务活。然后我决定往北面去，做一次漫长的散步。这天虽是阴天，却有朦胧的太阳，还不至于迷路。气温也蛮暖和，正午时分是零下四度。

记得刚刚到达这片荒野时，加玛曾指着那个方向告诉我，那边远远的地方有四个人的坟墓。我一直惦记着，早就计划找个合适的日子过去看看。

非常好奇——沙漠里的坟墓会是什么样的呢？

哈萨克族的坟墓有独特的传统制式。埋入尸骨后，坟包四面还会围起护墙。在讲究的城郊墓地里，一座座坟墓就像一个个小院子，装着彩漆木门和木窗，墙上还绘着各色图案和花边。这样，一块墓地就像是一座热闹的村庄。山区的坟墓简单一些，但也用整根的圆木垒砌，像一座座金字塔，结实又美观。戈壁滩上的坟墓则用石块或土坯围栏，也无不极力修饰。但在沙漠里，到处只有软塌塌、滑溜溜的沙子，又依靠什么建筑材料起坟呢？

我走一会儿，就扭头看一下太阳的位置，以确定方向。大约三四公里后，渐渐走到横陈在这片空旷沙地尽头的一长溜沙丘边上。爬到一座沙丘的顶端眺望，黄沙白雪，四面茫茫，没有一点突兀之处，更别提坟墓了。我想，可能自己走得不够远，也可能角度走偏了，看来今天是无缘见到那块墓地了。然而天色还早，一时不知又该往哪里去。

这时，又看到视野东面有一座更为高大的深色沙丘。一只很大的白翅黑鸟停在沙丘最高处，面朝西方，一动不动。便下了沙丘，盯着那大鸟，向那座深色沙丘走去。但走到附近，刚爬到一半，它就扬起翅膀陡然上升，盘旋了几下迅速消失在白色天幕的虚无之中。我徒然来到沙丘顶端，来回转了几圈。这时，一眼就看到了东面不远处的坟地。

那边不是沙丘，是旷野边突起的台地，越往那边走，越是感觉到大地的变化——裸露在白雪外的地面越来越红。我意识到这里不是纯沙地了，这里有土！立刻明白了刚搬进沙窝子时，为了修补破损的地窝子，居麻和嫂子正是赶着骆驼来这里取的土。也明白了为什么久远年代中的人们会选择在这里修建坟墓，因为泥土挖掘起来不易塌方。

越走越寂静。越是靠近墓地，地面越整洁清净，甚至连脚印都没有了。不只是羊群，连散养的牛羊骆驼都不再往这边靠近。偶有一两串羚羊类野生动物的足迹悠长地横亘雪地。

一直走到最最近处，才看清并非是加玛所说的四座坟墓，总共六七座呢。其中有一些已经塌了，满地的柴枝碎片，使两三座坟连成了一片。看来年代相当久远。

最显眼的两座坟墓是以扭曲短小的胡杨枝干围拦起来的。如果和深山里那些以粗直堂皇的松木建造的高大坟墓比在一起，它们会颇感无奈。然而，虽简陋却极庄重——要知道，为了在茫茫大地上寻找这几段珍贵的胡杨枝干，不知那些悲伤的亲人们赶着马车走了多远的路……至少，我随着羊群南下时，从北到南一路走来，一两百公里的大地上，没见到一棵树。

还有两三座更小些的坟墓则是用竖立的梭梭柴枝四面围靠搭建的，形成尖尖的圆锥形，像准备一场篝火晚会。它们简陋得已经顾不上美观了，仅仅只是在标记，尽量用力地标记：下面有人长眠。这些柴枝墓看上去松散而脆弱，其实还算结实吧。要知道它经历过多少个春冬季节的大风天气啊！仍然这么深深聚拢着，深深地指向大地深处：下面有人长眠。

这是沙漠，然而无论条件再艰辛，再局促，也不能委屈死者。他披星戴月、风吹雨淋，一生穿梭在这大地上，南北奔波。后来他死了，从此再也不用搬家了，再也不用转场了，他永远停止在此处，此处才是他真正的家，一辈子的家，永远的栖身地……为这个永别的人营造最后的住所，则是他悲痛的亲人们所能为他做的最后一件事。所以，要极尽全力来经营。

想想看：因为一个人的死，方圆百里甚至几百里范围内一切粗大植物的干茎都聚积一处，聚积在他的死亡之上——这死亡该有多巨大，多隆重！

我在墓地间站了一会儿，明明天高地敞，胸口却有些闷。想到下方大地深处的骨骸，想到他们也曾活生生地信马由缰，经过同一片荒野。那时，他们还不曾闭了眼睛，枯了骨肉，萎了手掌和面容……又想到，这世上尚能认得他们，心中怀念他们的人，现如今怕是也一一入土了，埋在另外的遥远之处……再想到所有的容颜和姓氏都将涣散，想到每一个人的消亡与植物飞鸟的消亡一样不着痕迹……而他确曾活生生地经过这片大地。

这世间为什么总是这么宁静呢？大约因为死亡累积得太多，因为死的事远远多于生的事吧。

他们宁静了下来，怀念他们的心也渐渐归于宁静。天空下最大的静不是空旷的静，不是岁月的静，而是人的静啊。人终究是孤独又无法泯灭希望的……

我开始往回走，笔直朝着西斜的朦胧太阳。西北面天空不知何时晴了一大半，蓝白动人。那边的天空下远远走动着十来峰骆驼。

走着走着，一扭头，见到鬼似的！一辆白色吉普车过来了！居然没听到一点声音……正吃惊的时候，车已经靠到了近处，静静停在我身边。我一眼看到前排副驾座上的居麻——想不到居然碰到了送他回来的车！这家伙五天没见了，头发剪成了板寸，外套挺阔，精神极了。看到我似乎额外地高兴。我也非常高兴，虽然他在家的日子里总是吵得人夜里睡不好觉，白天干不好活。

他脸破了一大块，疑心喝酒摔的。

司机也是熟识的一个老乡，摇下车窗大声向我问候。我趴在车窗上一看，努儿也在！——她是阿克哈拉村我家的邻居！

再仔细一看，好家伙，一辆五座车，连司机在内，挤了七个大人一个孩子。一个大个子蜷在后座的行李仓里，正笑眯眯地看我。

既然有顺风车，我不由分说也挤了进去。车门一砰死，大家挤得紧得，每人都只有一条腿能落地。

司机问我：“走这么远，干啥呢你？”

回答：“玩。”

“有啥好玩的？”

我笑而不言。

他又问：“来到这里，没给下面的人说点啥吗？”

“说了。”

“说啥了？”

“说：‘你好！’”

满车的人都笑着说："不！"

我问居麻："这是什么时候的坟墓呢？"

他说："七八十年前的吧。"

司机说："哪里，最少一百年了！"

旁边的乘客说："我爷爷小的时候，别人也给他说有一百年了。"

我连连啧叹，说："就这几个小小的树枝坟，竟能留存这么长时间！"

居麻说："哪里，原来至少有二十多个坟，埋了二十多个人呢！一年一年地，慢慢地，就没有了，平了……"

司机又说："哪里！用了几百年的地方，下面最少也得有一百个人吧？"

——无论如何，现在我看到的正是最后的几座。它们在风吹日晒之中正渐渐消融于大地，它们是这片偌大墓地的最后痕迹。

居麻还说，过去的年代不像现在，有汽车，人死后能被迅速带回北面乌伦古河一带的家族墓地。穆斯林有速葬的礼俗，只能就近安葬。但这一个"就近"，也得有百十里的距离啊。木车拉着骨骸缓缓走过大地，拉长了在世亲人离别的忧伤。

这块土地怕是附近沙漠中唯一的有土之地了，可能也是这片荒野中唯一的墓地吧。在遥久的漫漫时间中，它留下了多少无法继续跟着羊群前行的牧人。如今再也没人启用这块古老的墓地了，它被永远放弃了。居麻说：因为交通改善了嘛……在我看来，这种“改善”就跟木槌拼命击打铁块的效果差不多。但无论如何，还是大大动摇了原先的一切。

（录自《冬牧场》，新星出版社，2018年版）

# 我们的干爹“石山保”

陈泳超

永州朝阳岩是一处铭刻丛萃的著名区宇，坐落在今湖南零陵城西潇水边。我之所以想念它，是因为喜爱柳宗元的《渔翁》诗：

渔翁夜傍西岩宿，晓汲清湘燃楚竹。
烟销日出不见人，欸乃一声山水绿。
回看天际下中流，岩上无心云相逐。

此诗六句，在唐诗中并非主流，却很有行于当行、止于不可不止的意思；更让我倾心的是，该诗描画的是山水云天的萧散意境，却以拗促顿挫的仄声韵出之，其情韵之间的妙味，吟哦再四，犹有余香。而诗中的“西岩”，据说正是朝阳岩。某年初冬季节，我赴永州地区做较长时间的民间文学田野调查，寄居湖南科技学院。该院踞于柳子祠和朝阳岩之间，我工余之暇，亦时时徜徉其间，发抒些今古幻织的非非之想，颇有澄意歇虑、调节身心之功，然而一直没有亲临朝阳岩，总觉得就在身边，随时可去。

真正激发我去朝阳岩一探究竟的，是该院教授、北大学长张京华先生。某次席上，京华兄说他正带着学生将朝阳岩所有石刻墨拓下来，要做一个完整的资料汇编及相关研究，他兴奋地向我们诉说了墨拓工作的进展和种种动人故事，中间也夹杂着一些抱怨，主要是针对当地人总爱在石头上刻“石山保”字样，从而打破了古代文人题刻的完整性，对此他是很有些嗔怪之意的。我听说之后，反而莫名地兴奋起来。所谓“石山保”，是当地广泛流传的一种传统民俗，即将自己的孩子寄名给大石头作干儿女，据说这样就可以保佑小儿顺利成长。我在永州地区看到过很多类似的表达，有的是写个纸条贴在大石头上，比如我在蓝山县舜岩的大溶洞口就看到这样一张有点发灰残破的贴纸（为排版方便，将原来竖行改为横行，下同）：

长命富贵

石公石母台前更换乳名成石姣大吉

易养成人

而有的就直接在石头上刻字，格式差不多。显然，京华兄所说的“石山保”，应该就是“石公石母”的同义词吧。

怀着这个心思，我终于来到了朝阳岩，果然漫山遍野的裸石上随处可见此类“石山保”字样，通行的格式是：

长命

某某某寄名石山保

富贵

非常简单，变化也很小，但铺天盖地，与丰富多彩的历代文人题刻交错混杂，颇为壮观。

朝阳岩作为天然山石，固然存在了不知几千万年，但作为文化景观，是从唐代元结开始的。元结在广德、永泰、大历年间曾两次出任道州刺史，在今永州地区留下了很多石刻题铭，朝阳岩更是他独具慧眼的“杰作”，是他第一个从“自古荒之”的自然状态下发现了其山水形胜，从而喜爱上了它，名之曰“朝阳岩”，为之写下了《朝阳岩铭（并序）》和《朝阳岩下歌》等作品，并第一个在此题刻，其目的是“欲零陵水石，世人有知”。此后，朝阳岩果然“世人有知”了，历代文人题刻济济累累。据《零陵朝阳岩小史》中统计，现存题刻唐代四通、宋代三十一通、元代二通、明代五十一通、清代三十三通、民国十通、现代一通、不详时代者十七通。其中不乏周敦颐、何绍基、谭延闿等大人物的身影，其价值之高无须申说。我非常理解京华兄等实际墨拓者的心态：好不容易历经风霜雪雨留存下来的各种书体的石刻墨宝，被那些歪歪斜斜、拙劣难看的“石山保”打破灭裂，几无幸免，墨拓作品自然很难完美，非但影响了对古典文史艺术的研究，也使朝阳岩的实存面目大为减色，这或许是从古至今知识阶层的一致心态。但我心下却很愿意替“石山保”们发一声不平之鸣——谁的石头？谁有权利？

照理，一切山林水石是自然界的固有存在，也是人类的共同财富，没有任何人物或阶层，对之享有法律、习惯或道德意义上的专属权，所谓“清风明月不用一钱买”是也。朝阳岩的山石，文人开辟出来题写诗文，并不表示这块区宇就变成文人阶层的专有物，民众照样有权在上面题写自己的心愿，他们甚至还有更充分的理由：文人们只是发挥茶余饭后的高雅情怀罢了，但对于民众来说，这些题刻却是为了维系代际生命的绵绵延续，具有某种神圣的使命感。文人雅士们或许嫌其鄙陋迷信，可是，像“乾，天也，故称乎父；坤，地也，故称乎母”（《说卦》）之类被传统儒生视为经典的说法，实在也不过是些玄妙的昏话罢了。平头百姓自然不敢指望去认天地为干亲，甚至像佛教回向偈中所谓“愿生西方净土中，九品莲花为父母”，对他们来说也有些遥不可及。他们只是看着山石很坚硬，不易损坏，便为儿女认个干爹，这种简明可爱的万物有灵思想，寄托着民众深沉博大的生命关怀。朝阳岩上重重叠叠的“石山保”字样，乃至在非常危险的石壁上也偶有显影，充分可证。至今在朝阳岩下，仍然有很多香烛供养的痕迹，其理正同。

我这么说，并不是支持现代社会中在文物、景点乃至其他任何公共场所随意刻画的行为，事实上，对于时下这种屡禁不止的恶习，我也痛心疾首，与世人无异。其间的差异在于：当文物没有成为全社会共同认知的保护对象之时，它的存在仅仅代表了部分人群的趣味和价值，而部分人群没有权力要求其他人群都按照自己的原则行事，因为每个人都是绝对意志的自由存在。但当文物保护观念逐渐被社会全体或大多数人所认可，并由政府将之作为社会集体意志的体现而以政令、法律予以规定之后，文物便被视为整个民族国家的共同财富了，任何个人的破坏性使用，都将被视为非正当行为，必须付出相应的代价。从历史上说，文物保护观念尽管古代也时有提及，但真正确立并形成社会的实施规则，还是在中国成为了现代意义上的国家之后的事情。我们不能用现代规则去要求前现代社会的民众。

其实，对于多数知识分子尤其是现代知识阶层来说，他们对民众在人格上或许并无太多歧视之意，甚至对于民众这些有点迷信色彩的习俗，也未必多么痛恨，关键是雅俗趣味的不搭调。如果这些“石山保”出现在普通石头上，他们可能视若无睹或一笑了之，但像朝阳岩这样被文人视为风雅集萃的所在，就难以容忍“石山保”们入侵淆乱了。问题是：文人就一定风雅吗？风雅之人就一定值得尊重吗？

我们来举两个朝阳岩的题刻实例。

例一：《零陵朝阳岩小史》中录有一幅奇怪的图表，上面两层是诗题和一首短诗，第三层画了一个稚拙的大兔子，然后是十二月卦象，再下面是两棵树形简图。此题刻在今天朝阳岩中已经找不到了，是张京华兄从明人黄焯的《朝阳岩集》中发现的。黄焯在集子中附记说："右题镌于朝阳岩峭壁间，雨淋苔蚀已就馍餬。附刻于后，博雅君子幸鉴焉。"（《湖南地方文献与摩崖石刻研究》，第395页）经京华兄考订，此乃宋代熙宁年间曾任永州通判的武陵人柳应辰所作，其考订的主要理由是柳氏一贯的"玄怪风格"。此言不虚，该题刻文字不难理解，那些图像到底是什么意思，谁也弄不明白，这跟"石山保"不是一般的神鬼莫测吗？那些拙劣的图像刻画，实在也看不出比"石山保"高雅几许。

例二：在今天朝阳岩非常醒目的位置有一硕大题刻曰："何须大树"，后有跋："丙辰伏日，天久不雨。流金烁石，忧心如焚。避暑朝阳岩，凉风飒然，不减箕踞长松下矣，题此志慨。彝陵望云亭"。其体量在朝阳岩所有题刻中可居前三之列。浅陋如我者，当时还以为"望云亭"是一处亭子的名字，或者是某个文人的自号，后来查找资料才知道是晚清民国时一位武将的大名。据《零陵朝阳岩小史》中介绍，望云亭"民国二年（1913年）九月，随湖南督军汤芗铭至湘，出任湖南省第六区司令官兼道县知事。在任上为结好士绅，对起事农民，大肆捕杀。民国四年，授零陵镇守使，陆军中将衔。民国六年病逝于北京。"（第229页）

而网络上还有这样未经查证的补充文字：“他在道县不到一年，竟杀害起义农民近千人……当地士绅感其‘功’，在武官衙门前建一石亭，题名‘望云亭’，后被群众捣毁。”原来还真的有过一个亭子叫“望云亭”！这样一位屠杀农民的赳赳武夫，只为耐不住暑热跑到朝阳岩来躲避几日，就自命风雅地弄了这么一通硕大无朋的题刻，普通民众为自家儿女保命起见，刻几个小小的“石山保”又有什么不妥呢？“望云亭”是被群众捣毁了的，望云亭的题刻大约因其刻崖太深且广难以划灭，终于高悬至今，然而，这是朝阳岩的光荣抑或耻辱呢？

也许有好心人要调和：民众实在要在此地刻“石山保”也不是绝对不可以，但最好刻在空隙处，不要打破原有的文人题刻。这当然是一个较为理想的状态。其实，多数“石山保”确实是刻在空隙处的，民众也不愿意去刻在已经有字的地方，那样自己的宝贝文字同样会不清楚。问题是朝阳岩比较方便刻字的地方，早被密密麻麻的文人作品占据了，没给民众留下多少余地；而民众又无力去开发、磨平新的位置，只好挑已有题刻文字的空隙（文人题刻有其格式，留白甚多）去镌刻自己的心愿，按照他们的观念或许正是物尽其用也未可知，至于顺着“石山保”的文理笔式而侵犯了已有文字，确是势所必然。再说，文人题刻本身也从来就有后人划去前人作品而自题其上的风气，甚至因此还出现专门以此为生的底层职业。据《零陵朝阳岩小史》中说：“据传：在当时，每有人游朝阳岩时，便会有石匠袖手以待。游人题字写诗后，便磨石刻上。甚至早先就把崖壁磨好，待价而沽。对于那些在朝阳岩吟诗唱和者，在他们眼中都是‘达官贵人’，再不济也至少是个读书人，纵然吟囊羞涩，在经营这关系‘千古’的事情时，也能慷慨一番。但对于朝阳岩的很多碑刻被磨掉，再转刻他人诗文，这些刻石者应难辞其咎。”（第283页）作者的这个态度我有点不认同，在国家政策和地方规约都不健全的时代，保护文物只是文化道义上的提倡，并非民众应该履行的职责。民以食为天，靠山吃山，靠水吃水，靠朝阳岩就吃朝阳岩，并无罪咎。如果非要说“难辞其咎”，恐怕那些一心经营“千古”事业的文人，更要首当其冲吧。比如望云亭的“何须大树”，我就仔细看了，该题刻的周边还有不少未被磨尽的字划痕迹，显系刬除了前辈文人书法而非“石山保”之类民众刻画。如果不是望云亭这等汹汹气势，谁敢（愿）去做这么大规模的刬挖磨平工程呢？如其有罪，罪在望云亭还是石匠呢？更不用说那些瑟瑟然自刻“石山保”的普通百姓了。或许正是早就有此意念在心，我至今清楚记得，当时去考察朝阳岩题刻并将所有能够找到的“石山保”一一拍照的时候，心里偶或也有些对文物破坏的遗憾，更多时候却充满着一种报复式的狞厉快意。

如今,《中华人民共和国文物保护法》早已颁布，朝阳岩石刻已被列为国家级文物保护单位，任何人再随意题刻，都将被视为违法，包括“石山保”，也包括任何文人墨客或党和国家领导人。所以，乡民们要继续发扬“石山保”的民俗，就只能另辟蹊径去寻求“他山之石”了。但我还要强调一点：作为文物保护对象的朝阳岩，绝不应该只是指那些文人题刻，包括“石山保”在内的民众刻画，也是其中应有之义。它们在立法之前已经存在，有的甚至还很古老，我拍摄的“石山保”照片中，最早一通是明代天启三年（1623年），它在文物意义上并不比朝阳岩半数以上的文人题刻逊色。所以，如果刬挖磨灭这些已有的“石山保”，亦须一律视为违法行为予以处置。

总之，民众与文人都生来自由、人格平等，当我们回溯历史、珍爱文物之时，亦须对相关的民众生活史予以了解与同情，否则得于物而失于人，就有失民胞物与的人间正道了。《零陵朝阳岩小史》中有一段话我颇觉骨鲠：

> 万历三十六年（1608），元结来游后第八百四十二年。游人题：“万古一口”四大字，刻于青阳洞口。字大径尺，端庄圆润。惜郡人凿梯时毁其后部，不可得其姓名。郡间鄙人，为图一时之便，而置先贤遗迹于不顾，可哀可痛！宁其无父无祖也。（第166页）

该书作者的业绩我非常赞赏，只是在这个观念上，我难免要多讨教几句。我不知道上述凿梯行为是在有政府管理文物之前还是之后：如是之后，我同其呼吁（未必同其咒骂）；如是之前，尤其是在前现代社会的话，鄙人则深不以为然。试想：一个不明来历的游人在此留下一通不疼不痒的题刻，本地“鄙人”便须珍惜爱护，以致生计事宜比如凿梯之类亦须规避，这岂非地道的阶级压迫逻辑么？“无父无祖”之呵，对于“郡间鄙人”实在太过寡情。我倒很想代替“郡间鄙人”们如是上禀：“无父无祖乎？那些游人也好，先贤也罢，我们从来不想高攀他们为父为祖；我们都有各自的父祖，并且，我们还有一位共同的干爹——石山保！”

（原载2015年第3期《湖南科技学院学报》）

# 辑三　游艺录

# 看陕西民间美术随感

黄永玉

陕西民间美术展览在北京中国美术馆展出。我是偶然听说的。赶去一看，简直是大吃一惊。对艺术欣赏，我已经好久好久没有大吃一惊的感觉了。这还是近年来第一次。面对这些来自民间的珍贵艺术品，你不能不高兴得打心里颤抖。

我没去过陕西，但对于这些艺术珍品的出处：延安、扶风、华阴、咸阳、凤翔、榆林、宝鸡、长武、永寿、彬县、岐山、铜川、汉中……是我自小在历史课本或古典小说中知道的，知道它们是中华民族文化摇篮的重要组成部分。

早已闻名的陕西民间艺术，可惜多少年只有幸欣赏它的一枝一叶。要说一饱眼福可就算这一回。

华阴县手绘的精密绝伦的门帘；陕西省艺术馆和户县的皮影；彬县、永寿、岐山、凤翔、宝鸡的黑底和红底的绣“兜肚”；宝鸡的黑布虎枕；华阴、长武、岐山、永寿、乾县的绣花动物小鞋小帽；旬邑的青蛙耳枕；汉中、咸阳的袜底刺绣；以及民间泥塑大小玩意，……这一笔笔写下去，恐怕半版报纸也登不完。

我们忘不了，也不应该忘记伟大的民间艺术，它是我们一切艺术的母亲。一个国家的民族民间艺术和艺术家的关系，就像希腊神话中的安泰和他的母亲大地一样。安泰和对手搏斗气力枯竭时，一贴近大地母亲就又精神奋发起来。但是，希腊神话故事中安泰的结局总不能不令人神伤，安泰被赫拉克勒斯举在高空中扼杀了。因为他离开了土地母亲。

这次展览中的民间艺术珍品，充满了东方艺术技巧的要诀。它告诉我们什么是健康和不健康的情感，什么是快乐和充实，什么是色彩，什么是造型上的大体和细部的关系；什么是幽默和含蓄，什么是纯朴……

近年来，我听够了："栩栩如生""形象逼真"这些对任何艺术都使用的形容词。这种懒惰而毫无生命力的、假情假意的废话，多少年来成为评价艺术的"不成文法"的标准。

民间艺术品就会开导我们，艺术和真实的关系如何。

我从来没去过陕西，但是，每回听到"秦腔"时，都仿佛自己在陕西生活过许许多多年，在陕西小县城和无数的村子里待过，有许多亲人。托尔斯泰说得好："音乐使你产生从来没有过的回忆。"

人家问，为什么你爱民间艺术？

我就会回答：我是中国人。面对着民间艺术，好像母亲在远古呼唤我们还睡在摇篮时期的感情。只要不是铁石心肠，很少人能不为其感动，因为谁都有过童年。

但是，这种感情好像已经疏远了，甚至已经被遗忘。有人以为，在电视机、录音机时代再来爱好这些民间玩意，岂不落后而可笑。但是那些先生不应该忘记，生产录音机和电视机的日本及其他外国，却是把这些民间艺术当作比录音机和电视机更重要的精神和物质哩！

我常常听到一些据说是“民歌”而酷似“洋歌”的音乐；也看过一些据说是“民间舞蹈”而实际是“玛祖卡舞加京戏武打”的好心的实验；在所谓“民间玩具”群里，也不难发现涂了品红、品绿的半裸的“维纳斯”和画成五颜六色的“贝多芬”像。

对待民间艺术，我们可算个“谜”似的国度：既丰富，又糟蹋；既不懂，又要去“改”。于是，很多可贵的民间珍品就再也不会回来了。

这种例子难道我们见识得还少吗？

研究民间艺术，首先当然应该大量掌握资料。去采访，去搜集，去研究：得忍受寂寞、艰辛和遭受奚落。有时还颇像是去挽救一个垂危的病人，晚一步就会完事。

就这种几乎是神圣的事业，我们伟大的十亿人口的国家，据我所知，收集民间艺术较有系统、煞费苦心的人还为数很少。

民间艺术，有的是给好心的人“改”掉了的，有的则是因遗忘而被淹没。

怎么动不动就去改呢？自己还不懂，怎么就能做教育者呢？

先学一学“爱”，学一学“珍惜”吧！就像我们最近正在学习珍惜那被射死在玉渊潭的天鹅那样，把人们美好的情感唤醒过来。

全国每一个省市如果都像陕西省那样把民间艺术工作抓起来，及时而适当地给以扶植，那丰硕的成果就会出人意外地来到。你信不信？

它是一种特殊的文化，它在最底层，同时又是中国文化的重要代表。它最普及，而又是最深刻、最富于哲理，最难以说透的艺术。它最通俗、浅显，但研究高深哲理的学者却从来不敢轻视它。

以上的一些看法，是因为展览会的成功而想起来的。

当然还应该感谢中国美术馆那么出色的一次布置和陈列，其本身就是高明的艺术手腕。那几座皮影灯座和三个挂着美极了的门帘的窑洞门，真是充满了诗意，令人产生温暖的回忆，连没有去过陕北的我也分享了这些快乐。

我希望这只是一个吉祥的开头，但愿全国更多的省市都在北京有这种可喜的展出。这不仅是应该的，也是完全可能的。

（原载1981年2月20日《人民日报》）

# 白云观

邓云乡

积习难除，年年过年，总要写几首诗，以寄岁时之感。今年写的诗中，有一首专叙年景。俞平伯老师北京来信云："《辞岁书怀》，情思俱胜。第四叙年景尤妙。"这首诗中的结句云："胜游排日桩桩定，燕九春风驴背多。"这是说旧时正月十九骑小驴逛白云观的事。经历过的人回忆起来，是极为神往的。正月十九日称燕九节，相传元时丘长春此日仙去。丘是道士，白云观就是他修炼的庙宇。正州开庙，所谓车骑如云，游人纷沓，说是能遇到神仙。《桃花扇》作者孔尚任《燕九竹枝词》第一首云：

春宵过了春灯灭，剩有燕京燕九节。
才走星桥又步云，真仙不遇心如结。

这说的就是会神仙的故事。据说丘长春是这一天"得道成仙”的。每年这一天还要下凡，但人们不易遇到。所谓“真人不露相，露相不真人”，凡夫俗子是不大容易有缘遇到仙家的。而且真人下凡的时候，变化多端，时男时女，时老时幼，有时甚至是穿得破破烂烂的叫花子。因此到了十八日的夜里，是每年白云观最热闹、最神秘也最滑稽的一夜。有些痴心妄想结仙缘的人，便整夜住在观中，甚至整夜不睡，黑黝黝地在观中偏僻的地方兜来兜去，一心想突然间遇到一位神仙，超度他飞升，因而观里的一些滑头道士，便也装作种种怪样子，或者方巾、道袍，特别潇洒；或者麻鞋竹杖，特别龙钟；或邋邋遢遢，特别肮脏，躲在黑暗角落里，来愚弄人，敲点小竹杠，问你化点缘，名义上是试试你的心诚不诚。所以得硕亭《京都竹枝词》中写道：

> 绕过元宵未数天，白云观里会神仙。
> 沿途多少真人降，个个真人只要钱。

因为会神仙这天，正是白云观老道赚钱的好机会，化装成各式各样乞丐要小钱的那就更多了。这种情况，也早在明代就有了。刘同人《帝京景物略》中就曾有过“相传是日，真人必来，或化冠绅，或化游士冶女，或化乞丐。故羽士十百，结圜松下，冀幸一遇之”的记载。可惜的是，白云观中的凡夫俗子们，会了三百多年神仙，并没有遇到过一个真仙，只好叹“年年错过总无缘”了。

神仙虽然会不到，但金钱眼却可打得着，当年逛白云观“打金钱眼”是比“会神仙”更有趣的节目。白云观一进观门不远，横在正中白石引路上，模拟宫殿建筑，有一条三四丈长、丈许宽、丈许深的假金水河。底部并无水，全部是用青砖砌的。中间对着引路是一座石桥，桥栏杆和小河四周的栏杆，都是汉白玉的，雕镂也很精致。桥下有涵洞。白云观庙会一开，桥下涵洞中东西两头面朝外各坐一名老道，大布道袍道冠，闭目盘腿打坐。在他们头顶各悬一小钟，钟前又挂一大钱，漆成金色，中间钱孔大约二三寸见方，游人在正对桥孔的白石栏杆外，用铜钱遥掷，如果能穿过钱孔击中悬钟，锵然一声，那你这一年肯定要交好运气。试想这样有趣的游戏，又关系到一年的好运气，谁能不来一试呢？所以白云观最拥挤的地方，就是这打“金钱眼”的地方。汉白玉栏杆边人头济济，争着扔铜钱，一次打不中，再来一次，直到锵然一响，打中为止，才带着幸运的欢笑离去。打“金钱眼”，在清代用的都是当十大钱。清末直到辛亥之后，不用制钱了，都改用铜圆打“金钱眼”。老道自然更加欢迎。后来铜圆也不用了，“金钱眼”则照样打，老道在桥边设立了临时兑换处。随时按他们定的牌价卖给你铜圆。年年白云观单只这一笔收入就很可观了。难为的是桥洞中每天打坐的那二位白胡子老道，实在要有点真功夫。每天天不亮就坐进去，直到晚上游客走得差不多时才能出来，大约有十四五个钟头，不吃不喝，不解大小便，盘腿打坐，纹丝不动。没有一点真功夫，能办得到吗？

道家的炼丹术是很神秘的，卷帙浩繁的《道藏》中，有不少这方面的记载，如用科学观点来看，这也是我国古代冶炼史的重要资料。可惜过去叫作“黄白术”，胡说是能用铅炼成白银。白云观开庙，不少梦想发财的人来进香上供、布施钱财，目的想求“点铁成金”的黄白术。

俞曲园《茶香室三钞》中记道：“此日僧道辐辏，凡圣溷集，勋臣内戚，凡好黄白之术者，咸游之，访丹诀焉。”说的就是这种情况。另外白云观中有“十二生宿殿”，还有“迎顺星”“点星宿”的故事。

近人陈莲痕《京华春梦录》记云：“自按芳龄，就所司岁神前，虔诚进香，名曰‘点星宿’。樱口喃喃，殆皆祝早得如意郎君……”

盖这和西湖边的月老祠一样，又要管离魂倩女的终身大事了。但这后两样，比起前两样，尤其比起打“金钱眼”的人来，那赶热闹的要少得多了。

神仙的事是渺茫的、迷信的。白云观最值得思念的是骑小驴，在“的的”的驴背上，吹着春风，沿着阜成门外的土路去白云观，那才真是神仙般的梦呢。

（录自《燕京乡土记》，上海文化出版社，1986年版）

# 弈人

贾平凹

在中国，十有六七的人识得棋理，随便于何时何地，偷得一闲，就人列对方，汉楚分界，相士守城保帅，车马冲锋陷阵，小小棋盘之上，人皆成为符号，一场厮杀就开始了。

一般人下棋，下下也就罢了，而十有三四者为棋迷。一日不下瘾发，二日不下手痒，三日不下肉酒无味，四五日不下则坐卧不宁。所以以单位组织的比赛项目最多，以个人名义邀请的更多。还有最多更多的是以棋会友，夜半三更辗转不眠，提了棋袋去敲某某门的。于是被访者披衣而起，挑灯夜战。若那家妇人贤惠，便可怜得彻夜被当当棋子惊动，被腾腾香烟毒雾熏蒸；若是泼悍角色，弈者就到厨房去，或蹴或趴，一边落子一边点烟，有将胡子烧焦了的，有将烟拿反，火红的烟头塞入口里的。相传五十年代初，有一对弈者，因言论反动双双划为右派遣返原籍，自此沦落天涯。二十四年后甲平反回城，得悉乙也平反回城，甲便提了棋袋去乙家拜见，相见就对弈一个通宵。

对弈者也还罢了，最不可理解的是观弈的，在城市，如北京、上海，何等的大世界，或如偏远窄小的西宁、拉萨，夜一降临，街上行人稀少，那路灯杆下必有一摊一摊围观下棋的。他们是些有家不归之人，亲善妻子儿女不如亲善棋盘棋子，借公家的不掏电费的路灯，借夜晚不扣工资的时间，大摆擂台。围观的一律伸长脖子（所以中国长脖子的人多！），双目圆睁，嘶声叫嚷着自己的见解。弈者每走一步妙着，锐声叫好，若一步走坏，懊丧连天，都企图垂帘听政。但往往弈者仰头看看，看见的都是长脖颈上的大喉结，没有不上下活动的，大小红嘴白牙，皆在开合，唾沫就乱雨飞溅，于是笑笑，坚不听从，不听则骂：臭棋！骂臭棋，弈者不应，大将风范，应者则是别的观弈人，双方就各持己见，否定，否定之否定，最后变脸失色，口出秽言，大打出手。西安有一中年人，夜里孩子有病，妇人让去医院开药，路过棋摊，心里说：不看不看，脚却将至，不禁看了一眼，恰棋正走到难处，他就开始指点，但指点不被采纳反被观弈者所讥，双双打了起来，口鼻出血。结果，医院是去了，看病的不是儿子而是他。

在乡下，农人每每在田里劳作累了，赤脚出来，就于埂头对弈。那赫赫红日当顶，头上各覆荷叶，杀一盘，甲赢乙输，乙输了乙不服，甲赢了欲再赢，这棋就杀得一盘未了又复一盘。

家中妇人儿女见爹不归，以为还在辛劳，提饭罐前去三声四声喊不动，妇人说："吃！"男人说："能吃个屌！有马在守着怎么吃？！"孩子们最怕爹下棋，赢了会搂在怀里用胡楂扎脸，输了则脸面黑封，动辄擂拳头。以致流传一个笑话，说是一孩子在家做作业，解释"孔子曰……而已"，遂去问爹："而已是什么？"爹下棋正输了，一挥手说"你娘的脚！"孩子就在作业本上写了："孔子曰……你娘的脚！"

不论城市乡村，常见有一职业性之人，腰带上吊一棋袋，白发长须，一脸刁钻古怪，在某处显眼地方，摆一残局。摆残局者，必是高手。来应战者，走一步两步若路数不对，设主便道："小子，你走吧，别下不了台！"败走的，自然要在人家的一面白布上留下红指印，设主就抖着满是红指印的白布四处张扬，以显其威。若来者一步两步对着路数，设主则一手牵了对方到一旁，说："师傅教我几手吧！"两人进酒铺坐喝，从此结为挚友。

能与这些设主成挚友的，大致有二种人，一类是小车司机。中国的小车坐的都是官员，官员又不开车，常常开会或会友，一出车门，将车留下，将司机也留下，或许这会开得没完没了，或许会友就在友人家用膳，酒醉半天不醒，这司机就一直在车上等着，也便就有了时间潜心读棋书，看棋局了。一类是退休的干部。在台上时日子万般红火，退休后冷落无比，就从此不饲奸贼猫咪，宠养走狗，喜欢棋道，这棋艺就出奇地长进。

中国号称礼仪之邦，人们做什么事都谦谦相让，你说他好，他偏说“不行”，但偏有两处撕去虚伪，露了真相。一是喝酒，皆口言善饮，李太白的“唯有饮者留其名”没有不记得的，分明醉如烂泥，口里还说：“我没有醉……没醉……”倒在酒桌下了还是：“没……醉……醉！”另外就是下棋，从来没有听过谁说自己棋艺不高，言论某某高手，必是：“他那臭棋篓子呗！”所以老者对少者输了，会说：“我怎么去赢小子？！”男的输了女的，是“男不跟女斗嘛！”找上门的赢了，主人要说：“你是客人嗨！”年龄相仿，地位等同的，那又是：“好汉不赢头三盘呀！”

象棋属于国粹，但象棋远没围棋早，围棋渐渐成为高层次的人的雅事，象棋却贵贱咸宜，老幼咸宜，这似乎是个谜。围棋是不分名称的，棋子就是棋子，一子就是一人，人可左右占位，围住就行，象棋有帅有车，有相有卒，等级分明，各有限制。而中国的象棋代代不衰，恐怕是中国人太爱政治的缘故吧？他们喜欢自己做将做帅，调车调马，贵人者，以再一次施展自己的治国治天下的策略，平民者则做一种精神上的享受，以致词典上有了“眼观全局，胸有韬略”之句。于是也就常有“××他能当官，让我去当，比他有强不差！”中国现在人皆浮躁，劣根全在于此。古时有清谈之士，现在也到处有不干实事、夸夸其谈之人，是否是那些古今存在的观弈人呢？所以善弈者有了经验：越是观者多，越不能听观者指点；一人是一套路数，或许一人是雕龙大略，三人则主见不一，互相抵消为雕虫小技了。

虽然人们在棋盘上变相过政治之瘾，但中国人毕竟是中国人，他们对实力不如自己的，其势凶猛，不可一世，故常有“我让出你两个马吧！”“我用半边兵力杀你吧！”若对方不要施舍，则在胜时偏不一下子致死，故意玩弄，行猫对鼠的伎俩，又或以吃掉对方所有棋子为快，结果棋盘上仅剩下一个帅子，成孤家寡人。而一旦遇着强手，那便“心理压力太大”，缩手缩脚，举棋不定，方寸大乱，失了水准。真怀疑中国足球队的教练和队员都是会走象棋的。

这样，弈坛上就经常出现怪异现象：大凡大小领导，在本单位棋艺均高。他们也往往产生错觉，以为真个“拳打少林，脚踢武当”了。当然便有一些初生牛犊以棋对话，警告顶头上司，他们的战法既不用车，也不架炮，专事小卒。小卒虽在本地受重重限制，但硬是冲过河界，勇敢前进，竟直捣对方城池擒了主帅老儿。

× 州便有一单位，春天里开展棋赛，是一英武青年与几位领导下盲棋。一间厅子，青年坐其中，领导分四方，青年皓齿明眸，同时以进卒向四位对手攻击，四位领导皆十分艰难，面色由黑变红变白，搔首抓耳。青年却一会儿去上厕所，一会儿去倒水沏茶，自己端一杯，又给四位领导各端一杯。冷丁对方叫出一字，他就脱口接应走出一步。结果全胜。这青年这一年当选了单位的人大代表。

草于 1987年4月9日

（原载1987第4期《随笔》）

# 百灵

王世襄

我喜欢百灵，却从来也没有认认真真养过百灵。这种鸟古代叫天鹨，一名告天鸟，近代通称云雀，在西方则有 Lark 之称。

儿时在北京，接近了一些养百灵的人。他们多数是八旗旧裔，但也有贩夫走卒，甘心把辛勤所得全部奉献给百灵的人。从这些行家们口中得知，如果养百灵不像京剧那样有“京派”“海派”之分，至少也有“北派”“南派”之别。北派对百灵的鸣叫有严格的要求，笼具则朴质无华。南派讲求百灵绕笼飞鸣，故笼高等身，而且雕刻镶嵌，十分精美，价值可高达千百金。正因其高，富家遛鸟，多雇用两人，杠穿笼钩，肩抬行走。

北派专养“净口百灵”。所谓“净口”就是规定百灵只许叫十三个片段，通称“十三套”。十三套有一定的次序，只许叫完一套再叫一套，不得改变次序，不得中间偷懒遗漏或胡乱重复。

十三套的内容可惜我已不能全部记清了，只记得从“家雀闹林”开始，听起来仿佛是隆冬离卧，窗纸初泛鱼肚色，一只麻雀从檐下椽孔跃上枝头，首先发难。继而是两三声同伴的呼应，随后成群飞落庭柯，叽叽喳喳，乱成一片。首套初毕，转入“胡伯喇搅尾儿”。胡伯喇就是伯劳，清脆的关关声中，间以柔婉的呢喃，但比燕子的呢喃嘹亮而多起伏，真是百啭不穷。猛地嘎然一声是山喜鹊，主音之后，紧促而颤动的余音作为一句的结尾，行家们称之为“咯脑袋的炸林”，以别于“过天”。过天则音调迥异，悠然飘逸，掠空而去。原来“炸林”和“过天”是山喜鹊的两种基本语言。在栖止和飞翔时叫法有别而已。下去是学猫叫和鹰叫。一般禽鸟最怕猫和鹰，养鸟的却偏要百灵去学它最害怕的东西。学猫叫则高低紧慢，苍老娇媚，听得出有大小雌雄之分。学鹰叫则声声清唳，冷峭非凡，似见其霜翎劲翮，缓缓盘空。复次是“水车子轧狗子”。北京在有自来水之前，都用独轮推车给家家户户送水。每日拂晓，大街小巷，一片吱吱扭扭的水车声。狗卧道中，最容易被水车子轧着，故不时有一只狗儿声号叫，一瘸一拐地跑了。净口百灵最好能学到水车声自远而近，轧狗之后，又由近而远。如果学不到这个程度，也必须车声、狗声具备，二者缺一，便是“脏口”，百灵就一文也不值了。十三套还有几句常规的结尾，据说西城的和东城的叫法还小有区别，明耳人能一听便知，说出它是西城的传统还是东城的流派。十三套连串起来，要求不快不慢、稳稳当当、顺顺溜溜、一气呵成，真可谓洋洋洒洒、斐然成章！

过去东西南北城各有一两家茶馆，名叫“百灵茶馆”。东城的一家就在朝阳门外迤北，夹在护城河与菱角坑之间的“爱莲居”。凡是百灵茶馆都只许净口百灵歌唱，别的鸟不许进门，只能扣上笼罩，在窗户外边听，连敞开罩子吱一声都要受到呵斥。

进门一看，真叫肃静，六间打通了的勾连搭茶室，正中一张八仙桌是百灵独唱的舞台，四匝长条桌围成一圈，上面放着扣好罩子的百灵笼，不下百十具，一个个鸟的主人靠墙而坐，洗耳恭听。

俗话说：“父以子贵，妻以夫荣。”养百灵的却可以说“人以鸟尊”！哪一位的鸟是班头，主人当然就是魁首。只要他一进茶馆，列位拱手相迎，前拥后簇，争邀入座，抢会茶钱，有如众星捧月，好不风仪，好不光彩，而主人也就乐在其中了。

当年我也曾想养一笼净口百灵，无奈下不起这个苦功夫。天不亮，万籁俱寂、百鸟皆喑的时候便提出笼来遛，黎明之前必须回家。白天则将笼子放在专用的水缸内，盖上盖，使百灵与外界隔绝，每天只有一定的时间让它放声鸣叫。雏鸟初学十三套时，要拜一笼老百灵为师，天天跟它学，两年才能套子基本稳定，三年方可出师，行话叫作“排”。意思和幼童在科班里学戏一样，一招一式，一言一语都是排出来的。所以养净口百灵，生活起居，必须以笼鸟为中心，一切奉陪到底。鸟拜了师，人也得向鸟师傅的主人执弟子礼，三节两寿不可怠慢失仪。鸟事加人事，繁不胜繁，所以我只好望笼兴叹了。

中年以后，有机会来到南方的几个大城市，看到北派行家口中所谓的南派养法。高笼中设高台，百灵耸身登上，鼓翅而鸣，继以盘旋飞翔，有如蹁跹起舞。至于歌唱，则适性任情，爱叫什么叫什么，既无脏口之说，更谈不上什么十三套了。我认为去掉那些人为的清规戒律，多给百灵一点自由，也未可厚非。当年我曾抑南崇北，轩轾甲乙，自然是受了北派的影响，未免有门户之见。

不意垂老之年，来到长江以南的濒湖地区——湖北咸宁。我被安排住在围湖造田的工棚里，放了两年牛。劳动之余，躺在堤坡上小憩，听到大自然中的百灵，妙音来自天际。极目层云，只见遥星一点，飘忽闪烁，运行无碍，鸣声却清晰而不间歇，总是一句重复上百十次，然后换一句又重复上百十次。如此半晌时刻，蓦地一振翅，像陨石一般下坠千百仞，直落草丛中。这时我也似从九天韶乐中醒来，回到了人间，发现自己躺在草坡上，不禁嗒然若失。这片刻可以说是当时的最高享受，把什么抓“五·一六”等大字报上的乌七八糟语言忘个一干二净，真是快哉快哉！

听到了大自然中的百灵，我才恍然有悟，北派的十三套和南派的绕笼飞鸣，都不过是各就百灵的某些习性，使它在不同的场合有所表现而已。

北派十三套，可以把活鸟变成录音带，一切服从人的意志。

老北京玩得如此讲究、到家，说出来可以震惊世界。不过想穿了，养鸟人简直是自己和自己过不去，没罪找罪受，说句北京老话就是“不冤不乐”。南派的绕笼飞鸣，也终不及让鸟儿在晴空自由翱翔，自由歌唱。对百灵的欣赏由抑南崇北而认识到南北各有所长，未容轩轾，而最后觉得最可爱的还是自由自在的天籁之音，这也算是我的思想感情的一点变化吧。

（原载1987年第4期《燕都》）

# 秋山捉蝈蝈

王世襄

冬日鸣虫，皆购自罐家，唯蝈蝈有取诸野生者。盖因蜕衣成虫（俗称“脱大壳”音 qiào，此后始有翅而能鸣），早晚不齐。如得晚蜕者，饲养得法，可活至冬日。更以山中所生，身强体硕，力大声宏，远非人工“分”者所能及。故养虫家皆谓：“要过瘾，只有山蝈蝈。”三十年代，管平湖先生过隆福寺，祥子出示西山大山青，其声雄厚松圆，是真所谓“叫顸”者。惜已苍老，肚上有伤斑，足亦残缺，明知不出五六日将死去，先生犹欣然以五元易归（当时洋白面每袋二元五角），笑谓左右曰：“哪怕活五天，听一天，花一块也值！”此时先生以鬻画给朝夕，生活实十分拮据。1955年与先生同就职中国音乐研究所，每夜听弹《广陵散》。余于灰峪捉得大草白，怀中方作响，先生连声称“好！好！好！”顺手拂几上琴曰：“你听，好蝈蝈跟唐琴一弦散音一个味儿。”时先生已多年不畜虫，而未能忘情，有如是者！

野生蝈蝈有数种。南郊平原所产小而绿，花生地者尤青翠欲滴，老年妇女多钟爱。西北郊野亦处处有之，身稍大而色较深，曰“地秸子”，所值均不过数文。唯山蝈蝈索高价，问津者皆为此道中瘾君子。

西山蝈蝈曰“西大山”，著名产地近有灰峪、孟窝，远有代城峪、安子沟。东山所产曰“东大山”，东、西葫芦峪颇有名。北山以秦城牛蹄岭、上庄、下庄产者为佳。北京罐家及虫贩多于处暑前后由京郊或山东捉蛐蛐归来，至秋分业已售罄，再上山捉蝈蝈，寒露前后回城，此后专心分虫，不复外出矣。

养虫家绝少自捉自养者，捉蝈蝈之劳累不亚于“拉练”急行军，而余独好之，不以为苦。五十年代，灰峪、孟窝即有佳者，或当日往返，或寄宿军庄小店，次日回城。十年浩劫中，除非禁锢在“牛棚”，秋分、霜降间，晴朗之日，常在山中。生逢乱世，竟至国不成国，家不成家，无亲可认，无友可谈，无书可读，无事可做，能使忘忧者，唯有此耳。惜两山近处，由于污染，蝈蝈已稀少，且无佳者，不得不远往安子沟或牛蹄岭。当时每月领生活费廿五元，实无余资乘长途汽车，只有骑车跋涉。半夜起程，抵沟嘴或山麓，日初升，待入沟或越岭，已上三竿，而蝈蝈方振翅。午后三时即返回，入城已昏黑多时。骑车往返百数十里，入沟登山，往往手足并用，亦不下二三十里，迨至家门，臀腿早已麻木，几不知如何下车。巷口与邻翁相值，见我衣衫零落，狼狈不堪，笑谓：“你真跟打败了的兵一样”，此语诚对我绝好之写照。私念得入山林，可暂不与面目狰狞、心术险恶之辈相见，岂不大佳。夜蜷铺板（床已被抄走），虽力尽精疲，亦未尝不默感上苍，于我独厚，使又得一日之清静也。

山村童竖捉蝈蝈，只用两指捏虫项，十得八九，瞠乎莫及。顾余所用具，亦殊简陋。罩子一把，线手套一只，席篓内纸盒数个而已。此外干馍五六团，清水一壶，可尽一日之游矣。

养虫家捉蝈蝈，要好不要多，得一二叫预者，三五亮响，分赠同好，便不虚此行，自与贩虫者多多益善有别。故涉涧穿峡，登坡越岭，一路行来，聒聒之声不断。待听有叫预者始驻足侧耳，分辨传来方向，循声蹑足，渐趋渐近，直至所栖之丛木枝柯。山蝈蝈随时序而变颜色，与周围之草木多相似，虽近在咫尺，不闻其声，不知其所在。且性黠而动捷，或闻步履，半晌寂然，或窥人影，倏忽下坠，落入草中，疾驰遁去，不可踪迹。闻其声也佳，见其形也美，故逸去而志在必得，则只有就地蹲伏，耐心等待。有顷，始再作声，初仅三五响，短而促，或尚在近处，或已移往他许。此时仍不可少动，应俟其惊魂稍定，鸣声渐长，徐徐爬出草丛，又缘枝柯而上，攀登已稳，泰然振翅不停，始可看明方向位置，枝叶稠疏，相度如何接近，如何举罩相迎，方可攫捉。此时往往荆棘在前，芒刺亦所不顾，故血染衣袂，或归来灯下挑刺，皆不可免。捉时左手擎罩，右手戴手套，骤然掩之，受惊一窜，正入罩中，此时我与蝈蝈，皆怦怦心动，只一喜一惊，大不相同耳。倘袭而不中，又落草中，只有再等待，而所需时间，必倍于前。倘天色有变，浮云蔽空，则更不知将等到何时。因唯有阳光照射，蝈蝈方肯振翅。余尝于某周末在秦城大山包阴坡喜遇叫顸大山青，三捉三逸而日已西趱。次晨须出勤，竟不惜请假一日，终为我得。以上云云，尚属山坡岭背，有径可通者。如蝈蝈绝佳，又高在峭壁危崖，则只有腰围绳索，一头在树石上系牢，始敢探身攫捉，此又非手脚矫健、捷如猿猴者不能为。当年刁元儿、陆鸿禧皆以善捉他人所不敢捉者闻名。尝见渠等在东西庙，游人正多，手托蝈蝈，大声宣讲虫声之优异，山形之险恶，攫捉之艰难，不禁唾花横溅，色舞眉飞。以此招徕主顾，夸诩侪辈。

京郊诸山，安子沟最险，蝈蝈最大。由潭柘寺折向西南，迎面高起者为松树岭。越而过之，健者亦须半日。又五六里，抵代城峪，下坡再三里，入安子沟。沟长三十里，陡坡峭壁，聒聒之声不断。此为五十年前光景。“文革”中，骑车前往，岭下凿山洞，公路已通，飞车而过。交通虽便，但沟中蝈蝈稀而小，大不如前。迨1973年干校归来，汽车直达代城峪，而入沟一二十里，只闻两三蝈蝈声，败兴而返。山村人言，果树皆施农药，生态破坏，殃及蝈蝈。至于京郊平原，“地秸子”更早已绝灭。当年大葫芦叫大蝈蝈，其声嗡嗡然，已成陈迹，只堪缅然追忆矣。

（录自《中国葫芦》，上海文化出版社，1998年版）

# 学拳

金克木

小时候看到不肖生的《近代侠义英雄传》，又找到一本《潭腿》，有图有解说，于是自己练起来。伸拳踢腿，自觉似模似样。后来知道要练“寸腿”，踢出去的脚离地不能超过一尺。这就难了，不如飞起腿来容易。踢对了，站不住；站稳了，踢不出；下身用力，上身倾斜；上身稳定，下身摇晃。这才知道“寸腿”是要全身力量配合发挥的。侠客不好当，废然作罢了。

过了十来年，住到北京的北海附近，每天早晨出去绕景山墙外散步。忽然看到有家门口挂着武术社的招牌。进去一看，大院子里有十来个十来岁的男孩子蹦蹦跳跳俨然是在练拳脚。旁边有位中年男子站着看。他既不是文质彬彬，也不是赳赳武夫，披着长袍，腰杆笔直，脸色红润。我过去一请教，才知他就是武术社，武术社就是他。三言两语讲好了，每天早晨我来学拳半小时左右。每月学费大洋一元（那时我每月饭费不过七元）。他收下钱，我们就结成临时师徒关系了。

一开始，他什么开场白也没有，就教我握拳。要求五指尖撮起来好像鸟嘴，握了半天才算勉强及格。接着是起手式，和潭腿完全不同（我当然没告诉他我私自从书上学过拳）。第二天复习后，再教下一式。我问这是什么拳。他说是燕形拳。我一天只练这半小时，回去也不练，对谁也不说。同住的几人只知我出去散步，一直不知道我学武术。

一套燕形拳居然学完了。那些小师弟也认识我了，都喊我大师兄，我大有入了义和团之感。师傅又教我握拳，学另一套。这次不照燕形拳那样握了，打法也换了样子，难得多。练了几式以后，我想自己成为大弟子，不能不知道师傅门派，便问这是什么门派的拳。他简单说了两个字：形意。这吓了我一跳，因为我从小说中知道这是很难的高级拳法。不好再问，继续学下去，居然也能一式一式照样练，还每天先打一套燕形拳复习。这时我才发现那些师弟没像我这样学套子，只是各练各的功，不断重复。师傅也不当着我面教他们。

又一天，我再问到师傅门派。他仍只说两个字：通臂。我又一惊。这不是猴拳吗？便问：通臂是不是两臂相通？他答：不是。不过能长一点罢了。说完叫我平伸右臂，他伸出一臂搭上。两人臂都伸直了。他一声“小心了”，猛然一股推力传到我肩部。真像是他的臂向前伸长不少，身子却一点未动。我受这一推，连退了几步，几乎撞到墙上。他说：“我没有用上力，怕你受伤。这就是通臂。”

他教我一套又一套花样，不教我练功；让我学一个又一个门派，不说他自己的门派。他认定我是来游戏，不是真学拳的人。我终于明白了。他没有收我做门徒，我也不是大弟子，大师兄。这样学下去也只是花拳绣腿打给外行看。我不属于他这一行，不是学拳的料。这也不是学拳的门路。我的拳打出去只怕连窗户纸也打不破。

从此我不再妄想学武，也怀疑自己能否学文，怕哪一行也进不去。我只学到一条：这样学什么也学不到。真要学什么，必须找到门道，入行。不得其门而入，转来转去还在墙外，白费劲。

1991年

（录自《懒倦与庄严：金克木谈生命的意义》，
中国工人出版社，2016年版）

# 我与年画的半生缘

王树村

少年时代的我，成长在北方著名年画产地杨柳青镇。抗日战争之前，每逢岁末年初，杨柳青镇总是车水马龙，熙来攘往，热闹非常。那时全镇各大庙宇红烛高照，香烟缭绕。药王庙前的彩画牌楼，古雅地耸立街口，点缀着古镇风貌。庙内雕梁画栋的戏台，上演名角扮唱的秦腔旧剧。旅馆客栈，住满来自各地购画的客商。使我流连的是那画市上贴满了墙壁的各作坊画样。这些画样来自各家画店，内容形式皆不一样，大约共有两百张。看完一遍又一遍，今天看了明天还想看，不啻一年一度的民间年画展览会。其次是任文鸿的剪纸窗花，高家的挂钱、花样子。娃娃李的泥塑戏人，杨掌作的彩扎花灯，任子玉的纸扎以及文泰裕的纸马，等等，都是我少年时代看得入迷的东西。回忆昔日活动于杨柳青的情景，仿佛处身于一个民间艺术的花园里，这样的环境养成我对民间艺术的爱好，终于使我走上了研究我国民间美术这条冷僻而又曲折的道路。

## · 酷爱和抢救戏剧年画

曾祖辈有一裱画工，喜爱民间年画，从旧作坊中搜集到一堆破烂不堪的古版年画粉本，其中大多是杨柳青著名年画作坊齐健隆家的清初“点套”物。点套就是画师作画刻版后，先将墨线版印刷出样张，再于样张上点出应着之颜色，依画师所点再刻套色版，或手工加色。原版早毁，印刷品也不可得，已是我国早期年画中可贵的珍品了。

1937年7月，日本正式向我国发动侵略战争。天津和杨柳青很快陷落。这年我已十四岁，敌伪杀烧掠夺和劈毁年画旧版铺路、烧版之事，时有发生。年画作坊怕他们借故杀人，晚间把刻有宣传国民爱国反抗帝国主义侵略，以及手拿“国旗”庆贺年节的画版，一一劈毁，凡旧稿粉本绘有“国旗”者，都焚烧无遗。剩下的大部分是妇女娃娃、庄稼忙、渔家乐和历史人物、戏剧故事之类的了。

当时家中余粮未尽，长辈对孩子买年画和买文具一样看待，并不禁止，所以我见到有卖旧年画者，即以所蓄之钱买下。有时见到烧饼铺劈烧画版时，请他们允许我用蜡笔或墨汁刷印墨线版再劈毁。掌柜和小伙计皆同意并帮着搬版、铺纸，至今印象犹新。因那时画版论斤而卖，不过几分钱一斤。有的烧饼铺掌柜觉得我这个小版画迷可爱，甚至还把小型画版送给我，这就更助长了我对家乡年画艺术的搜集和珍惜之情。由于日人统治下，抓兵抢粮，疯狂扫荡，农村几成废墟，田园荒芜，百业凋敝。杨柳青的富有之家也都因无粮米下锅，卖掉家中文物藏品、旧衣鞋帽来换些粗粮，以免饿死。故每逢农历初一、十五的集市上，摊贩摆满了宋瓷古画，木雕杂品……当然我只能买那些廉价的破皮影、旧年画、剪纸花样、玩具模子、木版插图旧书之类的东西。它们伴随我生活成长，如今却使我变成了抢救祖国民间美术遗产的狂热者之一。

## · 寻画师在北京

1951年后，我因喜爱京剧，在北京拜访了徐兰沅老师。闲时我常去宣武门外他家中求教，有不少戏出画中的故事情节，得到徐老师的指教和辨识。他还鼓励我将收藏的戏出年画编辑出版，以供戏曲研究家参考。经过多年努力，1959年终于由北京出版社出版了我国第一部《京剧版画》图册，共选不同戏出年画一百种，皆杨柳青代年画中之精品，今已绝版。1956年前，北京各晓市还都未加集中管理，宣武门内顺城街上，摆满了卖破烂和衣物文玩的小摊，偶然也有戏出年画或画在木盘、窗板、柜橱上的戏出画，画在纱灯上的各种戏出故事画等。凡是这类民间美术品，我总要节衣缩食地把它买下。其中戏出题材内容的更是爱不释手。有时因囊中羞涩，欲得不能，常是寝食不安，如患病然！

翻检收到的铭心绝品有：《思志诚》一图，画在一只直径三十公分的木盘上。图中画一戴文生巾，穿花褶子的小生坐于桌之中间；四个簪花梳髻，身穿宽襟大袖清末时装的花旦，坐于两侧；前一丑角在舒掌表演学“红娘”之动作身段。人物非常生动，笔法也流畅熟练。盘背面写有：“定漆细画，丙午年置”字样。按《思志诚》一戏，罕有人知。杨柳青齐健隆画店就刻绘成图，为一时畅销的年画新样。此一剧目绘成之图，仅存此两件，是很可贵的资料了。还有两页“雕刻填彩”的漆版戏出画皆明代晚期之物。两页背面刻有文徵明行草。人物衣装与后来名伶演出的戏装不同，犹存明版戏曲传奇插图版画的韵味。还有几件小瓷碟，分画《黄金台》《捉放曹操》《三疑计》等戏剧。其他像灯屏上的戏剧绢画，各地印的年画，雕刻的戏剧剪纸、模印，手捏的戏剧泥人，烧瓷戏人，绣片戏文，界首陶器刻花戏剧……这些聚沙成塔的戏出美术品，如果陈列开来，堪称蔚为大观。

当每次搜集到了戏出美术资料后，总是在整理过程中费一番心思和时间，找出它内在的一些可记之事，例如一幅《送金子》戏出年画，从来未听说此戏之内容。我向著名京剧演员李万春请教，得指点此戏为《打面缸》后续之一喜剧。持此图再与杨柳青齐健隆画店遗留下的《打面缸》粉本对比，画面周腊梅扮相截然不同，由此推知《送盒子》一图，当刻绘于晚清。如此排比，不难将收藏的这批戏出年画，找出这一时期中国戏曲的历史发展脉络，有补于中国戏曲史研究专家的遗漏。

## · 历代年画的厄运

回顾近六十年来为了自寻佳趣，常是灰衣青鞋，褪色便帽，在工作之余八方寻觅自己喜爱之物。从我得来的一些民间美术品，虽然都是付出血汗换来的，但一放到陋室破案上，杂念俱消。如再深入研究，则感到其中妙趣无穷，而且多是前人所未研究者，方信谚语所说“苦尽甘来”。在极“左”“破四旧”思潮泛滥时期，凡是研究民间旧美术、旧风俗者，皆销声匿迹，唯恐人知。

其实民间年画遭到的厄运并非始于此际。远在十二世纪初，金兵南侵，攻陷北宋都城，开封市井印卖的门神、钟馗等年画，就已荡然无存了。虽然明代社会经济渐渐繁荣，百姓生活好转，开封木版年画业也恢复起来。到了明末崇祯年间，闯王李自成攻破开封，守军决黄河之水，开封全城尽没于水中，创始于开封的木版年画，再次遭到彻底毁灭的浩劫。苏州山塘、桃花坞一带的木版年画，品类繁多，戏出画样精美雅观。然而早期精品却已于十九世纪中叶咸丰年间，在清兵与太平军交战，攻破苏州城时，画版尽毁，有些印绘品也只能从日本博物馆中得见了。晚清苏州王荣兴、窦彩芳、陈同盛等画店刻印的一批戏出年画，幸于五十年前由苏州文联顾公硕集资印刷了百种，尚存人间，但原版业已于十年浩劫期间全部朽毁。

河北著名的年画产地杨柳青，因地处郊区，距离都州城府较远，故明、清两代未遭城破之灾，古代画版幸存不少。只有因不慎失火和八国联军攻破天津，一支骑兵闯入东乡木厂，五家院村，画版毁掉了不少，但未绝迹。辛亥革命后，袁世凯拒孙中山邀其南下之请，制造京、津兵变事件，以威胁南方政府。纵兵在天津、北京放火抢劫，天津估衣街、北马路一带，火光冲天，北门西乐壶洞杨柳青画店存放之版，被火延及，损失不少。此后，直隶巡按使公署天津教育科制订民间年画审查法，将杨柳青画版分作三类，不少列入禁印的范畴。这时已是年画行业步入下坡之路。不少画店为节省成本，将那禁印和暂准印的画版刨平，改刻时兴新样，结果有些戏剧和旧版都被改刻新图，损失了一批古旧戏剧画版。1922年6月，直奉战争起，奉军进驻杨柳青，因逢雨季，阴雨连绵，官兵为避潮湿，向地方上索板床铺。乡绅为了应付，只好向画肆收敛旧画版和稻草，奉军开拔后，画版便成了燃火作炊之物。

1937年，日本侵略军占领我国东北，这时杨柳青社会治安非常混乱，我随家长移居天津躲避。随身携带之物，没有忘掉那捆祖上遗留下来的戏出、娃娃年画。1937年前，日寇把杨柳青南乡和河北省宁河县东丰台的年画版，劫运到奉天（沈阳）

充作“满洲帝国”文化。抗日战争起，目睹耳闻当时抢夺糟蹋杨柳青年画艺术之罪恶，使我更感民间艺术和国家命运一样，悲愤万分。日人操纵的北京兴亚院，曾派人到处搜索、调查当地年画情况，后又用石印方法印“灶君”并印有“大东亚共荣”等口号。1941年北京中法汉学院也来杨柳青搜集资料，所获无几。同时满洲国印灶王年画等。还印上“东三省，山河依旧；满洲国，王道维新”来迷惑人心。

这件事更激起了我保护祖国文化遗产的决心。得亲友之助，旧样粉本和画版搜集到近千件。日本投降后，日侨在天津抛售的书画中，有很多中国民间艺术书刊。因而萌动了我中国人也要编著民间美术图册的激情。

抗战结束后，国民党军队为防守天津外围，在杨柳青修筑碉堡、炮楼，除了拆毁庙宇取其砖木外，还将逃往天津避难的画店主人遗弃之版，搬到城外作搭架岗楼之用。当时我只能晚上和官兵诉说墨线画版是文化遗产，得到许可，将那较有意义的陆续拿回藏起。解放后，当时工作繁多，在京又无独居之室，在集体宿舍中，屋角床下塞满了自己多年搜集的各地年画、水陆画、佛经版画及民窑旧瓷、泥人陶佛等民间美术品。只有家中半屋年画旧版，因双亲要换粮充饥，卖给了外地画商，一部分捐献给天津文化局杨柳青画博物馆筹备处。

1966年，我和中央美术学院的教员从邢台下乡工作回来，一场新的运动开始了。我编写的《杨柳青年画资料集》《京剧版画》成了当时不合时宜的材料。自己收藏的那些戏剧年画原稿、各地彩印年画、泥人玩具、剪纸皮影……无一不是不受欢迎的物品。然而痛感半生呕心沥血、节衣缩食，又历尽灾难搜集整理的这宗民间美术，今已不可再得……如此昼夜不安的日子，过了相当的一段时间，最后想出了一条办法即请来一位司机，求他夜半时刻，将这已装好二十个木箱的民间美术品，悄悄运出北京，藏到农村一破茅屋中，终免劫难。

（原载1993年第1期《文史杂志》）

# 冰灯

迟子建

冰是寒冷的产物，是柔软的水为了展示自己透明心扉和细腻肌肤的一场壮丽的死亡。水死了，它诞生为冰，覆盖着北方苍茫的原野和河流。

我出生在漠河，那里每年有多半的时间被冰雪笼罩着，零下三四十度的气温是司空见惯的。我外婆家的木刻楞房子就在黑龙江畔，才入九月，风便把树梢经霜后变得五颜六色的树叶给吹得四处飘扬，漫山漫坡落叶堆积，斑斓奇丽。然而这金黄深红的颜色没有灿烂多久，雪便从天而降，这时节林中江面都是一片白茫茫的。奔腾喧嚣的黑龙江似乎流得疲惫了，它的身上凝结了厚厚的冰层，只有极深处的水在河床里潜流着。那时候冰上就可以打爬犁，用鞭子抽陀螺玩，当然还可以跑汽车。水在变成冰后异常坚硬，它的负载能力极其惊人。这时节我们还用冰钎凿开冰层捕鱼，将银白的网撒向鱼儿穿梭的底层的水域。撞网的鱼总是络绎不绝。

在水源枯竭的漫漫寒冬，人们曾凿冰放到缸里融化，使之成为饮用水。而将冰做成一盏盏灯，不知是谁最先发明的。总之人在利用冰满足了物质需求之后，理所当然便有了审美的要求。我最初见到冰灯是在童年记事的时候，当然是过年的时候了。人们用韦得罗（俄语音译，意为小水桶，一种底小肚大、横面切断呈梯形的盛水用具）装满清水，然后放到屋外的寒风中让它冻成冰，未等它全部冻实，便将其提回屋里，放到火炉上轻轻一烤，冰便不再沾连桶壁，再从正中央凿一小小的圆洞，未成冰的水在桶倾斜时汩汩而出，剩下一具腹中空空、四面冰壁环绕的躯壳，那便是冰灯了。除夕，家家户户门口的左右两侧都摆着冰灯，它们体体面面地坐在木墩上，中央插着蜡烛，漆黑的夜里，它们通身洋溢着无与伦比的宁静和光明，那是每家每户渴望春天的最明亮的眼睛了。

北方的百姓如今过年仍然沿袭着这一古老的习俗，在吃热气腾腾的团圆饺子时，屋外干冷的空气中绽放着睡莲般安详的冰灯，它的美丽和光明曾温暖了我寂寞的童年时光。

离开大兴安岭后，我来到了哈尔滨。一到冬天，这座有典型俄罗斯情调的城市便开始筹备一年一度的冰灯游园会了。人们在冰封的松花江上切割下一块块巨大的冰，然后用吊车弄到岸上，再由卡车运至兆麟公园，接下来便是来自世界各地的冰雕艺术家施展才华绝技的时候了。他们在园子里竖起了一道道晶莹剔透的冰墙，然后在各个角落雕出了狮子、老虎、雄鹰、孙悟空西天取经、天使、长城、荷花、宫殿等等千姿百态、栩栩如生的冰雕作品。冰雕里装饰着五颜六色的彩灯，一到夜晚，那些灯亮起来，那冰因此而变成了嫣红、橘黄、天蓝、浓翠、浅粉和深紫。来自各地的观光游客就纷纷涌向那里。

我也去看了冰灯。公园里人潮涌动，照相机的闪光灯闪烁不休，千姿百态的冰雕作品妖娆地出现在我眼前。我走下一条长长的冰墙筑成的走廊，我摘下手套，用温暖的手去抚摸冰墙，寒冷透过肌肤浸润着我的整个身心。我的心竟悚然为之一抖。我抚摸的是松花江的冰，这玲珑剔透的冰是松花江水失去呼喊后沉默的结晶。这是沦陷时那曾经被鲜血浸染的松花江的水吗？这是遭受现代工业文明污染后的松花江的水吗？这是那负载过无数苦难的岁月之舟的松花江的水吗？它是如此冰冷、凛冽而断肢解体地把那晶莹和单纯展现给观众，它那么虚荣地把河床底层淤积的泥沙和碎屑给摈弃了。它的红色是彩灯装点的结果，而不是沦陷时人民惨遭日军屠戮陈尸松花江的那种血腥之色了；它的黄色也是彩灯装点的结果，而不是连年来遭受严重污染、水患纵横的松花江浊黄的水流了。如果说松花江是多么慷慨大度地把轻盈和美浮托给了世人，莫如说松花江是多么脆弱和公正：它的脆弱在于它无法拒绝世人慕美的心态；它的公正在于它只展现瞬间的心态，它的公正在于它只展现瞬间的美，当春风拂动大地的时候，再美的冰雕也会化成空气和水，消失在广阔的土地和茫茫的宇宙之中。

在远离人烟的地方，人们点起冰灯是为了驱散沉重的黑暗；而在人烟稠密被灯火笼罩着的城市，人们之所以不让冰灯呈现本色、而装饰起各种彩灯，是因为城市已经没有真正的黑夜可言，人们只能把美寄托给多彩的光焰。而绚丽的色彩永远抵不上一种本色更为经久不衰。

从冰灯乐园出来，我的心中矗立的仍然是二十几年前漠北家门口的那两盏冰灯：它那寂静单纯的美对我的诱惑和滋养是永恒的。

（原载1995年1月30日《羊城晚报》）

# 守望在田野

冯骥才

辛巳腊月二十，已近壬午岁首，由北京奔天津，旋即赴山东潍坊。此次已是三顾潍坊，但不同以往的是，这次要为西杨家埠村一位民间年画的奇人杨洛书颁发联合国教科文组织认定的“民间美术大师”证书。

这件事起由，还是源于两个月前到西杨家埠考察时，结识了这位年逾古稀的杨洛书。他是大名鼎鼎的“同顺德”画店的第十九代传人。身材很是矮小，像四川人，全然没有山东人的模样。比起来反倒是我更像一条齐鲁大汉。然而他双手力气奇大，手握刻刀，切入一块坚实如铁的杜梨木板时，有如画笔一样游刃自如。杨家埠年画与杨柳青年画最大的不同，是后者半印半画，手绘为主，前者全是木版套印，一张画至少套四五块版。故而它最大的特点是套版精准，版味十足。因之，刀头的功夫便称甲于天下。如今七十六岁高龄的杨洛书，依然还能刻出细如毫发的凸线来，真叫人惊叹不已。而老人不像一般年画艺人，他不总依赖老画样，而是喜好自创画面。近年来，他居然达到一生的黄金时期。去年完成一套《梁山好汉一百单八将》。一条好汉一幅画像，一幅画五块版，一套画要刻五百块版。今年又完成《西游记》上半部，又是两百块版！而且，每年印画三万，远销西北东北，乃至海外。这样的艺人恐怕在年画史上亦不多见。怎么能叫他湮没无闻呢？连那些扯着嗓子也叫不出声的“歌手”们也能火爆一时，怎么能让这样的民间国宝埋没终生？

尤其我国年画乃是农耕文明的产物。在工业文明的取代中，已经进入衰退期。我国一些年画产地如杨柳青、朱仙镇、武强等地，年画正在由民间的实用美术转变为一种过去时的历史文化。然而，杨家埠却是一块例外的绿洲，它依然兴旺，每年杨家埠村生产年画竟能达到两千万张！谁来解释其中的缘故？当今的文化学者少得可怜，更是很少有人关心田野间民间文化的存亡。我想，我应该做的，首先是将这位老艺人“保护”起来。因为民间艺术发展的前提，是这种艺术处于活态，那就必须有艺人在！没有艺人，传承中断，马上就成为历史。谁也无法使它复活。

于是两个月里，我通过中国民协，为杨洛书申报联合国教科文组织的“民间美术大师”的称号。当然，我们送去的材料是“硬邦邦”的。我在推荐书上写道“杨洛书先生是中国现今仅存无多的木版年画传人，而他又处在创作高峰期，实为罕见。且技艺高超，深具年画正宗传统，故推荐之。希望通过这一命名，以记录和保护这位农耕文明中产生的民间艺术家”。这样，杨洛书很快得到了联合国教科文组织的认定。他成了中国年画界第一位世界量级的民间艺人。

在为杨洛书颁发证书仪式后，回到旅店，老人忽然来访。他脸上充满感激之情，使我惶然。我说，这个称号您是当之无愧的，推荐给联合国不过是我们的责任而已。

可能由于我的话很真诚。老人一激动竟意外地讲出自己心中的一个悔恨——

他说，他家藏的古版中，有一套《天下十八省》，版之精细，举世无双。他说，这是一幅带画的中国地图，连哪位将军镇守哪个关塞，全都刻若一个小人站在那里。整幅地图上站满古今大将，十分好看。版上刻的字，只有高粱粒大小，但清晰又精美。说话间，一种钦羡之情，溢于言表。他还说，这套古版在“文革”中，被他埋在猪圈里才保存下来。但是在八十年代，来了三位日本学者，死磨硬泡，结果用了两千元给弄走了。

他说得心痛，愧疚万分。那表情像是心脏闹病了。

我问他：“您为什么卖给他们呢？”

他没有回答。我想，他为了钱吗？可是他又告诉我，后来他把另一块十分珍贵的明代弘治年间的家藏古版和家谱世系图捐给了中国历史博物馆。

显然他不是为了钱。他深知古版的价值，才把古版送进博物馆。那么他为什么卖给日本学者，是因为他觉得对方真正是这些古版的知音？他害怕再有什么意外的动荡会失去这些传世之宝？反正他没力量保护住这些民间的遗产。如果他把这些东西当作家财，便会传给后代，如果他把这些祖先留下的精华当作至高无上的宝贝呢？他会很惘然。我们的传统是从来不重视民间的！

我一边想着这些问题，一边对他说，如今他已是世界级“民间美术大师”。一是不要印画太多，画上要签名，价钱不能太贱。卖给老乡们可以便宜些，卖给外国人价要高；二要注意防火，他家中除去纸就是木版，极易失火；三是要注意身体。我说：“您长寿就是杨家埠年画的福气！”

老人忽起身，从提包中拿出一个锦盒，里边一块古版。古版黝黑，带着年深日久的气质，感觉极老，且又完整。正中为财神，绕身五子，举灯执花，各尽其妙。人物个个饱满富态，皆有古韵。老人说这是他家传古版《四门神花五子》，为道光十四年之物，共两块，为一对。他说：

“这块送给你，那一块我留着。咱们一人一块，我给你写了一张‘证明’，上边有我的名字。证明也是两张。两张中间盖着我的图章。放在一起可以对起来。等将来我走了，我会把我那半证明交给我儿子。”

我一看，这证明的一边果然有一半图章，还有一半竖写的字为“壬午年冬”。老人像虎符那样，留给我一半。

一半的证明，一半的门神。一人一半，更像信物。这件事老人做得有情有义，更有深意！

我很感动！他把古版交给我，是信任我，视我为知己，他知道我会把这古版视作无价之宝。从中我忽然一下子明白，他当初把《天下十八省》让给了那三位日本人时，一定把那些日本人也当作知己，当作他挚爱的艺术的保护者了！后来他一定后悔了。因为古版一去不回，如同毁掉！他哪里知道日本人对我国民间文化遗产的“挖掘欲”和“拥有欲”！于是我对他说：

“这版我先收下。我收着的可是您这份情义和责任。等将来我老了，我会把这块版再送回来。因为它是属于杨家埠的！”

老人笑了。

我接过古版。版很重，重如石板。我忽想，谁来保护这些在大地田野中一直自生自灭的民间文化呢?

（录自《紧急呼救——民间文化拨打120》，文汇出版社，2003年版）

# 托包克游戏

刘亮程

吐尼亚孜给我讲过一种他年轻时玩过的游戏——托包克。游戏流传久远而广泛，不但青年人玩，中年人、老年人也在玩。因为游戏的期限短则二三年，长则几十年，一旦玩起来，就无法再停住。有人一辈子被一场游戏追逐，到老都不能脱身。

托包克是羊后腿关节处的一块骨头，也叫羊髀矢，像色子一样有六个不同的面，常见的玩法是打髀矢，两人、多人都可玩。两人玩时，你把髀矢立在地上，我抛髀矢去打，打出去三脚远这块髀便归我，打不上或没打出三脚，我就把髀矢立在地上让你打，轮回往复。从童年到青年，几乎每个人都拥有过一书包各式各样的羊髀矢，染成红色或蓝色，刻上字；到后来又都输得精光，或丢得一个不剩。

另一种玩法跟掷色子差不多。一个或几个髀矢同时丢出去，看落地的面和组合，髀矢主要的四个面分为窝窝、背背、香九、臭九，组合好的一方赢。早先好赌的人牵着羊去赌髀矢，围一圈人，每人手里牵着根绳子，羊跟在屁股后面，也伸进头去看。几块羊腿上的骨头，在场子里抛来滚去，一会儿工夫，有人输了，手里的羊成了别人的。

托包克的玩法就像打髀矢的某个瞬间被无限延长、放慢——一块抛出去的羊髀矢，在时间岁月中飞行，一会儿窝窝背背，一会儿臭九香九，那些变幻人很难看清。

吐尼亚孜说他玩托包克，输掉了五十多只羊。在他们约定的四十年时间里，那个跟他玩托包克的人，只给了他一小块羊骨头，便从他手里牵走了五十多只羊。

真是小心翼翼、紧张却有趣的四十年。一块别人的羊髀矢，藏在自己腰包里，要藏好了，不能丢失，不能放在别处。给你髀矢的人一直暗暗盯着你，稍一疏忽，那个人就会突然站在你面前，伸出手，拿出我的羊髀矢！你若拿不出来，你的一只羊就成了他的，若从身上摸出来，你就赢他的一只羊。

托包克的玩法其实就这样简单。一般两人玩，请一个证人，商量好。我的一块羊髀矢，刻上记号交给你。在约定的时间内，我什么时候要，你都得赶快从身上拿出来，拿不出来，你就输，拿出来，我就输。

关键是游戏的时间。有的定两三年，有的定一二十年，还有定五六十年的。在这段漫长的相当于一个人半生甚至一生的时间里，托包克游戏可以没完没了地玩下去。

吐尼亚孜说他遇到真正玩托包克的高手了，要不输不了这么多。

第一只羊是他们定好协议的第三天输掉的，他下到库车河洗澡，那个人游到河中间，伸出手要他的托包克。

输第二只羊是他去草湖割苇子。那时他已有了经验，在髀矢上系根皮条，拴在脚脖上。一来迷惑对方，使他看不见髀矢时，贸然地伸手来要。二来下河游泳也不会离身。去草湖割苇子要四五天，吐尼亚孜担心髀矢丢掉，便解下来放在房子里，天没亮就赶着驴车去草湖了。回来的时候，他计算好到天黑再进城，应该没有问题。可是，第三天中午，那个人骑着毛驴，在一人多深的苇丛里找到了他，问他要那块羊髀矢。

第三只羊咋输的他已记不清了。输了几只之后，他就想方设法要赢回来，故意露些破绽，让对方上当。他也赢过那人两只羊，当那人伸手时，他很快拿出了羊髀矢。可是，随着时间推移，吐尼亚孜从青年步入中年。有时他想停止这个游戏，又心疼输掉的那些羊，老想着扳本儿。况且，没有对方的同意，你根本就无法擅自终止，除非你再拿出几只羊来，承认你输了。有时吐尼亚孜也不再把年轻时随便玩的这场游戏当回事儿了，甚至一段时间，那块羊髀矢放哪了他都想不起来。结果，在连续输掉几只肥羊后，他又在家里的某角落找到了那块羊髀矢，并且钻了个孔，用一根细铁链牢牢拴在裤腰带上。吐尼亚孜从那时才清楚地认识到，那个人可是认认真真在跟他玩托包克。

尽管两个人的青年已过去，中年又快过去，那个人可从没半点儿跟他开玩笑的意思。

有一段时间，那个人好像装得不当回事儿，见了吐尼亚孜再不提托包克的事，有意把话扯得很远，似乎他已忘了曾经给过吐尼亚孜一块羊髀矢。吐尼亚孜知道那人又在耍诡计，麻痹自己，他也将计就计，髀矢藏在身上的隐秘处，见了那人若无其事，有时还故意装得心虚紧张的样子，就等那人伸出手来，向他要羊髀矢。

那人似乎真的遗忘了，一年、两年、三年过去了，都没向他提过羊髀矢的事，吐尼亚孜都有点绝望了。要是那人一直沉默下去，他输掉的几十只羊，就再没机会赢回来了。

那时库车城里已不太兴托包克游戏，不知道小一辈人在玩什么，他们手上很少看见羊髀矢，宰羊时也不见有人围着抢要那块腿骨，它和羊的其他骨头一样随手扔到该扔的地方。扑克牌和汉族人的麻将成了一些人的热手玩具，打托拉斯、跑得快、诈金花，看不吃自摸和，托包克成了一种不登场面的隐秘游戏，只有在已成年或正老去的一两代人中，这种古老的玩法还在继续，磨得发亮的羊髀矢在一些人身上隐藏不露。在更偏远的农牧区——靠近塔里木河边的那些小村落里，可能还有一些孩子在玩这种游戏，一玩一辈子，那种快乐我们无法知道。

随着年老体弱，吐尼亚孜的生活越来越不好过，儿子长大了，没地方去挣钱，还跟没长大一样需要他养活。而他自己，除了有时被人请去唱一天木卡姆和花一礼拜时间打一只铜壶，也快没挣钱的地方了。

这时他就常想起输掉的那几十只羊，要是不输掉，养到现在，也一大群了。想起跟他玩托包克的那个人，因为赢去的那些羊，他已经过上好日子，整天穿戴整齐，出入上层场所，已经很少走进这些老街区，来看以前的穷朋友了。

有时吐尼亚孜真想去找到那个人，向他说，求求你了，快向我要你的羊髀矢吧。但又觉得不合时宜。人家也许真的把这件早年游戏忘记了，而吐尼亚孜又不舍得丢掉那块羊髀矢，他总幻想着那人还会向他伸出手来。

吐尼亚孜和那个人长达四十年的托包克游戏，在一年前的一个秋天终于到期了。那个人带着他们当时的证人——一个已经胡子花白的老汉来到他家里，那是他们少年时的同伴，为他们作证时还是嘴上没毛，十六七岁的小伙子。三个人回忆了一番当年的往事，证人说了几句公证话，这场游戏嘛就算吐尼亚孜输了。不过，玩嘛，不要当回事，想再玩还可以再定规矩重新开始。

吐尼亚孜也觉得无所谓了。玩嘛，什么东西玩几十年也要花些钱，没有白玩儿的事情。那人要自己的羊髀矢，吐尼亚孜从腰带上解下来，那块羊髀矢已经被他玩磨得像玉石一样光泽，他都有点舍不得给他，但还是给了。那人请他们吃了一顿抓饭烤包子，算是对这场游戏圆满结束的庆祝。

为啥没说出这个人的名字，吐尼亚孜说，他考虑到这个人就在老城里，年轻时很穷，现在是个有头面的人物，光羊就有几百只，雇人在塔里木河边的草湖放牧，而且，他还在玩着托包克游戏，同时跟好几个人玩。在他童年结束，刚进入青年的那会儿，他将五六块刻有自己名字的羊髀矢，给了城里的五六个人，他同时还接收了别人的两块羊髀矢。游戏的时间有长有短，最长的定了六十年，到现在才玩到一半。对于那个人，吐尼亚孜说，每块羊髀矢都是他放出去的一群羊，它们迟早会全归到自己的羊圈里。

在这座老城，某个人和某个人，还在玩着这种漫长古老的游戏，别的人并不知道。他们衣裤的某个小口袋里，藏着一块有年有月的羊髀矢。在他们年轻，不太懂事的年龄，凭着一时半会儿的冲动，随便捡一块羊髀矢，刻上名字，就交给了别人；或者不当回事地接收了别人的一块髀矢，一场游戏便开始了，谁都不知道游戏会玩到什么程度，童年结束了，游戏还在继续。青年结束了，游戏还在继续。

生活把一同长大的人们分开、各奔东西、做着完全不同的事。一些早年的伙伴，早忘了名字相貌。青年过去、中年过去、生活被一段一段地埋在遗忘里。直到有一天，一个人从远处回来，找到你，要一块刻有他名字的羊髀矢，你怎么也想不起来，他提到的证人几年前便已去世。他说的几十年前那个秋天，你们在大桑树下的约定仿佛是一个跟自己毫无关系的故事。你在记忆中找不到那个秋天，找不到那棵大桑树，也找不到眼前这个人的影子，你对他提出的给一只羊的事更是坚决不答应。那个人只好起身走了。离开前给你留了一句话，朋友，你是个赖皮，亲口说过的事情都不承认。

你的自尊心受到了伤害，白天心神不宁，晚上睡不着觉，整夜整夜地回忆往事。过去的岁月多么辽阔啊，你差不多把一生都过掉了，它们埋在黑暗中，你很少走回来看看，你带走太阳，让自己的过去陷入黑暗，好在回忆能将这一切照亮。你一步步返回的时候，那里的生活一片片地复活了。终于，有一个时刻，你看见那棵大桑树，看见你们三个人，十几岁的样子，看见一块羊髀矢，被你接在手里。一切都清清楚楚了，你为自己的遗忘羞愧，无脸见人。

第二天，你早早地起来，牵一只羊，给那个人送过去。可是，那人已经走了。他生活在他乡远地，他对库车的全部怀念和记忆，或许都系在一块童年的羊髀矢上，你把他一生的怀念全丢掉了。

还有什么被遗忘在成长中了？在我们不断扔掉的那些东西上，带着谁的念想，和比一只羊更贵重的誓言承诺。生活太漫长了，托包克游戏是否在考验着人们日渐衰退的记忆。

（录自《库车行》，河北教育出版社，2003年版）

# 说书艺术写新篇

流沙河

旧时吾蜀城乡各地皆有民间艺人说书，娱乐民众。说书艺术分为两类，一类是“讲圣谕”，一类是“讲评书”，各据场地，互不侵犯。所谓圣谕多讲忠孝节义故事，每含因果报应观念，以收惩恶劝善之效。听众全是妇媪孩童，以及老叟。成年男子不听，嫌其宣讲内容婆婆妈妈了，不够刺激。圣谕节目有《安安送米》《丁兰刻木》《赵五娘断发》《李三娘研磨》《雷打张继保》等。宣讲圣谕多在晚夕，人家夜饭之后。例须叠桌搭台，场地总在街巷大院门前，乡村则在祠庙门前，以便广纳听众。听圣谕免费，钱由主家出。主家酬神还愿，礼聘当地圣谕老师登台宣讲。开讲前要焚香燃烛，禀告神明，唱诵十愿：“一愿风调雨顺，二愿五谷丰登，三愿民安物阜，四愿水火远行……”然后进入故事，条声悠悠道来。每讲到感人处，台下便闻抽泣之声。童年夜坐老家门口古槐荫下听过多少圣谕，记忆鲜活至今。至于蜀人所谓评书，即说书也，非书评也。说书艺人汉代已有了，有说书陶俑为证，它是成都北郊汉墓中发掘出来的，时在二十世纪七十年代。说书艺术到宋代而繁荣，其情形见诸《东京梦华录》《都城纪胜》《梦粱录》。说书以故事内容分，有“小说”专讲“烟粉、灵怪、传奇”，有“说公案”专讲“搏刀赶棒及发迹变泰之事”，有“说铁骑儿”专讲“士马金鼓之事”，有“讲史书”专讲“前代书史（所载）兴废征战之事”。此外还有说《孟子》的，说佛经故事的。最引我注目的是北宋时已经有“说三分”的，也就是说三国故事的，比罗贯中的《三国演义》早得多。据苏轼笔记载，京城小孩在家无赖，便给零钱叫去听书。听到曹操败了就鼓掌笑，听到刘备败了就丧气哭。记载的正是“说三分”。蜀中旧时“讲评书”承续宋元明清以来民间说书艺术传统，盛况空前。县城乡镇茶馆常有“讲评书”的，听众轧断半边街，惊堂木拍得路人探首。那时没有电视，没有电影（仅成都有），偶有戏剧，文娱匮乏，致使说书大有听众。少时在故乡茶馆痴听过《三国》《水浒》《说岳》《小五义》《施公案》《玉丝带》《鸾凰剑》等，多属武侠故事。评书老师也是“高台教化”，因为台高声远，又能让人看见他比画的一招一式和夸张的表情。每讲到生死交关处，他就忽然闸板，下台收钱。各桌茶客纷纷抛零钞入托盘，而那些鹄立在茶桌间“听战国的”则免费了。钱收完回台上吸烟，然后续讲。一般长篇故事可连讲八九夜，盛况不减。夜深评书收场，各自回家。黑巷无灯，独行怕鬼，吓得寒毛耸立，到老不忘。

从宋代到民国，千年以来，说书节目翻新不止，说书传统绵延不绝，劝善惩恶和娱乐消遣之功能亦一直维持着，足见民间文化形态生命力之强韧。朝代换了四个，其中两个还是异族入主，可谓天翻地覆了吧，又怎样呢？并未怎样，书照旧说。到了二十世纪五十年代，说书艺术忽焉衰竭，原因是遇到了“两千年来未有之大变局”，不知如何应对。是什么大变局？这一回是革命，不是改朝换代，要讲意识形态挂帅。革命教鞭啪啪之下，旧有说书节目打入阴山背后，任其瘐亡。一般而言，各类曲艺节目都具更新能力，可以改新词换新话，迎合革命需要。说书故事不同，因其主题思想无非忠孝节义，皆属“反动”透顶，改改词换换话不能起死回生，自不待言。何况宣讲那些帝王将相、神仙侠客、公子佳人的长篇故事，不能照着底本背书，需要一路上加瓢添馅，抛些噱头，随意点染生花，或是卖弄关子。这些即席性的添加剂不可能事先送审，这就使演出成为不可能。也有一些“革命文艺工作者”教艺人说新书《铁道游击队》《地雷阵》《红岩》《刘文彩水牢》等，虽耸动一时，而终归岑寂。想来也是，严肃凌厉的革命故事，拿到自由散漫的茶馆里，用陈旧的腔调，辅之以古老的手势，讲给杂色的闲人听，确实未免滑稽可笑。至于那些“讲圣谕”的，因被目为“宣传封建迷信”，在蜀中比那些“讲评书”的更命蹇些，连艺人的身份都未取得，早已鼠匿。说书艺术式微，似亦必然之理，莫可奈何。

岑寂三十多年以后，前几年成都茶馆里又出现所谓散打评书。查其内容，无非言谈逗笑，噱头开花，或近似《东京梦华录》的“张山人说诨话”，而非宣讲故事的蜀中旧有的圣谕和评书，不过也算说书而已。只是旋起旋落，终难走红持久。

近来有小说家刘心武讲《红楼梦》，又有教授易中天讲《三国》，皆上电视，轰动全国。这是说书艺术复活，古老传统新生。读到此处，或有读者要抗议说：“不伦不类，你在胡说。”他以为讲故事在茶馆和书场，听众给钱，这样才叫说书。我说，时代不同了，听众文化水准，较之六十年前，已大大提高了，他们早已不餍足于低水准的听故事了。何况年年长篇小说上千种出版，日日夜夜电视剧演不完，所谓故事滥若洪波，读者早已经胀憨了。刘易二位聪明，故事中间夹一片“学术”，遂创成新说书，承续了旧传统。书场从茶馆飞上荧屏去，“出自幽谷，迁于乔木”，顺潮流也。一家茶馆，听众有限，讲酬菲薄。飞上荧屏，全国上亿家庭，那“茶馆”该多大，经济效益不可同日而语，此亦现代化也。俄罗斯谚语云：“草不照旧的长，花不照旧的开。”此之谓也。又或有读者说：“你把他们二人贬成说书的，恐不妥当吧。”我说，当今小说家和教授多得滥市，并不矜贵，其间能以说书鸣者唯刘易二君而已矣。说书的如明末柳敬亭，名留青史，绝不低俗。我没有损贬他们的意思。

电视的普及彻底颠覆了昔年的茶馆评书和街巷圣谕，致使大众文化娱乐场所搬迁到荧屏上来，这就叫现代化。旧说书淘汰了，新说书红起来，没有什么不好。说书艺术从形式到内容与时俱进，蜕变一新，螺旋式地升起来了。新得炫目，乍看之下，无以名之。从历史角度看，明明白白就是说书而已。

宋代的瓦子里，说书人也有文化高的，能说《孟子》，能说佛经，能说正史。窃以为新说书大有拓展空间，不妨也说一说《诗经》《庄子》《史记》等，还要说得很有趣味，让人不觉得那是娱乐。吾国典籍丰富，大有可为。

2006年8月29日成都

（原载2006年9月19日《文汇报》）

# 辑四　四方风

# 清明歌会丹青寨

叶　梦

这里的山很高。这里的山没有树木，只有稀疏的茅草。

偏偏有一个好听的名字——丹青寨。

湘西苗乡的“三月三清明歌会”，歌场设在丹青寨。

因为三月三，这偏远冷寂的苗寨便有了色彩，也许是这样，这寨子才被叫作丹青寨。

去丹青寨的路上，有好多的人，大多穿着黑衣，挟着黑伞，一帮一帮，急匆匆地往前赶，都是去赶“三月三歌会”的。

忽然后面喧腾起来。

沉闷的土铳、煌煌的大锣，空气陡地肃然了。一队黑衣，擎着红巾，唢呐开路，铳鼓相嚣，吆喝喧天，后面一条金黄色的布龙颤颤而来。

我的舌尖已在充斥着火药味的空中舔到了“清明歌会”的味道。

这是一个三面环山的寨子，又是一个场，丹青河绕寨流过，寨子对岸有一大片三面环水的河洲，河洲上已搭起戏台，锣鼓喧天正要开唱。

抬头望寨子四周老高老高的山，那盖着薄薄茅草的大山上好像并没有路，细看：四周围大山上像蚂蚁一样走下一队队人来。一问才知道，那些人都是从邻县泸溪、古丈来的，有不少人是赶了一夜山路才到。

寨子两边不宽的路已被各种摊档所拥塞，卖布匹等百货的摊，照相、耍猴的摊，还有卖米线、油糕、瓜子的挤得一条街水泄不通。这些人脸色黄黄的，带着通宵的困倦和麻木，痴痴惑惑地在街上走。

女人总是怯怯地，小心地牵着儿女，生怕丢失的样子，这丹青寨的苗女人和湘西其他地方的苗女人打扮上很不一样，很少有佩银饰的。已婚的苗女人一律绾着头帕，那是一种十字白布底子黑线挑花的头帕，那花是一种黑白分明的几何图案，各人头上的花形都有变化，每一朵头帕下都露出一张困顿迷惑的脸来。

绾着头帕的是大嫂，梳小辫的是未出阁的姑娘，那些姑娘都很小，十五六岁拖着两条黄焦焦的小辫，穿红着绿在场上走。别看那些姑娘小，都是快嫁的人了。

赶“三月三”的人不少是一家一户“倾巢”而来。男人们都很矮、穿着黑布衣，那是一种很廉价的化纤布做得很蹩足的制服，其实这衣全不如他们原先穿的那种布扣对襟衣好看。

没有好看的小伙子，来来往往的人中，随随便便就能找出几位有缺陷的人来，眼睛上有“萝卜花”的不算，“独眼龙”便有好几个，一只眼空空的没有眼球只有红红的血丝，看上去令人不舒服。还有一个人额上好大一块疤，怪吓人的。

为什么小伙子都会那么矮呢？朋友告诉我：都是因为“扁担亲”的结果，这地方太穷，交通极不方便。

河洲中间的戏棚已开始演戏，唱的是神鬼戏。整本连台戏，听说要唱一整天。

戏台下的荒滩上，人来人去。地上挖了好多地灶、烟火熏天地烧着半干的柴，全是卖吃的：面条、米线、米豆腐之类。多是一手端着碗、辣得腮帮子直缩，眼睛却瞄着戏台上。

戏台左边有一大块凹凸不平的荒滩地，那是歌台。名曰歌台，实际上没有台，不过是很多人随随便便地聚在那里罢了。几个人蹲在地上唱歌，旁边围着好多人。这样的人圈子有好多个。

我挤进一个人圈，唱歌和听歌的大都是上了年纪的人，有两个歌手正在对唱，歌郎是个老者，老得牙都掉了，脸上皮亦皱得厉害。他一手持一把黑红色的油纸伞，一手托着腮，他的眼睛很浑浊，分不清哪里是眼白。像所有的歌手一样，他唱歌时亦不看人，只顾望着地上，幽幽地唱。他底气很足，每一句都唱得老长。他唱的是苗语，我听不懂，只是从那幽怨抑扬的长调中，感受到一种悲凉的气氛。他望着地上那么专注地唱，仿佛那块土地埋葬着他的整个人生。他难道要把已经消逝的岁月都从那黄土里唱出来么？包括他年轻时的情人，他祖祖辈辈住过的木屋，被烟熏得黑黑的火塘和那一片夏天的苞谷地……

他那么努力地唱，意在揭示一种生命的底蕴么？

歌娘也老了，皮皱得厉害，黑黑的脸，青布帕子包头，她和老歌郎的对唱十分流畅。这位像树根一样黑黢黢的老太婆声音有些嘶哑，唱着唱着也有接不来气的时候，这时，便和老歌郎对火抽烟。她年轻时风流漂亮那是一定的，我想。

我不懂歌词，旁边有人帮我翻译。

句句都是绝妙的情诗哦！我遗憾听不懂这咿咿呀呀的苗话。

我又挤过几个人圈子。对歌的人都是自由组合，你可以随便钻进哪个人堆，蹲下来，听人唱。别人对完了，你可以接着对，对得顺，可以一连唱得好久，对不顺时，也可以只唱几句便收场。

为什么都是老的唱，年轻的为什么不唱呢？好容易寻到一位三十多岁的大嫂在唱。她比一般苗女的肤色要白得多，穿一件蓝竹布斜襟衫子，包着白布挑青花的帕子，耳上挂着龙头绞丝银耳环。圆圆的脸上红扑扑的，她唱得好，好多歌郎争着和她对歌，她越发得意。

苗歌越听越入迷，那咿咿呀呀的旋律好勾人，不知不觉眼泪便流了出来，旁边的苗人好生奇怪地看着我。

不知不觉日头落了西，荒洲上的摊档和戏台相继拆去，唱歌的人依依不肯散去，通往寨子去的小便桥上挤满了人，有不少人落入水中，我随另外一些人绕路从一个水坝下踩跳石过河，可是行到离岸不远的地方有一处浅流上没有了跳石，男人们把裤脚挽起，女人们都由男人们背过河去。我没有男人陪我来，又不敢下水，怔怔地站在那里，好为难。正在这时，一个矮矮的苗族小伙从岸边蹚水向我走了过来，他没说一句话，我也没说一句话，他走到我面前又转过背，我自然地把双手搭在他的肩上，过了河，他把我放下来，很快消逝在人群中，我当时只对他笑了一下，并未说谢谢。

天很快黑下来，寨子里还是满满当当的人挤来挤去。大多数人并未转去，留在寨子里过夜，宿在相熟人的家里，寨子里各家堂屋、杂屋、阶沿上到处都铺着稻草，苗人坐在那稻草上，整夜地对歌。

不知什么时候，街上流萤一样出现了好多手电筒，年轻的男男女女手上各执一筒。电光一柱柱在夜街上交错。三月三的夜是丹青寨地区苗族青年男女的欢乐的时刻。

进寨口的左边有一面很高的坡，那坡上长满了古树（四周大山早已是光秃秃的只有茅草，唯独那坡上有树）。有人告诉我：那有树的坡叫清明坡，专供三月三之夜苗族青年男女幽会。从寨子里到清明坡，坡很陡，打着手电筒的男男女女一群群涌到坡上去了。

我怕违反乡俗，不敢往清明坡去，只在寨子里逛。只见那昏昏的灯下，一屋屋的黑衣人聚在一起，烟雾弥漫，人影幢幢。满寨子响起了苗歌。

苗寨早春的夜，好冷。我坐在一家屋檐下听苗歌，那幽怨的苗歌像浓浓的夜色把我拥住……

我在苗歌里昏昏沉沉地进入另外一个世界。

1985年于长沙

（录自《湘西寻梦》，广西民族出版社，1992年版）

# 吹鼓手

叶广芩

乡间吹鼓手，一个多少带了些传奇色彩的经历；为陌生人送葬，一段不堪回首的失意人生。毕竟是远了。但又忘不了。

我与商务印书馆总编李思敬一起登峨眉，这位兄长般的学者与我有着诸多共同爱好：唱京戏，听大鼓，逛旧书店，品香茗，最为甚者是游名山大川，并乐此不疲。

寂寞漫长的山路上他谈起了他的过去，谈起了他在农村受教育时为老乡送葬当过吹鼓手的事。他说得轻松又漫不经意，正如这依着山势悠来荡去的石板路，那么自然，那么顺畅。而作为听者的我，却如五雷轰顶般的震惊，被一种莫名其妙的感觉攫住，说不出一句话来。难以相信，在我与他两个不同年龄层次的人中，何以能有如此相似的经历？我怀疑是冥冥中某种力量的安排，刻意让两个当过吹鼓手的文人一起来登金顶，一起来攀这艰苦卓绝的路。我毕竟年轻，于社会，于人生，于世事尚没悟透，达不到思敬兄那种超然的洒脱境界，故尔，对自己的过去，竟羞于启齿，致使当过吹鼓手的事一直深埋于心，除了我的丈夫，再也无人知晓。

我常常想，渭河边上那个被绿树掩盖的小村应该还记得我，应该还记得二十多年前的一个黄昏，曾有个说北京话的外地女子，给他们吹了一支又一支曲子，为村里一位叫长水的大（读duò）人送葬。那位大人是连任数届的大队支部书记，是革委会主任，是学毛选积极分子，也是全村尚门一姓的最高长辈，当然更是根红苗正的贫农。我那时的身份很惨，是被改造者，太多太复杂的社会关系压得我抬不起头，人们又把我的言行与这些关系包括我早已逝去压根没见过面的祖先联系起来，于是我便被贬到这荒凉的三门峡库区种玉米、放猪、打胡基。跟我一块儿下来的还有专写“反动诗”的诗人浏阳河（现任延安地区文化局副局长）和中学语文教师郭寅正（而今不知在何处供职）等人，在单位都是入了另册的不堪救药之辈。虽处逆境，郭、浏二位亦不失诗人本色，端阳节竟弄来两大碗雄黄酒，在小土房内边喝边引颈高歌，所幸当时政治指导员闹不清屈原是法家还是儒家，索性不管，后来好像也加入了喝唱之列，记不清了。下工以后，二诗人常到堤坝上去，仰着脑袋念些自己写的和别人写的诗，其中有些内容是“很糟糕”的。我惊讶他们的“执迷不悟”，因了诗的累却仍能钟情于此，万分敬佩之余亦总在告诫自己万万不可陷入。前车之鉴务须记取，我和我的家庭再经不起任何折腾了。每有相邀，或推以无才，或避而不见，寻个清静之所，远远躲开那些疯魔般的人物。唯一可以慰我寂寥的是河对岸数里有个叫喜茂的回乡知青，与我相交甚笃，我常过河去找他聊天。喜茂一个夏天都在看瓜，他的瓜是专为取籽儿用的，叫打瓜，一拍就开，那籽儿又黑又大，漂亮极了。于是我便知道了世上竟然还有专吃籽儿的瓜。

我从未跟喜茂说过我的事，为的是保留自己那最后一点自尊。好在喜茂也从未问过，他把我当作了北京的知青。喜茂对北京很感兴趣，大串联时进了回北京，却没能进故宫，那时的故宫早奉旨关门了。喜茂觉着很遗憾，他爷爷——后来去世的那位大人——曾悄悄嘱咐过他，进京城无论如何得去看看金銮殿，这不是任何庄稼人都有的机会。喜茂去了，但是喜茂没看着。他老对我说这件事，我就给他说北京，说紫禁城，说一座座的王府。喜茂对我很钦佩，我也觉着只有在喜茂跟前，我才像个人。

诗人们不甘寂寞，有着太旺盛的精力，有着浓厚的超前意识，有着突如其来的摩登之举，这日，浏诗人与郭诗人决定趁下地干活之机偷跑，去爬华山，向陈抟老祖乞求灵感。他们约我同行，并派任务让我去食堂窃馍若干、咸菜数块等等。我知道，此事瞒不过上峰，明日点卯，一切均真相大白，非同小可。正犹豫间，喜茂过河来寻我，说他爷死了，让我帮着寻几首吹奏的曲子。我问以往吹些什么，他说过去那些曲儿多不能用了，是四旧，搁一般人死了也就不吹了，但他爷是全村的大人，不能让大人冷冷清清地上路，所以得吹，但又不能让公家不高兴，就让我帮他想几首适时的“革命曲子”。这很让我为难，样板戏不少，语录歌更多，能用作吹丧的曲子却均为不妥，既不能太欢快给人以幸灾乐祸之感，又不能太悲伤落入感时愤世之嫌。思索再三，我凭印象写了几首自以为勉强可用的，让喜茂拿回去练。郭、浏诗人问我去不去华山，我推眼睛不行，夜里登山看不清道儿，不想去。他们就走了，后来果然挨了批，罚刨烂砖头，又苦又累，但两人都写了不少诗，什么“雨夜登山我独来”之类。那一天，我心里总乱糟糟地不踏实，果然下午喜茂又急匆匆跑来，说我写的那些字码儿没人识得，唱不出，让我赶紧过去教。又说，村里人听说歇了几年的吹乐今夜要复出，都要在灵前听曲儿呢。

下了工，我就随喜茂过河去了。村不大，喜茂家住村中间，院里设着灵堂，进进出出的人不少。我一进门就有人说，乐人来了！也有人说怎来了个女鬼子？我不知自己何以被称为鬼子，十分不解。今年去旬邑采访唢呐民间艺术，才知百姓俗称吹鼓手为“鬼子”，属卑称。至此二十年之谜才得豁然。

先到的乐人已在厦屋里坐着，抱着个唢呐，木木讷讷的，也没太多的言语。喜茂说，原本还有个拉胡胡的青年，被借调到县毛泽东思想宣传队弄样板戏去了，就只剩下了这位吹唢呐的老汉。我当时把曲子给老汉哼了两遍，他竟能随着哼唱低低地吹下来了，其敏锐的乐感令我吃惊，也令我对这位木讷的农民不得不刮目相看了。轮他单人吹奏时，却说“弄不成”。我又唱，他又随着吹，临了又说“弄不成”。喜茂有些急，喜茂爹也有些急，我也急，我说我总不能跟着唢呐唱吧，那不挣死我。喜茂说他有办法，转身不知从何处拿来一个笙，问我会不会吹。我说会。

我对笙并不陌生，我自儿时便与它打过交道。老北京人多会唱京戏，我们家也不例外，晚饭后父亲常与他诸多的子侄们在后园子扯起胡琴，敲起鼓点，叮叮咣咣地开戏，成出成本地演，今日演不完明日接着来。兄长中不少均是京剧票友，造诣颇为精深。内中有位善唱程派青衣者，程派唱腔多有笙伴奏，以突出柔美凄婉之效果，为此家中便置一笙，与京胡、月琴之类放置一处，随时备用。我那时尚小，出于淘气与好奇，常将那笙从堆房中偷出，捂在嘴上，唔唔呀呀地吹，因为吹它比拉胡琴更来得方便。笙一旦在院中惨兮兮地发出声响，大伯母就会从房里出来，站在廊下训斥：好端端的吹笙，不吉利呢，金枝玉叶，莫非还想当吹鼓手不成？大伯母是1961年才去世的，其娘家曾是清朝内务府官员，规矩多得厉害，她常常倚老卖老，我便倚小卖小，这一老一小，便形成尖锐对立的两个独立世界。我不听她的，依旧吹，吹得昏天黑地，吹得嘴里吐白沫，吹得黑眼仁儿直往上翻，吹得一丝气息悠悠欲断……有话说，三天的笛子，隔夜的笙，三年的胡琴没人听，是说吹笙极易学，当然要吹出水平则又另当别论，但我断断续续地吹出“长亭外，古道边”的时候，似乎并没费太大的力气。许是大伯母不该有那样的预言，竟应在了我身上，我来为这个毫无瓜葛的陌生关中老汉吹奏送葬，可谓空前绝后，时空与命运的交叉在这里形成了一个奇特的点，无法抗拒，无法躲避，这不能不使我感到内心的寒噤和苦涩。

喜茂说笙是他爷生前吹的，爱得什么似的，别人谁也碰不得的。吹唢呐的老汉说，用长水的笙给长水送葬，长水准高兴哩，他将来怕没这样的福气。老汉说的是实话，看村里这架势，怕再没第二个人吹唢呐了。死者的笙是十七管十七簧的老式葫芦笙，年代相当久远了，端起这管沉甸甸的，已因手磨汗浸而紫得发黑的笙，我只觉着是一种缘分，一种与喜茂家、与这位被称为长水的死者、与这渭水边的小村的一种缘分。天地间有些事，不是谁都能说得清的。

唢呐声起了，声音拉得长长的，在节拍上完全是即兴的发挥，彻底脱出了我提供的曲子，不少地方还加入了哭腔颤音，曲调中突出了生命的精髓，突出了生的坚毅，死的重托，于是一院人众悲声大放。现在是我跟着老汉的调子走了，衔着笙口，我吹出了第一个音符，高亢与响亮中立即揉进了如泣如诉的沉吟，揉进了低音笙的松软与甜美，使人的身心随之一颤，悲中有痛，痛中感悲。曾听说，笙与琴都是充满阴气的奇妙之物，有“深松窃听来妖精”之论，尤其笙，更可感召鬼物，本不属于这个世界的物件，但却阴差阳错地来了。古人说它吐凤音，作凤鸣，“能令楚妃叹，复使荆王吟”；今人赞它柔润清丽，比二胡亮，较笛子甜，在管弦乐中，能起着管乐与簧乐的两重性质，使活跃的声部结合起来而达到尽善尽美的合声效果。正因如此，在长水老汉的葬礼上，它与唢呐的密切配合，烘托出了一种情绪，一种气氛，也烘托出了死者人生终点的最后一片灿烂与辉煌。

我吹了一个晚上，忘却了身形，忘却了荣辱，一身精力化作了迤逦情丝，与西天凄艳的晚霞融为一体，飘荡而去。前不久，气功热大兴时，我曾问过气功师，吹笙可不可以“入静”，他摇头，我就想，他一定不会吹，吹笙是全身心的投入，达到息心忘念的超然状态，这与气功入静有何差异？这是后话了。记得那晚我要回去时，喜茂娘包了几个花馍送我，流着眼泪说了许多许多的感激话，让我很不安。更要命的是临出门前，喜茂爹领着全家人齐齐地给我跪了，认认真真地向我磕了头。从那一张张悲痛已极、疲倦已极的脸上，我看到了感激，看到了真诚，看到了关中父老乡亲的纯朴厚道及数千年中华文化在他们心底的沉积。我感动极了，抱着门框毫无掩饰地大哭了一场，我是在哭自己，哭自己的委屈，哭自己的坎坷，哭自己失却的人格和自尊……那晚，吹得痛快，哭得也痛快。

不知什么时候落起了小雨，喜茂一直把我送过河。我说为他爷爷当吹鼓手以及他们全家向我下跪的事万万不可让我们这边的人知道。喜茂说他爹已跟大家都打了招呼，说公家人不比农民，此事不敢向外人胡言传。我说要是他喜欢，以后我可以教他吹笙。喜茂说那笙明日就随他爷埋了，那是他爷喜欢的东西。于是我明白了这晚我为什么出乎意料地将笙吹得这般出奇的好。将军已去，大树飘零，壮士不还，寒风萧瑟，今晚是它最后的绝音了，笙是有灵气的乐器，有感应的。

如今，也有了一把年纪，也有了些许阅历，便常常想起过去。每每想起此事，只觉珍贵，再无难言。现在将它写出，全是为了思敬兄，以补我峨眉山的沉默。

（原载1994年第2期《中华散文》）

# 渊渊鼓音

周汝昌

时与农历腊月，耳边响起鼓音。

为什么腊月与鼓有了联系？原来腊是古代的一种祭祀之礼，每逢腊月，村人便敲起细腰鼓来，并且扮作金刚力士，举行驱疫的活动。这是古荆楚之风俗，其余地方，虽然有所差异，但总有相当的相类的习尚。古书又记载谚语，说是："腊鼓鸣，春草生。"只此六字，便觉眼前耳际，无限的诗情、无限的生机、无限的良辰美景接连而至。

因此，虽然我不曾见过听过记载上的真腊鼓，可是，只见"腊鼓"这词语字面便十分欢喜，这也许很可笑。对我来说，两者不一定构成什么矛盾冲突。溯其始因，从很小时候，爱读"尺牍"——什么又是尺牍呀？就是古代的书札信简，成为一种文体，也属于今天所说的文学作品。我读小学时，还设有"尺牍"专课，很重视呢。且说我从小爱读尺牍，古人书札里，"季节性”总是十分鲜明，比如临年近了，那么写信时就有“梅魂有讯”“腊鼓频催”这样的话。这种词语，加上“流年急景”“岁暮怀人”，或其他思乡念旧的词句，会唤起对童心的惆怅的感情，然而又得到了浓郁的审美享受。我虽不知腊鼓何等样式，但耳边像是响起了渊渊的鼓音。

这季节，这词句，这鼓音，对我有强烈的感情作用，转眼数十年过去了，至今依然如昔。

像每一个小孩子一样，我幼年时没有玩的了，总喜欢翻找家存的旧物——那些“老家底”。有一回，我发现了一个新鲜有趣的东西：那是细铁棍折弯而做成的，上面是一个微呈横方，但又形成八角的框子，下面是一个手执的长柄，柄的下端，套着好几个铁环。一摇动时，琅琅作响。对小孩子的感觉来说，这东西拿在手里，是够大，也够沉的。

我一见它，非常兴奋，就跑去问母亲：这是什么？母亲说：这是太平鼓的“骨架儿”，上边的八角原是要鞔上鼓面的。我又问：太平鼓做什么用呢？母亲的兴致被我引起了，她回忆着解说，好像回到了她的青年时代。她告诉我：“太平鼓是过年敲的。虽说正月才是正经日子，可是从腊月，就有练的了。敲的人小孩子居多，大人也不少。和别的不一样，这种鼓，女的倒是真正的好手，敲起来不单是鼓点儿好听，身段步法也好看。”我这才明白，这是一种舞鼓，是连舞带敲。母亲又说：“鼓面是布鞔的，鞔鼓的手艺得很高才行。鞔好了，上面还画上彩绘，都是吉祥的花样，很是好看。闺女们如果三五成群敲起来，那鼓可真是好听又好看。鼓音有轻有重，有急有缓，还得会‘花点儿’。配上铁环的节奏，喜琅花玲的，那才叫好呢！”这话中的“节奏”二字，是我此时杜撰的“现代语言”，母亲原话不是这样子的，可我已经不会学说了。

我被母亲的话迷住了。掉句文，就是“为之神往”。没有福气看看听听姑娘们敲太平鼓，小孩子心里很觉怅惘难名。我专是问母亲会敲不会，能不能把那鼓架儿鞔起来？这当然是“不现实的”奢望。母亲笑了，说：“我不大能敲。老太太会，敲得好。”老太太是称呼我的祖母，她老人家晚年半身不遂，卧炕难起。敲太平鼓的人，我始终无处去寻了。

后来我心想，这太平鼓既然进了腊月就响动起来了，纵然并非真正的古腊鼓，也就足以相当了吧。于是，我写信时，若逢年近岁逼，就总爱用上一句“腊鼓频催”，自觉这是有情有味之至，而绝不把它当作陈言套语看待。

我又想，原来那种年代的妇女，也是有她们的“文娱活动”的，那形式也很美好。我也想不出它有什么封建性，或者腐败的副作用，不知何因，竟尔也被时髦的风习“代替”而归于无有了。那渊渊有金石声的鼓音，里面富有民族的审美创造，是一种最动人的声响，那种击鼓的舞姿与神态，以及所有这些加工在一起所造成的欢乐的节日气氛，总还是值得追记一下的吧！

我上文说的“代替”，新陈代谢，古今递变，理之当然。

但是，除旧必须代之以新，而且新的比旧的更美才是。太平鼓不一定非“恢复”不可，可是这一美好的民族风俗革掉了，代替它的又是什么呢?

中国的鼓的节拍是高级的音乐创作。中华民族应该有自己的鼓音，并且逢年过节，有民间的击鼓娱乐的适当形式，应该是太平盛世气象中的一种非常美好的表现。

腊鼓的诗情，华夏的民俗，确实是令人神往的。

前面因腊月而谈腊鼓，因腊鼓而谈太平鼓，虽然太平鼓曾见咏于雪芹令祖曹寅的词曲中，毕竟实物早不可睹，“实音”自不可闻。天大之幸，还有实物实音存在的，另有一种鼓，就是津沽特有的民间绝艺：法鼓。

要谈法鼓，实非容易。何则?一是这种音乐之事，凭“纸上谈兵”很难，比“兵”难得多。二是不知到哪儿去寻“参考资料”，来“充实”自己的“大作”。前一阵子，看见一小段文字，谈贾家沽的“武法鼓”，已有“稀如星凤”之感。要找学术论文，那恐怕是得洽购一双铁鞋，准备踏破了。因此，本文之囿于个人管见，自然无待烦言。

天津已经排印了《梓里联珠集》，蒙点校者张仲同志见惠而得观。家乡肯印制这种书，真是大惬鄙怀，堪称功德无量。其中有极丰富的关于民俗民艺的宝贵题咏记载。可是，你要想寻找一首专咏法鼓的诗句，也会“废然掩卷”而罢。

我倒是非常欣赏这篇七言绝句：

逐队幢幡百戏催，笙箫铙鼓响春雷；
盈街填巷人如堵，万盏明灯看驾来！

我读了，十分之得意，可谓心胸大畅。这首诗的主题是《皇会》，解题之文曰："天后宫赛社，俗称皇会。"此诗见《津门百咏》，作者是庆云诗人崔旭（晓林），他与津沽关系最为深切。

这首诗写得好，诗体既属"竹枝词"性质，所以通俗易晓，但仍饶诗韵，境味俱佳，笔酣墨饱。在我说来，则最高兴的是终于寻着了法鼓的诗痕画迹。这一双铁鞋，总算大有妙用。

诗人的笔触，勾勒出了我们天津出会时那种万人空巷，倾城出观的高度欢腾的景象与气氛。那种境界，自愧笔难描叙。想来，常说"盛况"之言，天津的会，那才真当得起这二字形容而非复虚词套语。

崔晓林又用了"赛社"二字，大有讲究。赛即"迎神赛会"的赛，诗人写的"百戏催"，亦即赛义。社者何？即是古语"社火"，后来叫"出会"，也叫"过会"，《红楼梦》也于开卷不久即写那"过会的热闹"。

社，本古时祭奉后土（大地）之礼，凡有人群聚居之所，必先设一社祠，百姓逢年过节，或行礼，或议事，或娱乐，皆以社祠为聚集点。火，非灯火之火，乃是伙字之本义，即聚会是也。出会过会，也叫作"社火"，这个话语，也见于《红楼梦》中。其实，现代人说的"社会"，此词原来与"社火"互用无别。出会，有各种不同的“伙”，高跷、龙灯、中幡、小车会、跑旱船……一伙挨一伙，列队而过，竞相献艺，这就是“百戏催”的含义——那么，高潮顶峰在哪里呢？就在“万盏明灯看驾来！”。百戏虽然很是热闹可观，但万人如堵（人海筑成的“墙”），坚守不动，期待渴盼的却是遥遥望见一个端庄而又飘逸的轿顶，款款而来，于是人潮鼎沸——又抑制着各人心中的兴奋热烈，泛起肃敬的心波，不禁争相告语：“驾来了！”

这驾，指的是天后娘娘的神座，被迎出宫外，簇拥巡回，供万人瞻仰，与万民同乐。娘娘的塑像，面如满月，慈祥悦慰，纯粹东方的一种高级的美，与别的女性美（特别是现代的、西方的）迥然不同，令人起敬爱之心，亲切之感。天津崇奉天后，是因为天津的发展史与航运紧紧相联，天后宫是“天津卫”的最古、最美、最重要的历史文化标志。天津的赛社，自以娘娘为中心，一切都是民间的艺术创造，自发自办，要寻“津味”，此中有焉。

娘娘驾来，其前例有一项别具风规的社火，即是法鼓。

（录自《岁华晴影——周汝昌随笔》，东方出版中心，1997年版）

# 闹元宵

邵燕祥

前天晚上饭后出门，往东走去，迎面端端的十三的月亮，欲圆未圆，空气清凉而不冷，直觉告诉我，今年元宵已是七九，“五九六九，沿河看柳”“七九河开，八九雁来”，眼前雁还没来，垂柳还没绿，但是月上柳梢头，已经不显得那么萧瑟了。

中国传统的民俗节日，都是农民的节日。有一年我上胜芳去看社火，更加深了这个看法。虽也是县镇政府组织的，若没有传统的积累、当下的热情，老少爷儿们不会这么倾心尽力的。城里人元宵节吃汤圆，端午节吃粽子，中秋节吃月饼，都是沾了乡下人的光。本来嘛，整个中国原是个农业国，所有的中国人都是农民，乡下是在乡的农民，城里是在城的农民，不存在谁沾谁的光的问题，只是因为有些城里人看不起乡下人，忘记了倒来倒去自己的老根儿也必在乡下无疑，我才故意这么说的。

1977年初，郭兰英一曲《绣金匾》，就像“一声何满子，双泪落君前”，唱得多少人潸然泪下，那是周恩来逝世一周年，又是元宵节前后，“正月里闹元宵，金匾绣开了……”有人听歌想起了歌手歌颂的毛泽东、周恩来、朱德，有人想起了这支歌流行的五十年代，也许还有少数在延安生活过的人从这首歌的诞生，想到了延安的岁月，然后触及各人的伤心处，都不免悲从中来。

大约就在1977或1978年，延河水涨，泛滥成灾，一位四十年代曾任枣园乡乡长的劳动模范被水冲走了。正是这位姓杨的老大爷，当年主持着在春节给中共中央毛泽东送上了一块匾，上面写的是“人民救星”。接着文艺工作者就填词产生了《绣金匾》这首名歌：“正月里闹元宵，金匾绣开了……”

这是一支不仅流行在陕北，许多北方农村都有的、词曲大同小异的曲调，不过早先绣的不是金匾，而是荷包，是女人绣给心爱的男人作信物的。

> 初一到十五，十五的月儿高，春风儿摆动杨呀杨柳梢。
>
> 剪子合几合，有话儿对谁说？要说那知心的话儿，得找我的情郎哥……

这是农民的情歌，原汁原味的，唯其源远流长，千锤百炼，它的穿透力不但足以穿透人心，而且足以穿透时间。有人不信么？我相信。

假如翻一翻民歌集，会发现一个有趣的现象，就如民间故事有母题一样，各地的民歌竟也有相同或相近的母题。塞北旧绥远（今属内蒙古）有“送郎送到清水河”“送郎送到黄草坡”，云南有“送郎送到大河边”“送郎送到船码头”，究竟是不谋而合，还是远行人走南闯北，把歌曲带到四方？《绣荷包》也一样有各地的版本。

现在没有大批音乐工作者下乡收集民歌的热潮了。但我不相信民歌将从此绝响。什么时候都不乏有心人，有识见的人。王洛宾并不是奉命或所谓带着任务去采风的。当然，聪明人看到王洛宾的著作权受到质疑，对民歌等等会望而却步，不过，他们如果想到《思乡曲》以及“梁祝”小提琴协奏曲的著作权都不曾被人质疑，也许又会转回来。

今天读新华社电，说英国首次发行五十年前著名的格伦·米勒爵士乐队的二十张唱片，这些唱片1944年录制后，美国的战时对敌宣传电台用来对德军广播，作过心战武器。一点也不奇怪，这不正是“四面楚歌”故事的现代海外版么？有趣的是，这条电讯说：“纳粹将爵士乐视为劣等种族的颓废艺术，明令禁止。但当年这种音乐在汉堡和慕尼黑仍十分活跃，好些纳粹头子都是爵士乐的发烧友。奥斯威辛集中营的一名高级官员就曾挑选被关押的人成立了一个乐队，并偷运乐谱。”

由这件事颇能看出某些纳粹头子的阴阳两面。这正像江青之流一方面大批“封资修”文艺、好莱坞的反动腐朽没落，一方面则如饥似渴、如醉如痴地大看美国电影。好在这些纳粹头子可能正忙于他们的纳粹事业，加上对意识形态不太关心，没想过利用爵士乐进行纳粹宣传，以稳定军心，并瓦解敌人，因而爵士乐得免于纳粹的政治玷污。

外国的爵士乐得免于政治的玷污，但是能免于商业的玷污么?

中国的民歌，被江青贬为“情郎妹子”，不屑一顾的，至今在所谓民歌唱法的演出中还剩有一席之地，但也许有关的作曲家太多想到自己的“著作权”，有关的歌手太多想到自己的“创造性”，原汁原味的已经很少听到了。

历史上不少农民的民歌，进城以后被改造为城市流行歌曲，变成妓女或艺人的节目，天津曲艺中的“时调”多半就是从“窑调”来的（旧时妓院俗称为“窑子”），老根儿其实在农村。今后城市会有自己的民歌，自己的流行歌曲，它们的产生未必再依傍农村的民歌；“城市领导农村”，通过声像传媒，城市的流行歌曲将要且已经以压倒的优势占领农村市场。那么，我们还会有多少机会听到原汁原味的民歌——我指的是农民的民歌?

1995年2月14日

（录自《人间说人》，作家出版社，1997年版）

# 九九歌

邓云乡

1984年初春，日本首相中曾根氏来我国访问，在北京大学做了讲演，讲词中提到我国“七九河开，八九雁来”的谚语，不禁使我想起从古以来代代相传的天文、气候、气象等知识来了。似乎这种学问，当年十分普及，而现在却十分缺乏了。不信，如果在大学生中普遍举行个测验，能够说全二十四个节气，能够说清数九、九九消寒、各九特征、九九歌、九九消寒图以及种种节令谚语的，能有几个人呢？恐怕不少人要交白卷。而这些又都是当年乡间农家子弟、乡村小学或私塾中不教就会，而且终生不忘的。

宗懔《荆楚岁时记》云：“从冬至次日数起，至九九八十一日为寒尽。”但后来世俗，一般是从冬至当天算起。因为按照新法、旧法天文运算，照周天度数等分，冬至节应在交节这天几时几分，都是很精确的。因而按科学原理也应从当天算起，而不应推到第二天。由冬至那天算起，习惯叫“数九”，又叫“交九”。其后每隔九天作一单元，连数九个九天，头九、二九……直到九九，八十一天，冬天过完，迎来春天，谓之“出九”。

履霜坚冰至，俗语说：冷在三九，热在三伏。冬至开始，意味着一年中最冷的日子逐渐到来了。但按照我国传统的阴阳消长的说法，冷的极限是热的开始，短的极限是长的开始。因此冬至节又叫“长至”，又有“冬至一阳生”“从九往前算，一日加一线（指日影）”的说法，唐人宫中宫女有用红线由冬至日起，逐日计量日影的美丽故事，只是一时忘记记载在什么书中了。

人们总是苦于严冬，盼望早日回暖，春天早日到来。因此，千百年来，我国民间特别重视冬至节，南北各地都有“冬至大如年”的说法，其历史是很悠久的了。崔寔《四民月令》云：

> 冬至之日，进酒肴，贺谒君师耆老，一如正日。

这是一千年以前的记载了。清代嘉庆时苏州顾铁卿《清嘉录》“冬至大如年”条目记云：

> 郡人最重冬至节，先日，亲朋各以食物相馈遗，提筐担盒，充斥道路，俗呼冬至盘。节前一夕，俗呼冬至夜。是夜，人家更迭燕饮，谓之节酒。女嫁而归宁在室者，至是必归婿家。家无大小，必市食物以享先，间有悬挂祖先

遗容者。诸凡仪文加于常节，故有冬至大如年之谚。

同时又引徐士鋐《吴中竹枝词》云：

> 相传冬至大如年，贺节纷纷衣帽鲜，
> 毕竟勾吴风俗美，家家幼小拜尊前。

不过南北各地，风俗小有差异。乾隆时潘荣陛《帝京岁时纪胜》记云：

> 长至南郊大祀，次旦百官进表朝贺，为国大典。绅耆庶士，奔走往来，家置一簿，题名满幅。传自正统己巳之变，此礼顿废。然在京仕宦，流寓极多，尚皆拜贺。预日为冬夜，祀祖羹饭之外，以细肉馅包角儿奉献。谚所谓“冬至馄饨夏至面”之遗意也。

“正统己巳之变”就是1449年明英宗朱祁镇土木之变。朱祁镇在太监王振的怂恿下，带兵亲征，师还，溃于土木，朱祁镇被额森俘虏北去。这是明代最重要的一件事，后来好多是非皆因此而生。这次战争也影响到北京风俗的变化，其时正是于谦防守北京，十分危险紧张的时候，自然不能再按往常那样讲求节令礼俗饮宴了。因此其他讲北京风俗的书，如《帝京景物略》之类，也不记“冬至大如年”了。但是在离开北京几百里的山乡中，却不同于北京，仍然长期地保存着古老的风俗。小时在唐河上游山乡中读私塾，立冬之后开始读夜书，即吃过晚饭仍要到塾中去，在老师的监督之下，于小小的三号煤油灯畔读书写字，有时感到是很苦恼的，甚至有无所逃于天地间之感，但现在回想起来，当时亦有其相对的乐趣，所谓“青灯有味是儿时”，是一种充满生气而又宁谧安详的诗的境界。

塾中最重冬至节，那天白天生徒们的父母都要为老师准备些好吃的，晚上用托盘端了送到塾中给老师喝酒消夜。生徒们要给牌位磕头，给老师磕头行礼，这还是《四民月令》中所说“进酒肴，贺谒君师耆老”的遗意。一千年前的古老风俗，在半个世纪之前的北国山村中，还认真地履行着，所谓“北来风俗犹近古”，礼失而求诸野，该有多么古老而醇厚了。

冬至晚上是塾中最热闹的时候，平时的功课这天都不做了，把三号煤油罩子擦得雪亮，在灯光下分头制作“九九消寒图”。《帝京景物略》所谓：

> 日冬至，画素梅一枝。为瓣八十有一，日染一瓣，瓣尽而九九出，则春深矣。曰九九消寒图。有直作圈九丛，丛九圈者，刻而市之，附以九九之歌，述其寒燠之候。

画一枝素梅，日染一瓣，八十一天之后，染成红梅，则春深矣，这是非常有情趣的玩意儿。除此之外，还有编一句词，全用九画的字编出，四字、五字句各一，用双钩写在白纸上，逐日用银朱笔描一笔，八十一天之后，便将到回黄转绿之际了。最普通的一句是："庭前垂（埀）柳，珍重待春风（風）。"按正体字写，每字都是九笔。有一位塾师王守先先生，是位师范毕业生，热爱祖国，有新思想，编了一句新词道："为（為）甚英、美、俄、法来（來）侵凌？""来（來）"字少一笔，"凌"字多一笔，但也总算是八十一笔了。这位先生是生在本世纪初的，对庚子之变，印象深刻，所以编出这样的句子，虽然有些勉强凑字，但还是有意义的。他又编一首"九九长歌"，记得开首是"问吾民、问吾民，为甚英美俄法来侵凌……"数句，用蝇头小楷按我国地图的边界轮廓写了一圈，远看是个黑线画的地图。把上面一句话双钩写上，一天填一笔，我们这些"乡童都逞好喉咙"的学生，觉得很好玩，很了不起。但学生一时还编不出这样的"九九图"。像我这样愚顽的蒙童，只能作"圈九丛、丛九圈"了。

用一张正方小白麻纸，四面折四个边，中间折九个正方格，用朱笔按折线画出格子。将铜笔帽擦干净，抹上朱红，印圆圈圈，每行三个，每格三排，九个红圈，九格印满，便是九九八十一个圆圈。边上写上最简单的九九歌词诗句："点尽图中墨黑黑，便知野外草青青。""上点阴，下点晴，左风右雨雪当中。"点时按照歌中说明点，只用墨笔按天气涂一半。北方冬日，晴多、阴少，只下雪，不会下雨，因而大多是把红圈圈的下一半涂黑。

“九九图”必有“九九歌”，刘若愚《酌中志》记明代宫中情况道：

> 冬至节，宫眷内臣皆穿阳生补子蟒衣。室中多挂绵羊太子画贴。司礼监刷印“九九消寒”诗图，每九诗四句，自“一九初寒才是冬”起，至“日月星辰不住忙”止，皆瞽词俚语之类，非词臣应制所作，又非御制，不知缘何相传，年久遵而不改。近年多易以新式诗句之图二三种，传尚未广。

这段记载很有意思，可见明代民间瞽词（即盲艺人所编的鼓子词，放翁诗所谓“负鼓盲翁正作场”，即指瞽词）就有九首四句头的“九九歌”，从一九写到九九，可惜这词没有见到过，或许已失传了。其他见于记载的“九九歌”很多，或者叫谚语、民歌也可以。这种歌南北各地都有。但由于我国幅员广阔，南北气候差异很大，所以谚语也不同。比如日本首相中曾根氏讲演中所引用的“七九河开，八九雁来”的说法，北方冬日河水结冰，所以有河开的说法。一到长江流域就不同了，江南冬天河水从不结冰，也就无所谓河开了。因而各地的“九九歌”也不尽相同。人们常常引用的是刘同人《帝京景物略》中所载的。其词云：

一九二九，相唤不出手。三九二十七，篱头吹觱篥。四九三十六，夜眠如露宿。五九四十五，家家堆盐虎。六九五十四，口中呬暖气。七九六十三，行人把衣单。八九七十二，猫狗寻阴地。九九八十一，穷汉受罪毕，才要伸脚睡，蚊虫虼蚤出。

《帝京景物略》是部我爱看的书，文章冷隽，写北京风物也十分地道，能生动地看到一些北京明代生活场景，在高头讲章中是找不到的。但他所引的这句“九九歌”却不是北京货。这是哪里来的呢？见书中“春场”篇，歌在前引“刻而市之，附以九九之歌，述其寒燠之候”后面。简单说，是从刻字铺卖的“九九消寒图”上引录的，而并非采风于北京民间。这首歌很明显是江南人编的。第一，按日程寒暖与北京气候大不相同，七九才是正月初，如何衣单呢？即在江南也不行。第二，歌词押韵全是吴语韵。“七十二”与“寻阴地”，“二”读作“尼”才能押韵。因而说这首歌是江南的，不是北京的。刘同人不加说明把它引在《帝京景物略》中是不确切的。顾铁卿《清嘉录》中记苏州“九九歌”云：

一九二九，相唤弗出手。三九二十七，篱头吹觱篥。四九三十六，夜眠如露宿。五九四十五，穷汉街头舞，不要舞，不要舞，还有春寒四十五。六九五十四，苍蝇躲屋茨。七九六十三，布衲两肩摊。八九七十二，猫狗躺渹地。九九八十一，穷汉受罪毕，刚要伸脚眠，蚊虫虼蚤出。

这全是用吴语记录的，似乎比刘同人所引更合理些。尤其“不要舞”三句，十分传神。其书又引陆泳《吴下田家志》“九九歌”云：

一九至二九，相唤弗出手。三九二十七，篱头吹觱篥。四九三十六，夜眠如露宿。五九四十五，太阳开门户。六九五十四，贫儿争意气。七九六十三，布衲两肩摊。八九七十二，猫儿寻阴地。九九八十一，犁耙一齐出，一日脱膊，十日龌龊。

三个“九九歌”大同小异，逐句比较，以刘同人所引最差。但这都是江南的。北方的呢，在《帝京岁时纪胜》中也记有简单“九九谚语”道：

一九二九，相逢不出手。三九四九，冰上走。五九四十五，穷汉街前舞。七九六十三，路上行人着衣单。

潘荣陛也未深入民间采风，所引殊难令人满意。不过比较好些，是有点北京味的了，因为提到“冰”，而且提到“冰上走”。这是江南办不到的。真正在北方民间，却有另一首“九九歌”其词云：

> 未从数九先数九，一九二九，冰上可行走。三九四九，掩门叫黄狗。五九六九，开门缩颈走（或曰“袖筒拱拱手”）。七九河开，八九雁来。九九又一九，犁牛遍地走。

有的山乡较冷，七九、八九句为“七九河开河不开，八九雁来准定来”。有的地方在“犁牛遍地走”之后，还有两句。这个“九九歌”才是北京附近农村的实情。在冬至前便大冷数日，数九之后，冰封河面，虽薄而坚，头、二九冰上便可走人走车了。三、四九最冷，屋中暖和，人不出去，唤狗吃食，也只掩一道门缝。五、六九，腊尾年头，虽然还冷，非出门不可，故曰“缩颈走”。或者街上遇到互相寒暄，只是手抄在袖中作揖了。七九冰化了，八九雁来了。“春”打六九头，七九、八九这是立春之后了。九九之后，春风吹大地，便是叱犊春耕之季了。这个“九九歌”有泥土香味，意境极好，充满了生活的希望。中曾根氏所引后两句也就是“九九又一九，犁牛遍地走”的意思，只是因为译文的关系，未将原句译出，所以读起来不够押韵顺口了。

（录自《增补燕京乡土记》，中华书局，1998年版）

# 牧人笔记·古歌

张承志

蒙古民族是个有名的民族。可能是因为成吉思汗的功业，对蒙古草原的关心、对蒙古历史的兴趣，在现代世界也一直在流行。关于蒙古的知识的普及是相当惊人的。不过研究者和一切对蒙古游牧世界感兴趣的人都更希望了解的是：蒙古游牧民是怎样的人，以及他们的内心世界。无疑，对于一个民族文化的共同体的了解，也包括对民族历史的研究，都不应该也不可能离开了解这个民族的内心世界。如果不能了解作为研究对象的人和这些人的想法，就有可能出现研究者和被研究者在立场上的分歧，使研究本身成为偏见。

然而游牧民的内心世界是怎样的呢？

显然不是产生于汗乌拉队，甚至不是产生在内蒙古的一首西部卫拉特的蒙古民歌中这样唱道：

名叫特克斯的地方
是多么平的地方啊

你生在那里的家乡
是多么好的家乡啊

在上面地方耸起的
是金顶的庙啊

在人的心里藏着的
是多么美的希望啊

也许这些自古流传的蒙古民歌最能反映蒙古游牧民的心理。草原也许是美丽绝伦的，但牧人们更深知草原的荒凉单调，在灾害时节他们更是天天咀嚼着草原的恐怖和无情。在这片辽阔的世界里长大成人，他们早把那一丝外来人似的罗曼蒂克忘得干干净净。他们眼中没有草原，只有一种种具体的草，哪些草有毒，哪些草能使母羊下奶，哪些草水分多，可以在秋季敖特尔的时候把羊群赶来。他们眼中只有汗乌拉、白音乌拉等一座座山的名称和形状。当风和日暖的日子里，他们有时望着西天的晚霞，心里也会偶尔一动。他们也可能想到这晚霞是美的——但是一个牧人绝不会在这种念头上多费心思。他们总是刚想说几句赞美草原的话就又咽了回去。对他们自己的家乡，对这片茫茫的草海，他们觉得无法表达自己的感受。所以，上面引用了的那首《特克斯》，最终也没有一些撼人心腑的词。“多么好的家乡”——可是歌手们会摇摇头，苦笑一下，他们自己无法告诉人们这家乡有多么好。似乎蒙古语本身也提供不出关于“好”的其他词。在普通的条件下，蒙古语对一切诸如美丽、美好、迷人、秀丽、绚烂、漂亮等等内容的表达只有一个词：“赛汗”，也就是——好。这首歌子使用了“多么”（牙莫勒），已经相当于一种最高级句式了。

但是牧人们并不以为这首歌词汇贫乏。或者说正因为他们是蒙古牧人，他们才最后放弃了所有装饰色彩浓烈的词，而采用了这个最平淡无奇的“好”。这一句简短的赞叹仿佛本身就带着它在被唱出来以前的那些踌躇、欲言又止的复杂心绪，以及一声沉重的叹息。简朴的叠句，平凡的用词，单纯得不能再单纯的意念和情感，组成了蒙古传统民歌的基调。

这种朴素、单纯、内向得近乎不善表达的心理性格，与流传外界的骑马英雄豪爽热情的形象相去甚远。但是应当承认，那种形象不仅仅是表面的，而且是一种被外界人们再加工过的肤浅形象。其实，草地的牧人即使在表达他们最粗犷最强烈的生活和情感时，也并没有去对这种生活本身抒发某种都市式的浪漫情思。他们仍然一板一眼地，按着讲究的传统规矩拉着长调且咏且唱。比如歌唱一个著名摔跤手的搏斗的古歌《独龙章》：

十两黄金打成的摔跤服
在后背的上面闪着光

十个旗里数第一的独龙章
只看见他快快地把别人摔倒

二十两丝线绣的花护腿
在护腰的下面闪着光

二十个旗里数第一的独龙章
没听说他有哪次被别人摔倒

这样从“摔跤手的摔跤服”一直到唱完“他的靴子”以后，再慢慢地唱到“决战”。那歌子还是不紧不慢的：

阿爸喇嘛是个大麻子
他坐着双辕车上了场

远方旗里来的独龙章
抓住他快快地摔倒了

这种长调一般都有很多段落。加上蒙古式的自由旋律，这样的歌节奏舒缓。还有伴奏的乐器马头琴本身的音质低沉呜咽，绝不像哈萨克族的乐器——冬不拉那样，天然的节奏就酷似马蹄。所以，大概可以说：蒙古民歌是不能传达十分轻松的心情的。即使是快活兴奋的主题，歌曲也把它们改造得开阔而舒展，也强迫它们变得平静和沉思。我想，这应当是蒙古草原的自然特点（无边无际的开阔草原）塑造出的蒙古游牧民的一种性格特点。这种心理和性格特点的含蓄、平淡和不露声色，有时会给来到草原上走马看花的客人留下冷漠的印象。

然而，在这种不善抒发的性格中，同时又永远冲动着一种持久的抒发的渴望。毕竟蒙古民族是一个唱歌的民族。那种朴素的表达方式和抒发方式大约早在远古就已经被他们习惯。他们经营牧业，每一年体验一轮自然界生命的循环，人的价值和畜群、和青草的价值总在他们的心目中被简单地比较。他们对人生的总结和概括异常简单和中肯。对于这种简单又中肯的感受来说，那种单纯的形式不仅是足够的，而且在他们看来是异常动人的。对这种生活的真谛，他们编了无法尽数的歌子，世代流传，咏唱不已。比如歌唱父母主题的歌子，不胜枚举。其中《乃林·呼和》这样写道：

冬天的夜真长啊

抱着我喂我奶的是我母亲

用榆树的木头啊
给我做摇篮的是我父亲

秋天的夜真长啊
搂着我喂我奶的是我母亲

用松树的木头啊
给我做玩具的是我父亲
……

这样用春夏秋冬四季的夜晚，反复咏叹母亲的哺育之情，用四种树木制成的不同的器具，反复回忆父亲的爱护之恩。反复的迭唱，加上蒙古长调的一唱三叹的拖长的旋律，使得蒙古包内夜晚的聚会弥漫着深沉的情感。

汗乌拉最高的山如果放在内地，也不过是一座低矮的小丘，名叫“山之王”，实际上这里只是一片地形起伏的草原。但是与其他邻近的人民公社或生产大队相比，我们汗乌拉毕竟是山地，难于纵马驰骋，冬季雪落成灾。在这个即使在内蒙古也算得上气候严酷、天灾频繁的世界里，牧人的心早就在大自然和逐水草迁徙的生活中磨炼得沉着而坚强。在他们的歌曲中很难找到对自己生活中勇敢品质的赞颂，即使在他们日常的交谈中，也几乎听不到他们对自己这强悍的一面的炫耀。骑烈马、摔跤场、暴风雪、千里迁移、捕杀恶狼——这些光荣的经历对牧人来说只不过是日常生活，他们从不表达和诉说这些内容。热烈的生活和热烈的心理特征都被这种自然环境和这种生活的循回不已改造得平淡。在蒙古民间传统艺术中，从不追求外向的、热烈的、悍勇的、男性的表现。这些独特而又显得矛盾的特点，使得对蒙古游牧民的内心世界的理解变得困难。

本书前面的章节已经反复讲了纯牧区的蒙古人的家庭即是游牧经济的最基本单位，也许可以说：牧民们对家庭的本质、对家庭的关系已经咀嚼再三，体味至深。他们把家庭成员的关系当作社会关系的基本来看待和理会，因此，在蒙古民歌中，除了对父母，尤其是对母亲的赞咏之外，还有对哥哥、对弟弟、对姐姐、对妹妹、对妻子、对情人的各种各样的主题。我认为，正是由于家庭对游牧民的意义至关紧要，所以也许只有这些粗鲁而缺乏教育的牧人才对家庭的体会最为深刻。

在母亲主题的古歌中，蒙古人总是追述着自己儿时的弱小，对母亲喂奶的举动满腹报答之情。在那些简单的歌词后面，藏着一种他们对这种天然的母性行为的惊奇和感激。同样，在爱情主题的古歌中，他们也总是对朦胧感到的美好感情与现实生活的无法一致怀着一种固执的疑问。他们把这个永远流行的主题用重复的质疑和对比，变成了一种异常简练的真知灼见。如著名古歌《钢嘎·哈拉》——在歌子一开始，在刚刚讲到歌中的“女人”形象时就说：

她已经嫁到——很远的地方去了

接着，这首歌开始反复地讲述生活的这种缺憾。但牧人的歌手在这里使用的是一种不外露的抒情。

路过了一口——名叫哈莱的井
那井台上没有——水桶和水槽

路过了两个——当成艾勒的包
那包里没有——我思念的妹妹

向牧羊的人打听询问
（只有）她运羊粪去了的消息

向牧牛的人打听询问
（只有）她运牛粪去了的消息
……

这样的古歌达到了怎样的艺术效果，概括了怎样普遍的生活和人性完全是另一个题目，在这里我想说的是：蒙古牧民在唱这支歌，联想到的只是草原上日复一日的普通生活，只是一些最平常不过的景状事情。在对现实的平静、恬淡的顺从调子中，他们坚持着自己对生活的朴素疑问。

汗乌拉和蒙古草原上的牧人们究竟有着怎样的内心世界呢？这个问题是很难从正面做出准确而全面的回答的。但是可以肯定的是，草原的牧人是一种在游牧世界里安分随命的人，他们的每一种性格特征都有一种相应的蒙古游牧生活的特征作依据。传奇式的骑马英雄式的浪漫形象与这种人的真实是非常不一样的。

前文已经叙及了我们草原的蒙古牧民与羊、牛、狗等动物之间的关系。其实牧人真正的朋友还应该算是马。在蒙古牧人的心目中，骏马集中了一切动物的优点，在游牧生产劳动中，马变成了人的脚，马的速度保证着和鼓舞着人的意志和欲望，马从生产对象、从畜群中的一员化为人本身的一部分，使人的能力得到成倍的提高。骏马的形象使牧人的自尊心得到满足，夏季骑着一匹漂亮骏马的牧人觉得自己的身心都在升华着。这种即使在游牧生涯中也显得珍贵的事情，在漫长的历史中逐渐变成了牧人内心世界里最美好的一部分。骏马的形象和对骏马的想象憧憬，构成了游牧民特殊的美意识，神奇的骏马是牧人心中的美神。

在蒙古民歌中，几乎所有歌的题目都是一匹马。比如引用过的《乃林·呼和》——身材修长的青马，《钢嘎·哈拉》——黑色的骏马，等等。不仅歌名使用一匹马的名字，歌词中也大量使用对骏马的描写。如赞美母亲的《乃林·呼和》，是这样的：

身体细长的，那匹青马哟
在向着阳光的草地上甩着头

已经到了八十岁的，我的母亲哟
她比阳光更早地照耀了我

再比如《钢嘎·哈拉》一首的始句，也是在赞颂一匹黑骏马的种种仪态：

漂亮的——那匹黑色的马哟
站在那里——样子多漂亮

唯一的——那可爱的妹妹哟
她已经嫁到——很远的地方去了

美丽的——那匹黑色的马哟
拴在那里——样子多优美

善良的——那心好的妹妹哟
她已经嫁到——很远的地方去了
……

听众可能已经习惯了蒙古古歌的这种唱法，但实际上这种唱法本身是不可思议的：无论是青马和母亲之间，还是黑马和情人之间，都毫无联系；歌曲结尾时也没有再去唱唱那青马或是黑马的结局。最纯朴和古老的民族创造了似乎是最抽象的形式，而且这种形式已经流传了几百年了。

其实，对于古歌的这种形式也许可以寻找一种简单的解释。游牧民在企图诉说自己最宝贵的那部分心情的时候，他们也试图寻找一个比平淡单调的生活更有魅力和光彩的精神。但是他们的生活、环境和传统为他们提供的美好象征只有一个，那就是一匹骏马。他们唱出了这匹骏马，就等于唱出了他们心中的一切崇高纯洁的感情。骏马——游牧民族的美神，它永远给终日辛勤的劳苦牧民带来温暖的安慰和神奇的憧憬。

1983年12月于日本完成

1995年12月于北京整理

（录自《牧人笔记——蒙古题材散文卷》，

湖南文艺出版社，1999年版）

# 陶醉的鸭儿看

张承志

那一年在新疆，和一个维族朋友聊到了十二木卡姆。我说，我在一篇叫《音乐履历》的散文里，流露了这个意思。我的直觉是：那时的汗国王妃不可能搞什么音乐运动。十二木卡姆，一定是那时流行的十二套苏菲颂词！……

她奇怪地望着我说："您走火入魔了吧？"

连他们也没有留意么？我沉吟许久，捉摸着分寸。开个玩笑比较好懂：这可是个学术发现哟。

刚靠近小城的边缘，空气里的浪漫就如阵阵热浪，扑打着我的面颊。我被领上铺满蓝红石榴花地毯的炕上的时候，鼻子先饱吸了地毯上烤馕的焦香。我靠着墙，敞开的窗扇如一排门户，混合着纯氧的无花果的气息，徐徐不绝地涌入。

终于等来了白髯的老者。在这瓜果鲜花和舞蹈之乡，你须知白髯老者的重要。他们是第一因素：他们不到，什么都不会开始——奶茶不会斟上，馕不会掰开，抓饭上那块令人馋涎欲滴的羊肉，没人把它切碎。

——这是馋鬼的思路。不会开始的，是歌子吗还是舞蹈呢？总之就像堆满地毯一动不动的食物，缺了白髯老者的一句话或一个眼神，整个场子，是安静的。

老人倾身对我，听着我的问候，微笑着握住了我的手。这非同小可，场子里顿时眼神流盼。满眼看见的都是信任，这真让人兴奋。

那等待的歌，还有旋转的舞，随之开始了。我仅仅停了一小会儿，我只犹豫了一个刹那，就明白了要紧的不是会不会，而是参加不参加。于是我加入了圈子，不会唱就跟上和声，不会跳就随着旋转。

哦，或许那一天真有冥冥的指引。我居然以一个白丁的本能，踩到了最准的步点。和声很容易学：俩、音、呼、哈格、嗨咿。至于旋转么，就是想象自己变成了自由的鸟儿，展开双臂，盘旋，享受。我在心在意地体会，有滋有味地旋转，而那时的屋子里，歌和舞，都已经燃烧起来了。

俩，俩，别再摆架子。白髯老者的赞许，是我无敌的通行证。你们，朋友，无论是诗人或是财主，不管是打馕的还是烤肉的，俩，在我面前已经不能骄傲。音，我们是朋友。我们歌唱，尽情舞蹈，音，在圈子里人人平等一致。

看过央视举办的民歌大奖赛么？传说的所谓刀郎，和我讲的差不多。在场外是看不懂的，非要进到圈子里。旋涡心有一股吸力，它是无法抵挡的。那时人拼命地只想唱，只想跳，只想加入幸福的陶醉。当你觉察到一种巨大的亲近、当你幻觉到大同与和平、当你攀住了那根绳子的时候，你也会控制不住，只顾大声地喊，迷恋地跳——呼、呼！

这座小城在史书上被写得五颜六色。亚儿岗、鸭儿看、叶尔羌，都是它的名字。岗、看、羌都是 -kend 的音译，表示“地方”；至于亚儿、鸭儿、叶尔，众说纷纭，我喜欢把它译为 yar，情人。

若依我大胆的诠释，小城的名字就是“情人国”。但你要留神，情人，这个词儿可完全不像小说上讲的那意思。

——为什么它叫作 yarkend？因为在那里——专门聚会歌颂爱情。音，人们似乎以此为业，于是他们被外人称作情人。难怪如此！音——哈格！

我必须再次绷起面孔告诉你，我没说那小城一天到晚乏味地谈情说爱，像我们的电视一样。爱恋的对象，是差强人意的生活，是含义奇妙的命运，是纯洁无瑕的理想，是庄严巡回的未来。爱一个人，哪怕你爱到歇斯底里，爱疯了爱傻了也不会达到那种境界，不会与人唱和、与人共舞，一起陶醉在一个圈子上。

懂了吗？

我和你一样。过多的拘谨教育，使得我最初总想反抗。但是那一波波的和声，那逐渐强烈的声浪直接撞击着心，我强忍，但忍不住，一头栽进了吸引的旋涡。一位阿皮兹（harfiz）在圈子中心领唱，他注视着我，眼里泪水渐渐盈满。我全神贯注，又灵魂出窍，仿佛我看着另一个我。圈子不住旋转，大家挽紧臂膀，步点愈踏愈整齐。在旋转中，我沉浸幸福，好像想哭，但唯有唱，嗓音融入磁性的节奏。不愿停下，只想旋转，我盼一生一世就这样唱、跳、陶醉下去。

白髯老者抬起手来。

一切突然停止。和声，步点，节奏和吸力，美好的歌唱，都突然消失了。那个阿皮兹扑倒在地毯上，号啕大哭起来。

我的泪水也涌上眼眶！

——我记录的，是我在九十年代初参加过的一次……我说它是木卡姆。

说来很有意思，离开那次体验的时间愈久，我对它的体会就愈深。是的，该试着做一次小结了：木卡姆，它应该由称作阿皮兹的领诵人唱出的成套赞辞、与之应和的众人的成套和辞、手鼓之类乐器的伴奏，以及循回不休的圈舞组成。

请设想一个三千人参加的大圈子：要唱遍十二种成套的颂辞，除了大广场无法跳那么大的圈舞——显然，那种大规模的

“木卡姆”，唯有国家力量才能实践。这就是所谓“木卡姆是国王妃子阿曼尼莎汗的创作”，这一比喻说法的来源。

不消说学术的繁缛，无法用一篇树叶般短小的散文讲清。何况我还想顾及文学的滋味；所以叶上描花，只一笔勾勒筋络；但我的立论是较真的。

——只怕你看不透新疆的潜力！任什么文化因素进入它的土壤，它都能点石成金，变之为艺术。人们在如此艺术里陶醉，熨慰了痛苦，充实了心灵，又去迎送生活，携带着歌和舞——这就是新疆，它的秘密。

至于小城，它只是一处地点而已。在它的各种称呼里，我喜欢“鸭儿看”这神秘的表示。为什么呢？好像它有一点陶醉的意思，不是吗？

（原载2007年8月6日《文汇报》）

# 石宝山听歌

肖复兴

据说年年的石宝山歌会都要下雨，但阻挡不住歌会的进行。说是下雨自有下雨的好处，地潮、空气湿度大，夜晚点火，做香锣锅饭或取暖过夜，可以不用担心烧着树木起山火。石宝山歌会是当地白族人的节日，石宝山在剑川境内，剑川位于我国滇西，距大理一百三十千米，是白族人世代居住的地方。每年农历七月二十六到八月初一都有石宝山歌会，来自剑川周围的白族男女都要翻山越岭来对歌，对好歌便径直跑进山间的林木之间幽会，多少爱情之花就这样开放在情歌中。歌会期间石宝山山上山下人如潮，歌如潮，有几百年乃至上千年的历史了。可以说，石宝山歌会和剑川白族的历史一样亘古绵长。

我来到剑川，正赶上石宝山歌会，那天一整个白天都是响晴薄日的，没有一点雨的影子。石宝山上有宝相寺，山下有对歌台，白族男女都身穿着漂亮鲜艳的民族服装，男的抱着龙头三弦，女的打着花伞、戴着花朵，上山进香，下山对歌，佛事、歌事，都连着情事。那一天，歌声此起彼伏，从未间断，托浮起石宝山在白云间袅袅拂拂。世界上所有的歌，只有情歌才有这样大的力量吧？

但那一天黄昏，天突然下起雨来，而且下得极大，还夹有冰雹，雨帘重重，立刻遮住了石宝山的一切，也吞噬了刚才还在四处飞翔的歌声。果然没有逃出年年石宝山歌会下雨的规律。那也许是天意，在给予人们爱情美好的同时，也给予人们风雨的考验。那一刻，我正在山顶的宝相寺内，心里惦念着漫山遍野那一对对对歌的情侣们，这么大的雨，他们到哪里避雨去呢？一时间，满山满林静寂，只听见雨声和天风浩荡。

雨停的时候，天渐渐黑了下来。沿山间石径下山，风拂动头顶的树叶，飘洒下星星点点的雨珠，晶莹而清凉。就在这时候，似乎像是有谁在指挥一般，歌声突然从山间里飞出而腾空直上，那从树叶上溅落下来的雨珠，似乎是歌声飞散的音符。那一刻，山呼树应，回声四起，嘹亮而清澈，石宝山简直像是一座巨大无比的音响，每一片树叶，每一朵野花，都摇曳着歌声的精灵。

我听见一个小伙子的歌声，我找不到他的人影，不知他藏在哪一棵树的后面。他的歌声很是委婉动听，有几分缠绵和忧伤："你的曲子是飘落的一片片叶子，我是一头山羊；我要把叶子一片片吃进我的肚子里，可你的叶子一直没有落下来……"

他唱得太好了，是因为他想的比喻太妙了，更是因为他心中情感太真切了。

我接着往山下走，听见一个姑娘的歌声，我不知道是不是在和那个小伙子对歌，她唱得同样精妙绝伦：“没有落下的雨点哟，是藏在云彩里的秘密；我唱给情人的歌声哟，是倾吐我心里的秘密……”

暮色四合，一围秋色，星星没有出来，月亮没有出来，满山都是这样让人心动而想落泪的歌声。

那歌声便是今天石宝山的星星和月亮。

（录自《音乐笔记》，学林出版社，2000年版）

# “子弟书”下酒

王充闾

## 一

这已经是五年前的事了。

春节过后，友人佳生冒着北风烟雪来到舍下。进屋以后，我一面忙着为他扫掉身上的雪花，一手接过他递过来的用厚纸包裹的东西。他笑着说：“盘飧市远无兼味，行李家贫只旧书。——这么一点意思。不过，这件东西可能还是你最喜欢的。”

什么是我“最喜欢的”呢？当然只有书籍了。打开一看，果然不错。这是一部由北京市民族古籍整理出版规划小组辑校的《清蒙古车王府藏子弟书》，上下两册，装帧精美，收录“子弟书”近三百种，达一百万字。

“知我者，张子也！”我高兴得叫了起来。

我告诉他，这里面的许多段子，小时候我都听过。摊开“子弟书”的册页，立刻就忆起了我的童年，我的父亲。“书卷多情似故人”这句诗，过去虽然也常说，但是，现在才倍感真切。

我的家乡，离满族聚居区北镇（从前叫广宁府）比较近，都在医巫闾山脚下。这一带，盛行着吟唱“子弟书”的风习，我父亲就是其中的痴迷者。童年时在家里，我除去听惯了关关鸟语、唧唧虫吟等大自然的天籁，常萦耳际的就是父亲咏唱《黛玉悲秋》《忆真妃》《白帝城》《周西坡》等“子弟书”段的苍凉、激越的悲吟。

> 客居旅舍甚萧条，采取奇书手自抄。
>
> 偶然得出书中趣，便把那旧曲翻新不惮劳。
>
> 也无非借此消愁堪解闷，却不敢多才自傲比人高。
>
> 渔村山左疏狂客，子弟书编破寂寥。

这段《天台传》的开篇，至今我还能背诵出来。

原来，清代雍、乾之际，边塞战事频仍，远戍边关的八旗子弟不安于军旅的寂寞，遂将思家忆旧的悲怨情怀一一形之于书曲，辗转传抄，咏唱不绝。当时，称之为“边关小调”或“八旗子弟书”。迨至嘉庆、道光年间，尤为盛行。满族聚居地的顺天、奉天一带的众多八旗子弟，以写作与吟唱“子弟书”段为时髦，有的还组成了一些专门的诗社。

“子弟书”文辞典雅，音调沉郁、悠缓，唱腔有东城调和西城调之分。东城调悲歌慷慨，清越激扬，适合于表现沉雄、悲壮的情怀；西城调缠绵悱恻，哀婉低回，多用于叙说离合悲欢的爱情故事。总的听起来都是苍凉、悲慨的。因此，常常是唱着唱着，父亲就声音呜咽了，之后便闷在那里抽烟，一袋接着一袋，半晌也不再说话了。这种情怀对于幼年时代的我，也有很深的感染。每逢这种场合，我便也跟着沉默起来，或者推开家里的后门，望着萧凉的远山和苍茫的原野，久久地出神。

## · 二

父亲少年时读过三年私塾。按当时的家境，原是可以继续深造下去的。岂料，人有旦夕祸福，在他十岁那年，我的祖父患了严重的胃出血症，多方救治，不见转机，两年后病故了，年仅三十七岁。家里的二十几亩薄田，在延医求药和处理丧事过程中，先后卖出了一多半。孤儿、寡母，再也撑持不起这个家业了，哪管是办一点点小事都要花钱找人，典当财物，直到最后把村里人称作“地眼”的两亩园田也典当出去了。生活无着，祖母去了北镇城里的浆洗坊，父亲流浪到河西，给大财主“何百万”家佣工，开始当童仆，后来又下庄稼地当了几年长工。

听父亲讲，这个大户人家是旗人，祖居奉天，后来迁到此地。大少爷游手好闲，偏爱鼓曲，结交了一伙喜爱“子弟书”和“东北大鼓”的朋友。一进腊月门，农村收仓猫冬，便让长工赶着马车去锦州接“说书先生”（这一带称艺人为“先生”），弹唱起来，往往彻夜连宵。遇有红白喜事，盖新房，小孩办满月，老人祝寿诞，都要请来“说书先生”唱上三天两宿。招待的饭菜一律是高粱米干饭，酸菜炖猪肉、血肠。所以，艺人们有一套俏皮磕儿：“有心要改行，舍不得白肉和血肠；有心要不干，舍不得肉汤泡干饭。”何家藏有大量的“子弟书”唱本，都是由沈阳“文盛堂”和安东“诚文信书局”印行的。父亲从小服侍大少爷，在端茶送水过程中，经常有机会接触这种艺术形式，培养了终生的爱好。

成家立业、自顶门户以后，父亲也还是在紧张的劳动之余，找来一些“子弟书”看。到街上办事，宁可少吃两顿饭，饿着肚子，也要省出一点钱来，买回几册薄薄的只有十页、二十页的唱本。冬天闲暇时间比较多，他总是捧着唱本，唱了一遍又一遍。长夜无眠，他有时半夜起来，就着昏暗的小油灯，压低了音调，吟唱个不停。有些书段听得次数多了，渐渐地，我的母亲、我的姐姐、我，也都能背诵如流了。这对我日后喜爱诗词、练习诗词创作起到了熏陶、促进的作用；甚至，对于我的父亲以及我小时候情绪的感染、性格的塑造都有一定的影响。

当然，这种影响毕竟是有限度的。那个时候的乡下，本质上还是一个日常生活、日常观念的世界。人们有限的精力和体力，几乎全部投入于带有自然色彩的自在的生活、生产之中，而非日常所必需的社会活动领域和自觉的精神生产领域尚未得以建构，或者说尚未真正形成。尽管我父亲算是一种例外，他酷爱曲艺，喜欢文学作品，并不止于单纯消遣的层面；但是，也还谈不上进入自觉的非日常生活主体的创造性审美意境。而就绝大多数的读者、听众来说，这类通俗的曲艺作品，不过是作为一种日常生活的添加剂，发挥着解除体力劳动的疲倦，消磨千篇一律的无聊光阴的功能。这样，在这些曲艺作品走向千家万户的同时，也就失落其固有的内在审美本质，变成了一种同纸牌、马戏差不多少的纯粹的日常消遣品。

父亲喜爱“子弟书”，可说是终生不渝，甚至是老而弥笃。在我外出学习、工作之后，每当寒暑假或节日回家之前，父亲都要写信告诉我，吃的用的，家里都不缺，什么也不要往回带。但在信尾往往总要附加一句：如果见到新的“子弟书”唱本出版，无论如何也要买到手，带回来。遗憾的是，五六十年代这种书出得很少。为了使他不致空盼一场，我只好到市图书馆去借阅，那里有我一个老同学，我所有的借书都记在他的名下。1969年春节前夕，我回家探亲，父亲卧病在床许多天了，每天进食很少，闭着眼睛不愿说话。但是，当听我说到带回来一本《子弟书抄》时，立刻，强打起精神，靠着枕头坐了起来，戴上了老花镜，一页一页地翻看着，脸上时时现出欣悦的神色。当翻阅到《书目集锦》这个小段时，还轻声地念了起来：

有一个《风流词客》离开了《高老庄》，

一心要到《游武庙》里去《降香》。

转过了《长坂坡》来至《蜈蚣岭》，

《翠屏山》一过就到了《望乡》。

前面是《淤泥河》的《桃花岸》，

老渔翁在《宁武关》前独钓《寒江》。

那《拿螃蟹》的人儿《渔家乐》，

《武陵源》里面《蓼花香》。

《新凤仪亭》紧对着《旧院池馆》，

《花木兰》《两宴大观园》。

《红梅阁》《巧使连环计》，

《颜如玉》《品茶栊翠庵》。

《柳敬亭》说，人生痴梦耳，

《长随叹》说，那是《蝴蝶梦》《黄粱》。

……

“很有意思，很有意思。”父亲连声地称赞着。但是，身体已经过于虚弱，实在是支撑不住了，慢慢地把书本放了下来。

## · 三

听母亲讲，父亲年轻时，热心、好胜，爱“打抱不平”、管闲事；看重名誉，讲究“面子”；喜欢追根、辩理，愿意出头露面，勇于为人排难解纷。村中凡有红白喜事，或者邻里失和、分家析产之事，都要请他出面调停，帮助料理。由于能说会道，人们给他送了个“铁嘴子”的绰号。

后来，年华老大，几个亲人相继弃世，自己也半生潦倒，一变而为心境苍凉，情怀颓靡，颇有看破红尘之感。他到闾山去进香，总愿意同那里的和尚、道士倾谈，平素也喜欢看一些佛禅、庄老的书，还研读过《渊海子平》《柳庄相法》，迷信五行、八卦。由关注外间世务变为注重内省，由热心人事转向寄情书卷，寻求精神上的寄托。但所读诗书多是苍凉、失意之作。记得，那时他除了经常吟唱一些悲凉、凄婉的“子弟书”段，还喜欢诵读晚年的陆游、赵翼的诗句：“时平壮士无功老，乡远征人有梦归”“众中论事归多悔，醉后题诗醒已忘”“绝顶楼台人散后，满堂袍笏戏阑时”，等等。在我的姐姐、两个哥哥和祖母相继病逝之后，他自己也写过“晚岁常嗟欢娱少，衰门忍见死丧多”的诗句。

我家祖籍河北省大名府。他每次回老家，路过邯郸，都要到黄粱梦村的吕翁祠去转一转。听他说，康熙年间有个书生名叫陈潢，有才无运，半生潦倒，这天来到吕翁祠，带着满腔牢骚，半开玩笑地写了一首七绝：“四十年来公与侯，虽然是梦也风流。我今落拓邯郸道，要向先生借枕头。”后来，这首诗被河督靳辅看到了，很欣赏他的才气，便请他出来参赞河务。陈生和卢生有类似的经历，只是命运更惨，最后因事入狱，一病不起。说到这里，父亲读了一首自己唱和陈潢的诗：

> 不羡王公不羡侯，耕田凿井自风流。
>
> 昂头信步邯郸道，耻向仙人借枕头。

吟罢，他又补充一句：“还是阮籍说得实在，‘布衣可终身，宠禄岂足赖’呀！”

从前，父亲是滴酒不沾的。中年以后，由于心境不佳，就常常借酒浇愁，但是，酒量很小，喝得不多就脸红、头晕。酒菜简单得很，一小碟黄豆，两块咸茄子，或者半块豆腐，就可以下酒了。往往是一边品着烧酒，一边低吟着“子弟书”段，“魔怔”叔见了，调侃地说：“古人有‘汉书下酒’的说法，你这是‘子弟书’下酒。”父亲听了，“呵呵呵”地笑了起来。

在我入塾读书期间，每次请刘璧亭先生和“魔怔”叔吃饭，父亲都要陪上几杯，有时甚至颓然醉倒。私塾开办的最后一年的中秋节，他们老哥仨又坐在一起了。因为是带有一点饯别的性质，每人都很激动，说了许多，也喝了许多。喝着喝着，便划起拳来，行着酒令，什么“一更月在东，两颗亮星星，三人齐饮酒，四杯、五杯空，六颊一齐红……”每人从一说到十，说错了就要罚一杯酒。后来，又改成“拆合字谜”。一直闹腾到深夜。

这次聚会给人留下了很深的印象，多少年以后，父亲还同我谈起过。他的记性特别好，仍然清楚地记得每人即兴说出的字谜和酒令。当时，按年齿顺序，璧亭老先生第一个说："轰字三个车，两丁两口合成哥。车、车、车，今宵醉倒老哥哥。"接着，是我父亲说："矗字三个直，日到寺边便成时（指繁体字）。直、直、直，人生快意碰杯时。"最后，"魔怔"叔张口就来："品字三个口，水放西旁就成酒。口、口、口，劝君更尽一杯酒。"

父亲还记得，这天晚上，他唱了"子弟书"段《醉打山门》。说到这里，他就随口轻吟起来：

这一日独坐禅房豪情忽动，
不由得仰天搔首说"闷死洒家"。
俺何不踱出山门凌空一望，
消俺这胸中浩气眼底烟霞。
……

（录自《何处是归程》，东方出版中心，2000年版）

# 粤歌

黄苗子

广东广西多山，乡村男女，山中劳作，两山相隔，互相爱悦，就以山歌通款曲，这是数百年来流行的风习，也是两广通俗文学的精华之一。

“妹相思，不作风流到几时？只见风吹花落地，哪见风吹花上枝！”这一首著名山歌，流行很久，写男女相悦的内心感情，我觉得比唐诗“花开堪折直须折，莫待无花空折枝”还要深切感人。

“大头竹笋作三椏，咁好后生唔置家，咁好早禾唔入米，咁好攀枝有靓花。”用老了的三椏竹笋比喻耽误了青春，还没有结婚（置家）的后生小子。用没有结实的早稻，没有好（靓）花的花枝来比喻没有爱情的青春，幽婉动人。“碌柚批皮瓤（郎）有心，细时相好到如今，头发条条梳到尾，后生瓤得未相寻。”柚子（碌柚）剥开了皮，瓤里有心；细时就是小时候。后两句大意是说一面梳头一面想找那年轻的郎子。“行路想姑留半路，训教想姑留半床；半边日头半边雨，阿姑瓤得半晴凉（伴情郎）。”第二句“训教”即睡觉。第四句“瓤”是土语“怎么”的意思。

这些缠绵悱恻的山歌，试想白云在天，碧草如茵的山路上，远远传来这些男女相恋的抑扬音调，如何能不沉醉！

山歌也传到水上人家，小时在广州大沙头、白鹅潭或荔枝湾夜游，东船西艇，除了“凉风有信，秋月无边”的南音粤讴之外，也有艇妹唱出类似山歌的曲子，每一段落，用“姑妹”两字作和声，水上风情，缓缓歌送，也使人回肠荡气。

卡拉OK或流行歌曲，如果想花样翻新，我想，不妨在现代乐器、现代节奏以及现代感情下，试以山歌谱成新曲（尤其是一类以广东为背景的电影主题曲），旧曲翻新，改编得好，当然不让《刘三姐》专美于前。

（录自《学艺微言》，生活·读书·新知三联书店，2011年版）

# 辑五　信则灵

# 对月下老人的系念

叶至善

西湖边上有过一座月下老人祠，我小时候只去过一回，隔了五十五年，已经记不真了。好像那时有一座白云庵，在苏堤以东的湖边上，月下老人祠就在庵的左侧。反正早已泯灭，不必再去寻根究底了。地方可真清静，似乎那时也很少人知道。一个小院子，三五间瓦屋，没有茶买，也没见收香火钱的人。正屋中央的神龛里坐着月下老人：一大把白胡须，粉红色脸膛，满面笑容，那是由几条白粉画的皱纹刻画出来的；红风帽，红披风，打扮得颇像旧戏中的老员外。神龛前面照例是供桌，照例是香炉、烛台、签筒，当然，蒲团也是少不了的。两旁一副黑漆的小对联，我至今还记得，是月下老人的口吻：

愿天下有情人，都成为眷属；

是身前注定事，莫错过姻缘。

标点自然是我加的。后来我才知道，上联出自《西厢记》。月下老人怀着这样的宏愿，实在教人感动，教人起敬。下联似乎自相矛盾，既然出生之前已经注定，哪能错过呢？如果错过，“身前注定”岂不成了虚话？再一想，下联是跟着上联来的：我本着这样的宏愿在给你着力，你自己可得拿定主意，不要事到临头还心猿意马。月下老人是出于怂恿，我偏要讲究什么逻辑，岂不找错了对象？

我去月下老人祠时才十二岁。那一年秋天，正是吃桂花栗子汤的时节，我们一家三代六口人一同去游杭州：祖母、父亲、母亲，还有我和妹妹、弟弟三个；在杭州逗留了六天，倒有一半时间乘着划子游湖。那一天，祖母雇了一辆黄包车，一个人上天竺烧香去了，说妥了由车夫负责照料。父亲母亲带着我们照旧乘划子游湖。到了苏堤边上，父亲问船老大，有个月下老人祠，他可知道。船老大点了点头，划子就穿过桥孔，沿着满是芦苇的岸边直向前划。父亲母亲告诉我们，他们结婚后到杭州旅行，去过月下老人祠，跟着讲到了那副出名的对联和那对联的来历：传说有个秀才寄住在那儿读书，穷得连饭钱都付不起，只好靠卖字度日，对联就是他做的；他还给月下老人做了一套签条，用的都是经书上的话，一套一百张，都非常典雅。母亲说上一回她也求了张签，签文是《诗经》上的两句话：“维熊维罴，男子之祥”，后来就生下了我，真是巧极了。于是我大感兴趣，上了岸抢先跑进正屋，从签筒里抽出一支签来。这就更巧了，竹签上写着：

“第一签，上上大吉”。领签条是要给十来个铜圆的，我四处找没找着人，却发现签条都顺着次序挂在神龛后面的板壁上呢。我把第一签的签条撕了一张下来，原来上面是《诗经》开头那四句：“关关雎鸠，在河之洲，窈窕淑女，君子好逑。”我当时似懂非懂，心想“身前”已经“注定”，娶个媳妇总不用犯愁了。

不知是否月下老人在冥冥之中替我着了把力，我的婚姻可以算得顺利而且如意。不管怎么说，我总得向月下老人回报一声。抗战胜利后重到杭州，我想再去看看这位挺有人情味的老人家，却已经荒烟衰草，无处寻觅了。

写完回忆，我想附一条建议。西湖边上的古迹都已陆续修复，月下老人祠虽然算不上什么古迹，似乎也值得重建。几间瓦屋，一个小院子，再塑个月下老人像，花不了多少钱。到湖边来谈情说爱的年轻人难以胜数，给他们添个可以系念的所在，让他们有个可以倾吐心愿的老人家，有什么不好呢？对联也要挂上，上联一定要照旧，下联有点儿“宿命论”，能换一句固然好，如果换得不三不四，却不如不换。有些事虽然带点儿迷信，却挺风趣：你不用迷信的眼光去看它，剩下的不全都是风趣了么？还有签筒和签条，我看也可以要；在签条上写上几句祝颂的话，让热恋中的年轻人感到快活，也是一桩功德，只是不能再袭用那些古奥的语言了。

一九八五年五月二十二日作

（原载1985年第12期《浙江画报》）

# 祝由科的巫术

施蛰存

前两天，有一个朋友来闲谈，从医道谈到巫术，从巫术谈到祝由科，于是我想起五十年前所知道的一件怪事。祝由科这个名词，恐怕现代青年中很少人知道。尽管《辞海》还有这个条目，但讲得不详细。

在上古时代，医师就是巫师，差不多全世界各民族都是一样。巫师运用他的法术，驱使鬼神，为人民解灾、救难、治病。他们甚至能起死回生。所以，在古代，“巫医”两个字总是连在一起的。到后世，用药物治病的医道发明了，出现了不用巫术的医师，于是“巫”与“医”才分了家。

祝由科是巫师的后裔，他们的来源很古。东汉时，张鲁创设“鬼道教”，这个教门是事鬼的，也是巫师的流变。北魏时，寇谦之倡立“道教”，删去“鬼”字，表示他们是事神而不事鬼，又采用老子哲学的思想基础，于是成为一门新的宗教，其实是受了佛教的影响。

祝由科在唐宋以后，成为一种以符咒治病的医科。他们被道教排斥，认为是邪门。其实道教中也还有用符咒治病的道士。

我小时候，家住松江城内。在南门里一条冷僻的路上，有一户人家，门口挂着一块招牌，写着一行“世传神医祝由科善治百病”。这是我知道有祝由科的开始。这家有一个老者，据说是用符咒治病的。如果人家有疑难杂症，请他去作法念咒，用黄纸画几张符，贴在门楣上，病就会好。又有人说，祝由科医师也用药物，不过不是用神农本草里的草药，而是用一些奇怪的药物，例如：一双猫头鹰的眼睛，乌龟的尿，刺猬的血。

祝由科盛行于湘西辰州（今沅陵），所以他们画的符叫作辰州符，听说在清代，辰州还有卖符的店。

1937年秋，我从长沙搭公路汽车去贵阳。第一晚就在沅陵歇宿。我住在汽车站旁边的旅馆里，和一个四川客商合住一间楼上小厢房，倒也清静。不意随即有一旅贵州军队开到，他们是往东去参加抗日战争的。士兵住在楼下，长官住在楼上。士兵闹闹嚷嚷地做饭、洗汗衫，长官叫来了土娼，饮酒打牌。一下子把一座旅馆闹得乌烟瘴气。到深夜还没有安静下来。

我无法睡觉，看看外边月光大好，就跑出去，走下山坡，到辰溪边散步玩月。那四川商客也尾着我下山。他劝我不要再走远了。我问：“为什么？有老虎吗？”他说：“老虎不会有。”我就追问：“那么怕什么？”他说：“会碰到死人。”我不觉惊异，就问："这里常有倒毙的死人吗？"他说："不是倒毙的死人，是走路的死人。"我被他讲得莫名其妙，拉着他的胳膊问："你讲的是什么呀？"他笑着说："原来你不知道，这里有辰州符。"我说："辰州符，我听说过，可跟走路的死人有什么关系？"他坐下在溪边一块石头上，拉我也坐下，他就讲了辰州符的惊人事迹。

"湘西这一带，从前非但没有通汽车的公路，连官塘大路也没有。到处都是高山深谷，丛林密箐，走路都很困难，车马更不易通过。如果有人死在外乡，无法运棺材回故乡安葬。因此，唯一的办法，便是请祝由科带死人走回家。祝由科画一道符，贴在死人额上，念了咒，摇着一个摄魂铃，死人就会跟着他走。带死人回家，必须在深更半夜，一个祝由科后面跟着一个或几个死人。走到天色将明，就得投奔当地祝由科的家。死人走进门，就靠在门背后。不能让他躺倒，一躺倒就破了法术，第二夜就不能走了。死人在路上走，不能给生人看见，一看见他就倒下，也不会走了。所以祝由科一边走一边摇铃，叫人让开躲避。因此我劝你不要走得再远，怕会碰上。"

这是我生平听到过的最古怪的事。我问四川客商："你看见过没有？"他说："我怎么会看见？"我又问："到底是不是真有这种事？"他说："你去问问别人，这里大家都说是有的。"

我到昆明，在云南大学认识了物理系教授田渠，他是沈从文的同乡，凤凰人。我马上就把在沅陵听到的事问他，他回说：

辰州符能教死人走路，他也听到过，不过没有见过。我说："你是科学家，信不信有这等事？" 他说："按科学的理论来说，这种事是不可能有的。但是，天下还有许多事，不是科学能解释的。" 后来，沈从文也到了昆明。我也在闲谈之际问起这件事。他说：他相信是有的，也许过去确实有过。因为湘西人都不会否定。最后，我碰到历史学家向达，他是湘西白族人。我又问起这件事。他说：他也知道。古书上记载的巫术，尽管现代人已不信其为真有其事，但也不能绝对否定。难道古代的学者都是说谎的人吗？

这是我五十年前知道的怪事，写下来，说不定还可以给民俗学者参考。

（原载1988年8月2日《新民晚报》）

# 迷信与邪门书

王小波

我家里有各种各样的书，有工具书、科学书和文学书，还有戴尼提、气功师一类的书，这些书里所含的信息各有来源。我不愿指出书名，但恕我直言，有一类书纯属垃圾。这种书里写着种种古怪异常的事情，作者还一口咬定都是真的，据说这叫人体特异功能。

人脑子里有各种各样的东西，有可靠的知识，有不可靠的猜测，还有些东西纯属想入非非。这些东西各有各的用处，我相信这些用处是这样的：一个明理的人，总是把可靠的知识作为根本；也时常想想那些猜测，假如猜测可以验证，就扩大了知识的领域；最后，偶尔他也准许自己想入非非，从怪诞的想象之中，人也能得到一些启迪。当然，人有能力把可信和不可信的东西分开，不会把怪诞的想象当真——但也有例外。

当年我在农村插队，见到村里有位妇女撒癔症，自称狐仙附了体，就是这种例外。时至今日，我只知道狐仙鬼怪根本不存在，所以狐仙附体很不可信。假设我信有狐仙附了我的体，那我是信了一件不可信的事，所以叫撒了癔症。当然，还有别的解释，说那位妇女身上有了“超自然的人体现象”，或者是有了特异功能（自从狐仙附体，那位大嫂着实有异于常人，主要表现在她敢于信口雌黄），自己不会解释，归到了狐仙身上；但我觉得此说不对。在学大寨的年代里，农村的生活既艰苦，又乏味；妇女的生活比男人还要艰苦。假如认定自己不是个女人，而是只狐狸，也许会愉快一些。我对撒癔症的妇女很同情，但不意味着自己也想要当狐狸，因为不管怎么说，这是一种病态。

我还知道这样一个例子，我的一位同学的父亲得了癌症，已经到了晚期，食水俱不能下，静脉都已扎硬。就在弥留之际，忽然这位老伯指着顶棚说，那里有张祖传的秘方，可以治他的病。假如找到了那张方子，治好了他的病，自然可以说，临终的病苦激发了老人家的特异功能，使他透过顶棚纸，看到了那张家传秘方。不幸的是，把顶棚拆了下来也没找到。后来老人终于在痛苦中死去。同学给我讲这件事，我含泪给他解释道：伯父在临终的痛苦之中，开始想入非非，并且信以为真了。

我以为，一个人在胸中抹杀可信和不可信的界限，多是因为生活中巨大的压力。走投无路的人就容易迷信，而且是什么都信。（马林诺夫斯基也是这样来解释巫术的。）虽然原因让人同情，但放弃理性总是软弱的行径。我还认为，人体特异功能是件不可信的事，要让我信它，还得给我点压力，别叫我“站着说话不腰疼”。比方说，让我得上癌症，这时有人说，他发点外气就能救我，我会相信；再比方说，让我是个犹太人，被关在奥斯威辛，此时有人说，他可以用意念叫希特勒改变主意，放了我们大家，那我不仅会信，而且会把全部钱物（假如我有的话）都给他，求他意念一动。我现在正在壮年，处境尚佳，自然想循科学和艺术的正途，努力地思索和工作，以求成就；换一种情况就会有变化。在老年、病痛或贫困之中，我也可能相信世界上还有些奇妙的法门，可以呼风唤雨，起死回生，所以我对事出有因的迷信总抱着宽容的态度。只可惜有种情况教人无法宽容。

在农村还可以看到另一种狐仙附体的人，那就是巫婆神汉。我以为他们不是发癔症，而是装神弄鬼，诈人钱物。如前所述，人在遇到不幸时才迷信，所以他们又是些趁火打劫的恶棍。总的来说，我只知道一个词，可以指称这种人，那就是“人渣”。各种邪门书的作者应该比人渣好些，但凭良心说，我真不知好在哪里。

我以为，知识分子的道德准则应以诚信为根本。假如知识分子也骗人，让大家去信谁？但知识分子里也有人信邪门歪道的东西，这就叫人大惑不解。理科的知识分子绝不敢在自己的领域里胡来，所以在诚信方面记录很好。就是文史学者也不敢编造史料，假造文献。但是有科学的技能，未必有科学素质；有科学的素质，未必有科学的品格。科学家也会五迷三道。当然，我相信他们是被人骗了。老年、疾病和贫困也会困扰科学家，除此之外，科学家只知道什么是真，不知道什么是假。更不谙弄虚作假之道，所以容易被人骗。

小说家是个很特别的例子，他以编故事为主业；既知道何谓真，更知道何谓假。我自己就是小说家，你让我发誓说写出的都是真事，我绝不敢，但我不以为自己可以信口雌黄到处骗人。我编的故事，读者也知道是编的。我总以为写小说是种事业、是种体面的劳动，有别于行骗。你若说利用他人的弱点进行欺诈，干尽人所不齿的行径，可只因为是个小说家，他就是个好人了，我抵死也不信。这是因为虚构文学一道，从荷马到如今，有很好的名声。

我还以为，知识分子应该自尊、敬业。我们是一些堂堂君子，从事着高尚的事业；所有的知识分子都是这样看自己和自己的事业，小说家也不该例外。现在市面上有些书，使我怀疑某人是这么想的：我就是个卑鄙小人，从事着龌龊的事业，假如真有这等事，我只能说：这样想是不好的。

最近，有一批自然科学家签名，要求警惕种种伪科学，此举来得非常及时。《老残游记》上说，中国有“北拳南革”两大祸患。当然，“南革”的说法是对革命者的诬蔑，但“北拳”

的确是中国的一大隐患。

中国人，尤其是社会的下层，有迷信的传统，遇到困难，生活有压力时，更会迷信。此时有人来装神弄鬼，就会一哄而起，造成大的灾难。这种流行性的迷信之所以可怕，在于它会使群众变得不可理喻。这是中国文化传统里最深的隐患。宣传科学，崇尚理性，可以克制这种隐患；宣扬种种不可信的东西，是触发这种隐患。作家应该有社会责任感，不可为一点稿酬，就来为祸人间。

（原载1995年7月12日《中华读书报》）

# 占卜人

金克木

从前的读书人不但要读经史子集，还要学会作应考和应酬的诗文，还讲究懂得琴棋书画医卜星相。我老家里的几十箱旧书就是这样杂乱的。从太平天国时去世的曾祖父到我，四代都是靠书本文字吃饭的，所以我小时候翻看家中藏书，成了杂乱无章的字纸篓。

我的哥哥不知何时把讲算易卦"文王课"的《卜筮正宗》等书翻出来拿回屋用几个铜钱学占卜。我也就找出几部讲"大六壬"的书来学"袖占一课""掐指一算"。恰巧这时我看了《镜花缘》里面教"六壬"的入门。小时候记性好，没多久就可以排"三传、四课"列"神将"，而且可以不写下来只掐掐指节记在心里了。我们兄弟二人各学一套，从不互相对证，更不讨论比较。

有一天，嫂子怀孕要"临盆"了。我看见哥哥一个人在书房里手摇铜钱排“文王课”。过去一看，原来得了个什么易卦，什么“之”什么卦。我笑着问他是不是预测嫂子生男生女。他点点头。这只要辨别阴阳，是最容易判断的。于是我照他写下的干支日时也掐着手指算了起来。我要胜过他，故意不写也不说话。一会儿，只见他喜形于色，提笔批上“断曰：必生男。”我的“六壬”课也完成，想一想，判断是“生女”，便对他说：“错了，是生女。”他很不高兴，问我怎么知道。我便将我算的“课”写了出来，也加上“断曰：必生女。”哥哥不懂“六壬”。我偷看过他的卜筮书，懂一点易卦，便又指出他的判断有误，没有考虑周全。这一“之”，出了“变爻”，情况不同了。他一听，更不高兴了，说：“好，比比看谁灵。什么大六壬，怎么比得上《易经》？”我比他小十几岁，跟他念过《孟子》，知道他是学英文的，不怎么佩服他的《易经》，当下一口答应。过了两天，娃娃出世，是个女的。哥哥大为丧气，整整一天不和我说话。气消了，才对我说：“看来是我的六爻敌不上你的六壬了。”我回答说：“不是这样。只因你一心想生儿子，所以明明阳爻变了阴爻，卦变了，你还照原来想的判断。文王还是灵，你不灵。我给你‘解蔽’。照我的‘三传’看，明年嫂子再生一个，必定是男的。‘初传’阴象，这次生女，‘中传’和‘末传’都是阳象，下两个是侄儿。”哥哥一高兴，晚上请我到大街上去吃有名的门家小铺的包子和面条，还加上一盘香肠和四两酒。过两年，果然又生了两个侄儿。每生一个，哥哥都要请我喝酒吃包子面。

他大大称赞我的课灵，开玩笑说：“你将来可以走江湖算卦过日子，不用像我这样一辈子不出门当教书匠了。”

现在过了快七十年了，我早已忘记占卜之事。近年来忽然听说《易经》又行时了，而且占卜之风又要吹起来，不免想起小时候的这桩趣事。占卜当然是求预知，可是灵不灵不在卦而在人。我是同哥哥闹别扭开玩笑。他想儿子，说是生子。我便说是生女。又为了安慰他，说下两个是男的。居然应验，是“纯属巧合”。还记得当时我是在肚子里窃笑的，因为那一卦和那一课都是既可说生男又可说生女的。不但易卦，任何模式都是这样。如果连这个变易之“易”都记不住或不肯承认甚至不懂，那样算卦占卜只怕离游戏不远了。

近见中国文史出版社的《瞎子王》，是以小说体讲上海从前的算命行业的。据说资料是民俗学者供给的。从前民俗学只调查落后地区，现在国外人类学者已有一部分转向了。何必远赴山林？我们周围就有不少民俗可以调查并需要做新解说。也不只是占卜，还有婚丧之礼等等，要研究是大有可为的。光是斥责禁止，恐怕无济于事。

（录自《孔乙己外传：小说集附评》，生活·读书·新知三联书店，2000年版）

# 大刀会

高尔泰

儒童寺小学门临大路，大路通向五里以外的沛桥镇。沛桥镇濒临沛桥河，两江三湖的船只，都在那里停留。因此沛桥的茶馆，成了这一带的新闻中心。村上天天有人上沛桥，挑着青豆芝麻山黄鳝地木耳之类去卖，少不了泡泡茶馆，回来时带点儿新闻。新闻零碎，且不及时，但是数量一多，也可以拼出点儿大致的图形。

日军的暴行，骇人听闻。但他们的势力范围，仅限于高淳县城和几个较大的市镇据点，有时从那里出来一下，“扫荡”，抢粮，烧杀一阵就缩回去。尤其山乡一带，从不久留。在山乡，平行地存在着两个中国人的政府。下坝的东皇庙有一个“江南行署”，是国民党政府。靠近溧水县的洪蓝埠一带，有个“苏南行署”，是共产党政府。两党也各有一个“高淳县委”，分别设在青圭塘和曹塘。属下的“工委”“特委”“兵站”“工作站”“办事处”等等，和他们的武装“新四军”“挺进队”“四十师”“游击大队”“忠义救国军”等等，这里那里流动不息，弄不清谁是谁。可以听到他们与鬼子“驳火”的消息，也可以听到他们互相“驳火”的消息。

村上的人们，不在乎党不党，什么消息都一听了之，照样的“昼出耘田夜绩麻”，无为而治。有个公堂屋，没人管，塞满了各家的斛桶、水车、织布机、摇篮甚至棺材。村上的许多人家，中堂屋里都放着一口或两口棺材，是屋主为自己和老伴身后准备的。生前也不是空着，可以装粮食干货，或者被褥蚊帐，盖头上蓑衣笠帽随便放。这不是因为他们很禅意很老庄，对死亡没有恐惧，而是风俗习惯如此。有些人家东西多，家里放不下，就放到公堂屋里来了。外来的人到村上办事，如果走进公堂屋，看到的就是这些东西。

凡是有陌生人进村，大抵都是来要粮的。谁撞上了，就任意把他们领到某一个长辈老人那里。老人找几个人商量一下，各家摊一点儿，集中起来，派个人用手推车推到某个指定的地点，问题也就解决了。但是有些难题，他们解决不了。比方秋收前，日伪军、挺进军、新四军三方都来要粮，只准给自己不准给其他两方，他们就没辙了。

处理这类问题的，是村上几个“秀”字号的人物。“秀”是“秀才”的简称，泛指读过书能识字的人。高淳的方言，山乡圩乡不同，都无“先生”二字，“秀”字代之。“张秀”“李秀”“王秀”，都是尊称。村上有个光棍汉，酒瘾很大，常醉卧墙根。爱吃狗肉，常屠狗。一字不识，但插秧插得特好，快，直，行距株距均匀，成活率高，众所不及，人称“秧秀”。我父亲教书，人称“高秀”，但他是难民，村上的事没人找他。“秧秀”呢，也没人找。找得最多的是“方秀”。

方秀是个矮子，很矮，大家背后叫他方矮子。他有两个老婆，在村前头开了一家小杂货店，供应村上的日常所需：火柴、盐巴、茶叶、针线、草纸、明矾、卤碱、灯芯草、黄烟、水烟、白酒、酱油、蚊香、奇楠线香、仁丹、冥钱、做冥钱用的锡纸……应有尽有。小老婆站柜台，大老婆打杂。门外摆着桌凳，可以坐下喝点儿。备有五香肚丝，臭豆腐干拌花生米，给你下酒。但是村上的人买东西，还是喜欢上沛桥。说沛桥的东西便宜，酒也酽些。

方秀谈判的结果，村上人也不一定接受，有一次，他答应给日伪军交粮，没人肯出，收不起来。他扬言不管了，东坝据点的日伪军扬言来“收”，大家无法可想，风声鹤唳，也只有听天由命。唯一的反应，是大刀会集合，操练了一次，似乎也给人些许安慰。好在后来，日伪军没来。

从理论上来说，大刀会是一种会道门，带有民间宗教的色彩。但是实际上，它只是一种农民武装。村上人的宗教观念十分淡薄，玉皇大帝、佛菩萨、狐仙、马甲、关公、姜子牙……都信，等于都不信，实际上是无所谓信不信，就同他们在家里放口棺材，无关于生死观一样。参加大刀会，是因为大刀会传到了这个地方。就像山阳邢村人参加红枪会，是因为红枪会传到了那个地方。

村上大刀会的老大叫方庆，矮、瘦，龟背、猿肩，胸部微凹，脖子细长；又爱剃个光头，越发显得弱小。但却力大无比，舞动他那把据说是六六三十六斤重的大刀，飕飕的都是风声。他那把刀别人只能拿着看看，能舞的也舞不了几下。据说他的看家本事还不是刀术，而是扁担花和板凳花。扁担花是用扁担作武器的功夫，板凳花是用长板凳作武器的功夫。长板凳舞起来，四条腿就像千百条腿，使人眼花缭乱。教大家用这些日常用品自卫，也是大刀会的传统会务。

不过大刀会的主要武器还是大刀。大刀有长柄有短柄。保城圩一带是短柄，儒童寺一带是长柄。带着红缨，就像京戏里关云长使的那种。几乎每家都有一把，平时不磨也不练，同钉耙、锄头、锨一起靠在墙角落里，老是碍手碍脚。直到有人吹起号子，才被迅速拿起。号子有牛角的，有锡皮的，有铜皮的。村上的是后者，颇似军号，声音急切悲壮，百静中突然响起，惊心动魄。

村上的青壮年汉子，几乎全是大刀会员。他们轮流保管号子，拿到号子就是派到放哨任务，上山下地都得带着它，以便发现情况就吹。人们一听到号子就拿起大刀，到公堂屋门前的打谷场上集合。集合后有个仪式，我没见过，估计就是发功。

他们说完了就愤怒异常，只想冲杀敌人，而且比平时跑得快跳得高力气大，过后就不行了。这话不假，有一次我看到他们出发，全都光着上身，头缠杏黄布，手持红缨刀，一个个眼露凶光脸色铁青，盯着前方直冲。队形散乱而方向一致，虎虎生风。我从门缝里看着，牙齿格格地直打战。后来他们没遇到敌人回来了，一个个又都变成了我所熟悉的随和农民。

这里面有一份神秘，我弄不清。父亲说，如果将来有机会，研究一下从黄巾起义到义和团的资料，可能会得到一些启发。这个工作，我一直未做。我只是知道，并因此感到遗憾，那份神秘的力量，仍然敌不过现代枪炮。大刀会每次攻打日军都失利，伤亡惨重。早在五十年代就消失了。

（录自《寻找家园》，花城出版社，2004年版）

# 十八扯

韩少功

没听说过吗？乾川那边有一个婆娘，生出一个娃崽像老头，浑身都是皱纹。但每条皱纹里都夹了一只眼睛，眨巴眨巴地闪，吓死人了。

——录自庆爹家火塘边的闲聊

雁泊湾有条牛，生下来就有耳环眼。那条牛一见到舜爹就吓得下跪，不晓得是为什么。后来大家想起来了，以前村里不是有个三姑娘么？因为偷队上的苞谷，被舜爹带着大家批斗过。她一时想不开，吃黄藤死了。这条牛肯定就是她转世。

大家去问舜爹，舜爹说他当队长那年是有过这么回事。

你去问雁泊湾的人，大家都晓得这件事。分田分牛的那一阵，那条牛一直没有分，还是由村里包养。它后来摔下山，摔死了，村里也没分肉。舜爹出钱把它葬了。

——录自莫求家火塘边的闲聊

杜万发那年当营长，带了一营鸦片兵，抽足了鸦片烟就劲头十足，打仗最勇猛。有一次遇到红军，钉子碰了铁。对方全是神兵，喝了朱砂水的，一上阵就疯了一样，跳得三尺高，跳得丈多远，子弹根本不能近身，还没碰到皮肉就转了弯，软绵绵地往地下栽。

红军的神兵可以互相砍，根本砍不出血。杜营长后来请来师爷摆计。师爷说，神兵怕狗血。所以打仗前先在士兵的额头上和枪头上抹狗血，这样才能镇住妖邪。一试，果然灵。鸦片兵还一齐学狗叫，叫得神兵的两条腿都软了。

——录自荷香家大塘边的闲聊

三茅峒有个人生下来就没有自己的影子，只有红毛狗的影子。你怎么看，他的影子也有四条腿，一条尾巴，还有尖尖的耳朵。

——录自有福家火塘边的闲聊

以上是农民围火闲聊时的题材。在这时候说事，没什么正经，多是说得大家心惊肉跳的十八扯。

乡村里读书人不多，笔墨也少见，各种信息鲜有笔载，多由口传。口传者一坐到火塘边，面对着漫长的闲冬，喝上一口谷酒，大概不能不强化一点刺激。对于取乐者来说，说得是否有据不那么重要，说得是否有趣倒很重要，否则大家就可能笼着袖子在火塘边睡过去，连谷酒也喝不出什么兴头。这样，他们说近事大体上求真务实，不至于太信口开河，但一说到十年以外或百里以外的事，大概就难免东扯西拉和添油加醋，不嚼出点神呀鬼的，口舌就没有滋味。

残火闪烁，烟雾缭绕，火屑星子飞舞着向上蹿。火塘是熬冬的场所，自然成了闲人们的聚集之地，成了神话的生产之地。对于很多农民（特别是中老年）来说，山村是他们的过去，也是他们的未来。这一点已经足够。他们满足于天地间一隅的温饱，并无征服山外世界的野心，那么是不是一定要了解所谓世界的真实？正如一个无须考博士和娶太太的孩子，一定更喜欢看神话剧，一定愿意照哈哈镜——神话就是山民们的一面心理哈哈镜吧？

> 不得了，城里人现在有一种迷魂术，朝你肩上一拍，对你笑一笑，就把你的魂勾跑了。你就会把钱交给他，事后还根本不知道是怎么回事。这事千真万确！不信你就去问山阳峒的奉矮子。他上个月不是把自己的手机和存折交

给了两个湖北人？他骑了湖北人的摩托车，才骑了一两里，就发现摩托车变成了一条板凳……

——录自建伢子家火塘边的闲聊

这一条奇闻也可疑。倘若世上真有这种迷魂术，比蒙汗药和麻醉法还厉害，世界上的事倒也简单了。美国的科技最发达，派人把这个国家总统的肩头拍一下，朝那个国家总统笑一笑，世界岂不统统成了他们的手中玩物？

我的猜测是：山阳峒的奉矮子坚持这么说，很可能是他在城里误入赌局，或者误入黑店，或者误中传销圈套等等，在骗子面前昏了头，闹得自己鸡飞蛋打。但承认这一点有失脸面，没法交代。他必须编造（至少得传播）一个迷魂术的说法，在他人面前开脱自己。

是不是这样？我不知道。

当一碗谷酒灌得我飘飘然的时候，当嘴里时不时溜出傻笑的时候，我其实并不愿意事情就这样乏味。

（录自《山南水北》，作家出版社，2006年版）

# 搬沙鬼

吴藕汀

一片黄沙亩万千，停流江水史无前。

冥中传有搬沙鬼，潮尽滩头阻海船。

海宁海神庙头门口两边，塑有几个蓬散了赤发、赤裸着青色的身躯、腰间裹着兽皮、手里拿着钢叉的形象，本地人呼之为搬沙鬼。据说海里的黄沙东涨西坍，都是他们搬来搬去的缘故。甚至有人把物件不时移动，取笑他也叫作“搬沙鬼”，转个音竟成了“搬沙乌龟”。且看搬沙鬼的形象，可能是热带海岛以捕鱼为生的水手渔民。赤发，据说常年住在西南海岛上的人，喝久了那里的水，常与那里的海水打交道，头发逐渐会变成红色。倘使离开了，时间一久，头发便会恢复成黑色。身躯青色，当然受了酷日久晒所致。手里拿的钢叉，即渔夫的象征。叉乃捕鱼的工具，用钢制成，故名钢叉。古赋有“垂饵出入，挺叉来往”之句。不见鲁迅先生在《朝花夕拾》的《五猖会》里也说："现在看看《陶庵梦忆》，觉得那时的赛会，真是豪奢极了。虽然明人的文章，怕难免有些夸大。因为祷雨而迎龙王，现在也还有的。但办法却已经很简单，不过是十多人盘旋着一条龙，以村童们扮些海鬼。”“鬼”的一字，既非谄词，又非蔑称，说他神秘莫测，庶乎近焉。

丙戌八月十八，我于胜利后第一次回到海宁看潮，还是和从前一样，没有什么改变。次年丁亥秋天，听得有人告我，今年海宁沧桑变易，南沙北移，沿塘沙涨十多里，往年银涛奔腾的地方，现在变成了盐田千顷。小普陀外还可以听到潮水的声音，新仓、九堡勉强有些小潮。真是闻所未闻，若不是传来确信之言，哪里肯信以为真。翻了翻《海宁州志稿》，也查不到有过这样的事。幸时去年潮生日，看到了日夜二潮。又是风和日丽，月明皎洁，逢此大好机会，不免心意荡然。又下一年戊子清明，我去海宁上坟，正好应着“清明时节雨纷纷”的诗意。走雨踏伞，急去海塘一览大观。见到黄沙涨满之地，犹如黄土高原。离近塘上，高不过三尺。据多人相告，沙已低下尺许。沿边青草丛生，又可以下去步行，我倒没有这个雅兴。听说经常有人算好时间，能够走到对岸，到对岸大概有十八里，中间有二三里路的浅水，须要小心，时间必先掌握，不然潮头来时，前不能进，后不能退，不但很是危险，而且性命难逃。向南望去，我还亲见有人在海中行走。外来装运货物的船舶，停在一二十里之外，看来船上的桅杆如同火柴梗子那样。往来搬运货物、用的是牛车。如此景象，本地人也未见过，并且也没有听得过以往的传说。我总算躬逢了这千载稀有的机会，看到了史无前例的景象。到了这年的冬天，我又去海宁，江沙退尽，已经恢复了昔日的旧观。难道说真的有搬沙鬼在那里搬沙吗？只不过是干宝笔下的东西。

与搬沙鬼一个类型，每逢迎神赛会的前导，有所谓钢叉鬼，当然是这海鬼的变相，都用年轻的小伙子来扮，即鲁迅先生说的“村童”，大致有二十人左右，手里拿着钢叉，木柄铜头，上端安有两块铜片，铿铿作响，不绝于耳。身上穿着黑色的短衣裤，走路连蹿带跳、左右歪斜。嘴上喊着“吓吓呀呀”，好似有些鬼气森森、威风凛凛。最后一人戴着丝瓜络的假脸，吐了一个红纸剪的舌头，手里撑一把鸡毛伞，拖着一条铁链，口中吹着叫子，人家都叫他“鬼保长”。在大街上，目中无人，回来回去。正是个“吓吓呀呀脚步斜，横冲直撞弄钢叉。丝瓜络脸鸡毛伞，保长幽魂莫碰他”。于是来看赛会的人，见了他们会自动避开，恐怕碰着钢叉鬼，就要遭逢到不利的厄运。其实是赛会的行列将要到来，有恐街上人头拥挤，不能顺利通行，故而安排这些钢叉鬼在前面开道，免得看客们拥来拥去，有碍“故事”的前进。本来做人对于“利市”二字看得最为重要，出门逢着乌鸦叫也要关心带意。迎会用不吉利来吓人，最能得到效果，哪里还有人敢去碰他一碰。这样一来，造就了“肃静回避”的良好秩序，使长长的道路可以通行无阻。

（录自《药窗诗话》，中国人民大学出版社，2007年版）

# 《走到人生边上——自问自答》前言

杨　绛

我已经走到人生的边缘边缘上，再往前去，就是“走了”“去了”“不在了”“没有了”。中外一例，都用这种种词儿软化那个不受欢迎而无可避免的“死”字。

“生、老、病、死”是人生的规律，谁也逃不过。虽说“老即是病”，老人免不了还要生另外的病。能无疾而终，就是天大的幸运；或者病得干脆利索，一病就死，也都称好福气。活着的人尽管舍不得病人死，但病人死了总说“解脱了”。解脱的是谁呢？总不能说是病人的遗体吧？这个遗体也绝不会走，得别人来抬，别人来埋。活着的人都祝愿死者“走好”。人都死了，谁还走呢？遗体以外还有谁呢？换句话说，我死了是我摆脱了遗体？还能走？怎么走好？走哪里去？

我想不明白。我对想不明白的事，往往就搁下不想了。可是我已经走到了人生边上，自己想不明白，就想问问人，而我可以问的人都已经走了。这类问题，只在内心深处自己问自己，一般是不公开讨论的。我有意无意，探问了近旁几位七十上下的朋友。朋友有亲有疏，疏的只略一探问。

没想到他们的回答很一致，很肯定，都说人死了就是没有了，什么都没有了。虽然各人说法不同，口气不同，他们对自己的见解都同样坚信不疑。他们都头脑清楚，都是先进知识分子。我提的问题，他们看来压根儿不成问题。他们的见解，我简约地总结如下：

“老皇历了！以前还要做水陆道场超度亡灵呢！子子孙孙还要祭祀‘作飨’呢！现在谁还迷信这一套吗？上帝已经死了。这种神神鬼鬼的话没人相信了。人死留名，雁死留声，人世间至多也只是留下些声名罢了。”

“人死了，剩下一个臭皮囊，或埋或烧，反正只配肥田了。形体已经没有了，生命还能存在吗？常言道‘人死烛灭’，蜡烛点完了，火也灭了，还剩什么呢？”

“人生一世，草生一秋。草黄了，枯了，死了。不过草有根，明年又长出来。人也一样，下一代接替上一代，代代相传吧。一个人能活几辈子吗？”

“上帝下岗了，现在是财神爷坐庄了。谁叫上帝和财神爷势不两立呢！上帝能和财神爷较量吗？人活一辈子，没钱行吗？挣钱得有权有位。争权夺位得靠钱。称王称霸只为钱。你是经济大国，国际间才站得住。没有钱，只有死路一条。咱们现在居然‘穷则变，变则通’了，知道最要紧的是理财。人生一世，无非挣钱、花钱、享受，死了能带走吗？”

“人死了就是没有了，什么都没有了。还有不死的灵魂吗？我压根儿没有灵魂，我生出来就是活的，就得活到死，尽管活着没意思，也无可奈何。反正好人总吃亏，坏人总占便宜。这个世界是没有公道的，不讲理的，可是有什么办法呢，什么都不由自主呀。我生来是好人，没本领做恶人，吃亏就吃亏吧。尽量做些能做的事，就算没有白活了。”

“我们这一辈人，受尽委屈、吃尽苦楚了。从古以来，多少人‘搔首问青天’，可是‘青天’，它理你吗？圣人以神道设教，‘愚民’又‘驭民’，我们不愿再受骗了。迷信是很方便的，也顶称心。可是‘人民的鸦片’毕竟是麻醉剂呀，谁愿意做‘瘾君子’呢。说什么‘上帝慈悲’，慈悲的上帝在干什么？他是不管事还是没本领呀？这种昏聩无能的上帝，还不给看破了？上帝！哪有上帝？”

“我学的是科学。我只知道我学的这门学科。人死了到哪里去是形而上学，是哲学问题，和我无关。我只知道人死了就什么都没有了。”

他们说话的口气，比我的撮述较为委婉，却也够叫我惭愧的。老人糊涂了！但是我仔细想想，什么都不信，就保证不迷吗？他们自信不迷，可是他们的见解，究竟迷不迷呢？

第一，比喻只是比喻。比喻只有助于表达一个意思，并不能判定事物的是非虚实。“人生一世，草生一秋”只借以说明人生短暂。我们也向人祝愿“如松之寿”“寿比南山”等等，都只是比喻罢了。

“人死烛灭”或“油干灯烬”，都是用火比喻生命，油或脂等燃料比喻躯体。但另一个常用的比喻“薪尽火传”也是把火比喻生命，把木柴比喻躯体。脂、油、木柴同是燃料，同样比作躯体。但“薪尽火传”却是说明躯体消灭后，生命会附着另一个躯体继续燃烧，恰恰表达灵魂可以不死。这就明确证实比喻不能用来判断事物的真伪虚实。比喻不是论断。

第二，名与实必须界说分明。老子所谓“名可名，非常名”。如果名与实的界说不明确，思想就混乱了。例如“我没有灵魂”云云，是站不住的。人死了，灵魂是否存在是一个问题。活人有没有灵魂，不是问题，只不过“灵魂”这个名称没有定规，可有不同的名称。活着的人总有生命——不是虫蚁的生命，不是禽兽的生命，而是人的生命，我们也称“一条人命”。自称没有灵魂的人，绝不肯说自己只有一条狗命。常言道：“人命大似天”或“人命关天”。人命至关重要，杀人一命，只能用自己的生命来抵偿。“一条人命”和“一个灵魂”实质上有什么区别呢？英美人称 soul，古英文称 ghost，法国人称âme，西班牙人称 alma，辞典上都译作灵魂。灵魂不就是人的生命吗？谁能没有生命呢？

又例如“上帝”有众多名称。“上帝死了”，死的是哪一门子的上帝呢？各民族、各派别的宗教，都有自己的上帝，都把自己信奉的上帝称真主，称唯一的上帝，把异教的上帝称邪神。有许多上帝有偶像，并且状貌不同。也有没有偶像的上帝。这许多既是真主，又是邪神，有偶像和无偶像的上帝，全都死了吗？

人在急难中，痛苦中，烦恼中，都会呼天、求天、问天，中外一例。上帝应该有求必应，有问必答吗？如果不应不答，就证明没有上帝吗？

耶稣受难前夕，在葡萄园里祷告了一整夜，求上帝免了他这番苦难，上帝答理了吗？但耶稣失去他的信仰了吗？

中国人绝大部分是居住农村的农民。他们的识见和城市里的先进知识分子距离很大。我曾下过乡，也曾下过干校，和他们交过朋友，能了解他们的思想感情，也能认识他们的人品性格，他们中间，当然也有高明和愚昧的区别。一般说来，他们的确思想很落后，但他们都在大自然中生活的。他们的经历，先进的知识分子无缘经历，不能一概断为迷信。以下记录的，都是笃实诚朴的农民所讲述的亲身经历。

“我有夜眼，不爱使电棒，从年轻到现在六七十岁，惯走黑路。我个子小，力气可大，啥也不怕，有一次，我碰上‘鬼打墙’了。忽然的，眼前一片漆黑，什么都看不见，只看到旁边许多小道。你要走进这些小道，会走到河里去。这个我知道。我就发话了：‘不让走了吗？好，我就坐下。’我摸着一块石头就坐下了。我掏出烟袋，想抽两口烟。可是火柴划不亮，划了十好几根都不亮。碰上‘鬼打墙’，电棒也不亮的。我说：‘好，不让走就不走，咱俩谁也不犯谁。’我就坐在那里。约莫坐了半个多时辰，那道黑墙忽然没有了。前面的路，看得清清楚楚。我就回家了。碰到‘鬼打墙’就是不要乱跑。他看见你不理，没办法，只好退了。”

我认识一个二十多岁农村出身的女孩子。她曾读过我记的《遇仙记》（参看《杨绛文集》第二卷，228—233页，人民文学出版社2004年版），问我那是怎么回事。我说：“不知道，但都是实事。全宿舍的同学、老师都知道。我活到如今，从没有像那夜睡得像死人一样。”她说：“真的，有些事，说来很奇怪，我要不是亲眼看见，我绝不相信。我见过鬼附在人身上。这鬼死了两三年了，死的时候四十岁。他的女儿和我同岁，也是同学。那年，挨着我家院墙北面住的女人刚做完绝育手术，身子很弱。这个男鬼就附在这女人身上，自己说：‘我是谁谁谁，我要见见我的家人，和他们说说话。’有人就去传话了。他家的老婆、孩子都赶来了。这鬼流着眼泪和家里人说话，声音全不像女人，很粗壮。我妈是村上的卫生员，当时还要为这女人打消炎针。我妈过来了，就掐那女人的上嘴唇——叫什么‘人中’吧？可是没用。我妈硬着胆子给她打了消炎针。这鬼说：‘我没让你掐着，我溜了。嫂子，我今儿晚上要来吓唬你！’我家晚上就听得哗啦啦地响，像大把沙子撒在墙上的响。响了两次。

我爹就骂了：'深更半夜，闹得人不得安宁，你王八蛋！'那鬼就不闹了。我那时十几岁，记得那鬼闹了好几天，不时地附在那女人身上。大约她身子健朗了，鬼才给赶走。"

鬼附人身的传说，我听得多了，总不大相信。但仔细想想，我们常说："又做师娘（巫婆）又做鬼"，如果从来没有鬼附人身的事，就不会有冒充驱鬼的巫婆。所以我也相信莎士比亚的话：这个世界上，莫名其妙的事多着呢。

《左传》也记载过闹鬼的事。春秋战国时，郑国二贵胄争权。一家姓良，一家姓驷。良家的伯有骄奢无道，驷家的子皙一样骄奢，而且比伯有更强横。子皙是老二，还有个弟弟名公孙段附和二哥。子皙和伯有各不相下。子皙就叫他手下的将官驷带把伯有杀了。当时郑国贤相子产安葬了伯有。子皙擅杀伯有是犯了死罪，但郑国的国君懦弱无能，子产没能够立即执行国法。子皙随后两年里又犯了两桩死罪。子产本要按国法把他处死，但开恩让他自杀了。

伯有死后化为厉鬼，六七年间经常出现。据《左传》，"郑人相惊伯有"，只要听说"伯有至矣"，郑国人就吓得乱逃，又没处可逃。伯有死了六年后的二月间，有人梦见伯有身披盔甲，扬言："三月三日，我要杀驷带。明年正月二十八日，我要杀公孙段。"那两人如期而死。郑国的人越加害怕了。子产忙为伯有平反，把他的儿子"立以为大夫，使有家庙"，伯有的鬼就不再出现了。

郑子产出使晋国。晋国的官员问子产："伯有犹能为厉乎？"（因为他死了好多年了。）子产曰："能。"他说：老百姓横死，鬼魂还能闹，何况伯有是贵胄的子孙，比老百姓强横。他安抚了伯有，他的鬼就不闹了。

我们称闹鬼的宅子为凶宅。钱锺书家曾租居无锡留芳声巷一个大宅子，据说是凶宅。他叔叔夜晚读书，看见一个鬼，就去打鬼，结果大病了一场。我家1919年从北京回无锡，为了找房子，也曾去看过那所凶宅。我记得爸爸对妈妈说："凶宅未必有鬼，大概是房子阴暗，住了容易得病。"

但是我到过一个并不阴暗的凶宅。我上大学时，我和我的好友周芬有个同班女友是常熟人，家住常熟。1931年春假，她邀我们游常熟，在她家住几天。我们同班有个男同学是常熟大地主，他家刚在城里盖了新房子。我和周芬等到了常熟，他特来邀请我们三人过两天到他新居吃饭，因为他妈妈从未见过大学女生，一定要见见，酒席都定好了，请务必赏光。我们无法推辞，只好同去赴宴。

新居是簇新的房子，阳光明亮，陈设富丽。他妈妈盛装迎接。同席还有他爸爸和孪生的叔叔，相貌很相像；还有个瘦弱的嫂子带着个淘气的胖侄儿，还有个已经出嫁的妹妹。据说，那天他家正式搬入新居。那天想必是挑了"宜迁居"的黄道吉日，因为搬迁想必早已停当，不然的话，不会那么整洁。

回校后，不记得过了多久，我又遇见这个男同学。他和我们三人都不是同系，不常见面。他见了我第一事就告诉我他们家闹鬼，闹得很凶。嫂子死了，叔叔死了，父母病了，所以赶紧逃回乡下去了。据说，那所房子的地基是公共体育场，没知道原先是处决死囚的校场。我问："鬼怎么闹？"他说："一到天黑，楼梯上脚步声上上下下不断，满处咳吐吵骂声，不知多少鬼呢！"我说："你不是在家住过几晚吗？你也听到了？"他说他只住了两夜。他像他妈妈，睡得浓，只觉得城里不安静，睡不稳。春假完了就回校了。闹鬼是他嫂子听到的，先还不敢说。他叔叔也听到了。嫂子病了两天，也没发烧，无缘无故地死了。才过两天，叔叔也死了，他爹也听到闹，父母都病了。他家用男女两个用人，男的管烧饭，是老家带出来的，女的是城里雇的。女的住楼上，男的住楼下，上下两间是楼上楼下，都在房子西尽头，楼梯在东头，他们都没事。家里突然连着死了两人，棺材是老家账房雇了船送回乡的。还没办丧事，他父母都病了。体育场原是校场的消息是他妹妹的婆家传来的。他妹妹打来电话，知道父母病，特来看望。开上晚饭，父母都不想吃。他妹妹不放心，陪了一夜。他的侄儿不肯睡挪入爷爷奶奶屋的小床，一定要睡爷爷的大床。他睡爷爷脚头，梦里老说话。他妹妹和爹妈那晚都听见家里闹鬼了。他们屋里没敢关电灯。妹妹睡她妈妈脚头。到天亮，他家立即雇了船，收拾了细软逃回乡下。他们搬入新居，不过七、八天吧，和我们同席吃饭而住在新居的五个人，死了两个，病了两个，不知那个淘气的胖侄儿病了没有。这位同学是谨小慎微的好学生，连党课《三民主义》都不敢逃学的，他不会撒谎胡说。

我自己家是很开明的，连灶神都不供。我家苏州的新屋落成，灶上照例有“灶君菩萨”的神龛。年终糖瓜祭灶，把灶神送上天了。过几天是“接灶”日。我爸爸说：“不接了。”爸爸认为灶神相当于“打小报告”的小人，吃了人家的糖瓜，就说人家好话。这种神，送走了正好，还接他回来干吗？家里男女用人听说灶神不接了，都骇然。可是“老爷”的话不敢不听。我家没有灶神，几十年都很平安。

可是我曾经听到开明的爸爸和我妈妈讲过一次鬼。我听大姐姐说，我的爷爷曾做过一任浙江不知什么偏僻小县的县官。那时候我大姐年幼，还不大记事。只有使她特别激动的大事才记得。那时我爸爸还在日本留学，爸爸的祖父母已经去世，大伯母一家、我妈妈和大姐姐都留在无锡，只爷爷带了奶奶一起离家上任。大姐姐记得他们坐了官船，扯着龙旗，敲锣打鼓很热闹。我听到爸爸妈妈讲，我爷爷奶奶有一天黄昏后同在一起，两人同时看见了我的太公，两人同时失声说：“爹爹喂”，但转眼就不见了。随后两人都大病，爷爷赶忙辞了官，携眷乘船回乡。下船后，我爷爷未及到家就咽了气。

这件事，想必是我奶奶讲的。两人同时得重病，我爷爷未及到家就咽了气，是过去的事实。见鬼是得病还乡的原因。我妈妈大概信了，我爸爸没有表示。

以上所说，都属“怪、力、乱、神”之类，我也并不爱谈。我原是旧社会过来的“老先生”——这是客气的称呼。实际上我是老朽了。老物陈人，思想落后是难免的。我还是晚清末代的遗老呢！

可是为“老先生”改造思想的“年轻人”如今也老了。他们的思想正确吗？他们的“不信不迷”使我很困惑。他们不是几个人。他们来自社会各界：科学界、史学界、文学界等，而他们的见解却这么一致、这么坚定，显然是代表这一时代的社会风尚，都重物质而怀疑看不见、摸不着的“形而上”境界。他们下一代的年轻人，是更加偏离“形而上”境界，也更偏重金钱和物质享受的。他们的见解是否正确，很值得仔细思考。

我试图摆脱一切成见，按照合理的规律，合乎逻辑的推理，依靠实际生活经验，自己思考。我要从平时不在意的地方，发现问题，解答问题；能证实的予以肯定，不能证实的存疑。这样一步一步自问自答，看能探索多远。好在我是一个平平常常的人，无党无派，也不是教徒，没什么条条框框干碍我思想的自由。而我所想的，只是浅显的事，不是专门之学，普通人都明白。

我正站在人生的边缘边缘上，向后看看，也向前看看。向后看，我已经活了一辈子，人生一世，为的是什么呢？我要探索人生的价值。向前看呢，我再往前去，就什么都没有了吗？当然，我的躯体火化了，没有了，我的灵魂呢？灵魂也没有了吗？有人说，灵魂来处来，去处去。哪儿来的？又回哪儿去呢？说这话的，是意味着灵魂是上帝给的，死了又回到上帝那儿去。可是上帝存在吗？灵魂不死吗？

（录自《走到人生边上——自问自答》，商务印书馆，2007年版）

# 编辑凡例

一、以忠实于选文原作、整旧如旧为编辑原则，对选文写作时使用的专有名词、外文译名，以及作者写作时的语言和特色予以保留。

二、原文注释如旧，编者所作注释，均以“编者注”标明，以示与原文注释的区别。

三、原文偶有文字错讹脱衍之处，一律按现行出版规范予以改正，不再以其他符号标示。

四、文章中数字、标点符号用法，在不损害原文语义的情况下，做必要的规范。

**图书在版编目（CIP）数据**

俗世俗民 / 陈平原，王尧编. 一长沙：湖南人民出版社，2023.6
ISBN 978-7-5561-3197-6

Ⅰ.①俗… Ⅱ.①陈… ②王… Ⅲ.①散文集－中国 Ⅳ.①I26

中国国家版本馆CIP数据核字（2023）第040752号

**俗世俗民**
SUSHI SUMIN

编　　者：陈平原　王　尧
出版统筹：陈　实
监　　制：傅钦伟
选题策划：北京领读文化
产品经理：领　读－李　晓
责任编辑：陈　实　刘　婷
责任校对：谢　喆
装帧设计：广　岛・UNLOOK unlook-guangdao.com

出版发行：湖南人民出版社有限责任公司［http：//www.hnppp.com］
地　　址：长沙市营盘东路3号　邮编：410005　电话：0731-82683313

印　　刷：湖南天闻新华印务有限公司
版　　次：2023年6月第1版　印　　次：2023年6月第1次印刷
开　　本：880 mm × 1230 mm　1/32　印　　张：10.875
字　　数：208千字
书　　号：ISBN 978-7-5561-3197-6
定　　价：55.00元

营销电话：0731-82683348（如发现印装质量问题请与出版社调换）